本书受兰州交通大学
"百名青年优秀人才培养计划"
基金资助项目支持

外国名作家文集·钱德勒卷　王逢振/主编

小妹妹

The Little Sister

[美] 雷蒙德·钱德勒/著

赵秀芳/译

Raymond Chandler

漓江出版社
·桂林·

图书在版编目 (CIP) 数据

小妹妹/(美)雷蒙德·钱德勒著;赵秀芳译.--
桂林:漓江出版社,2023.10
(外国名作家文集.钱德勒卷)
ISBN 978-7-5407-9436-1

Ⅰ.①小… Ⅱ.①雷… ②赵… Ⅲ.①侦探小说—美国—现代 Ⅳ.① I712.45

中国国家版本馆 CIP 数据核字(2023)第 090962 号

XIAO MEIMEI
小妹妹
[美]雷蒙德·钱德勒 著
赵秀芳 译

出版人:刘迪才
策划编辑:辛丽芳
责任编辑:辛丽芳
助理编辑:叶露棋
书籍设计:石绍康
责任监印:张璐

出版发行:漓江出版社有限公司
社址:广西桂林市南环路 22 号 邮编:541002
发行电话:010-85891290 0773-2582200
邮购热线:0773-2582200
网址:www.lijiangbooks.com
微信公众号:lijiangpress
印制:北京中科印刷有限公司
[北京市通州区宋庄工业区 1 号楼 101 号 邮编:101118]
开本:880 mm×1230 mm 1/32
印张:8.5 字数:212 千字
版次:2023 年 10 月第 1 版 印次:2023 年 10 月第 1 次印刷
书号:ISBN 978-7-5407-9436-1
定价:52.00 元

漓江版图书:版权所有,侵权必究
漓江版图书:如有印装问题,请与当地图书销售部门联系调换

· 总　序 ·

雷蒙德·钱德勒：硬汉派侦探小说的先驱

王逢振

一般认为，侦探小说始于美国作家爱伦·坡，后来在英国得到发展，并在柯南·道尔的笔下达到巅峰，形成了侦探小说的传统模式，一直延续到 20 世纪。但是，20 世纪 30 年代，由于美国经济萧条，穷困和不幸导致暴力和犯罪增多，产生了一批新的具有时代思潮的作家。他们作品中的侦探并不拘泥于警察的正义，而是推崇道德信念和武力，一般都是勇于冒险的硬汉，因此被称为硬汉派侦探小说。在侦探推理小说的发展史上，硬汉派侦探小说可谓是一场颠覆传统模式的革命。其代表作家是美国的达希尔·哈梅特（1894—1961）和雷蒙德·钱德勒（1888—1959）。

雷蒙德·钱德勒 1888 年 7 月 23 日出生于美国芝加哥。七岁时父母离异，他随母亲来到英国。雷蒙德有志成为一名作家，但母亲和祖母坚持要他成为公务员。于是他进入海军部，但不久便离开了。他尝试成为自由撰稿人，然而又失败了。1912 年，钱德勒返回美国，定居洛杉矶。他做过多种工作，后来进入戴比尼石油公司担任记账员，不久升任副总裁。

大萧条迫使钱德勒离开了商业，于是他又想到写作。他开始阅读其他侦探小说作家的作品，模仿自己喜欢的作家进行创作，其中对他影响最大的是达希尔·哈梅特。经过多次修改，他的第一篇侦探小说《勒索者别开枪》投给了著名的廉价杂志《黑色面具》，并刊登在1933年12月号上。此后，他开始撰写短篇侦探小说。1933年到1939年之间诞生了他大部分的短篇作品。1938年，出版商请钱德勒撰写一部长篇小说，于是产生了1939年出版的《长眠不醒》。

《长眠不醒》出版后产生了巨大反响，不仅广为读者喜爱，销售数十万册，而且得到众多评论家的好评，被认为是硬汉派侦探小说的典范，由此奠定了他在小说界的地位。此后，他先后出版了《再见，吾爱》（1940）、《高窗》（1942）、《湖底女人》（1943）、《小妹妹》（1949）和《漫长的道别》（又译《依依惜别》，1953）等。1942年到1947年，他的四部小说六次被好莱坞搬上银幕，影片和小说相互映衬，一时间钱德勒几乎成了美国家喻户晓的人物。由此他的侦探小说被纳入经典文学史册，收录到权威的"美国文库"，他的名字也成了硬汉派的代表。

钱德勒的早期经历对其作品产生了重大影响，从而形成了他独特的个人风格。首先，大萧条以前，他作为石油产业主管在洛杉矶生活了大约十五年，虽然大萧条迫使他离开了商业，但十五年足以使他感受到这城市氛围的独特之处，使他能够看到权力及其构成形式。其次，他出生于美国，但从八岁开始一直在英国上学，接受英国公立学校的教育。英式与美式英语的差距使他能够以自己的方式运用它。正如美国著名批评家詹姆逊指出的，"这种语言不可能仍是自然而然的；词语也不可能毫无疑义……那种天然的、不假思索的文学表达不可能出现；他会感到他的语言有一种物质性的强度和抵抗，甚至在说母语的人看来根本算不上什么词的俗话和俚语，或只是瞬间的即时交流，从他的嘴里说出来也带有异国情调"[1]。因此，钱德勒作品的语言，反映了他的实际经历，在他的写作中，词语变成了他的客体。

两次世界大战之间，可以说是美国文学的一个伟大时期。它以地理的方式"探索并界定美国，把美国作为分离的区域主义之总和，作为一个扩充的统一体，作为有其外部范围的理想整体"[2]。自从第二次世界大战以后，区域与区域之间的自然差别逐渐被标准化消除，每个区域的有机社会整体逐渐破碎，被个体家庭单位那种封闭的新型生活取而代之。在这种新社会里，彼此关系的主要形式是机械地并置：在住房计划里，统一的预制房屋遍布山上；在四车道的高速公路上，汽车一辆接一辆，交通直升机从空中抽象地监视。因此，对于当代美国

---

[1] Fredric Jameson, *Raymond Chandler: The Detections of Totality*, London-New York: Verso Press, 2016, p.2.
[2] 同上，p.6.

文学，应该根据这种没有情感的社会物质背景来理解。在这种背景下，只有特技镜头能够产生生活的幻觉。

钱德勒的整个背景，他的思维方式和看待事物的方式，都产生于两次大战之间。但是，由于他居住在洛杉矶，他的社会内容预示了50年代和60年代的现实。因为洛杉矶已经是整个美国的一种缩影和前景：一个新的无中心的城市，在这个城市里，各个不同阶级不再相互联系，孤立地处于隔离的地理空间。根据这种地理变化，为了理解整个社会结构，必须虚构一个强加给整个社会的人物，而他的日常生活模式能够把社会分散孤立的各个部分联系在一起。在钱德勒的作品里，这个人物就是私家侦探马洛。

马洛接触的是美国生活的另一面：庞大的庄园，以及成群的用人、司机和秘书；在庄园周围，各种机构追逐财富并保持它的秘密；私人夜总会，隐蔽在山间私人道路深处，由私人警察巡逻，只允许会员进入；里面的诊所可以提供毒品；私人宗教仪式；奢华的旅馆配备保安人员；私人赌博的大船停泊在三英里海岸以外；更严重的是，腐败的地方警察以单独一人或一个家族的名义统治着整个城市，保护为满足金钱需要而进行的各种非法活动。

作为一个非其本意的社会探索者，马洛访问那些一般人看不到的地方，或者不能去的地方，即不公开的地方，或富裕、保密的地方。不论哪种地方，它们都显得有些陌生，就像钱德勒所描写的警察局的特征："一个纽约的警察记者曾经写道，你跨过警察局的绿灯走进去，你明显觉得离开了这个世界,进入一个超越法律的地方。"①

因此,钱德勒著作中的行动发生在微观世界里,发生在黑暗的地方社会当中,没有联邦宪法的保护,也没有什么上帝。侦探的诚实可以理解为一种感知器官,一旦受到刺激,它便会敏感地显示出周围世界的性质。侦探的行程是插曲式的,表明美国社会是碎片化的,反映出美国人民彼此之间的原始分离,若要把他们的生活整合在一起,必须有某种外在的力量,或者说小说中的侦探。

钱德勒作品的部分魅力在于它的怀旧情绪。怀旧情绪并非各个时期的一种连续存在,然而如果怀旧情绪出现,它一般都具有依恋过去某个时刻的特点,而那个时刻与当前时刻完全不同,可以使人感到从当前时刻的一种全面解脱。例如,通过回忆从历史或旅行中见到的田园式生活、浪漫主义作品反对工业社会的发展。一个特定时期的风格首先在它的物品中呈现出来,例如双襟西装、新式长裙、蓬松发型,以及汽车款式等。

在钱德勒的风格里,最典型的特征明显具有时代性,例如夸大的比较,其作用就是把物体分开,同时又表明它们的价值:"她穿着雪白的睡衣,边上镶着白色的毛皮,剪裁得非常飘逸,宛如夏日某个孤立小岛的海滨泛起的浪花"②"即使在中央大道这个并非世界最平静的街

---

① *The Raymond Chandler Omnibus: The Lady in the Lake*, New York: Modern Library, 1975, XXIII, P.418.
② *The Raymond Chandler Omnibus: The Big Sleep*, New York: Modern Library, 1975, XXXII, P.134.

道上，他看上去也像落在一片白面包上的狼蛛那样引人注目"[1]。

在叙事方面，钱德勒的小说有两种形式：一种是客观的，另一种是主观的。一方面是侦探故事严格的外部结构；另一方面是更具个人特点的事件节奏，与任何原创性的作品一样，按照某种理想的逻辑细节进行安排。其显微手术似的方式里带有非常清晰的个人特征，例如反复出现的幽灵幻象，令人难忘的人物类型，包括已经被忘却的心理剧的演员，通过他们社会仍然可以得到解释。然而，这两种形式彼此并不冲突；相反，通过第一种形式的内在矛盾，第二种似乎从第一种中产生出来。

通过对叙事的分析，钱德勒小说里的一些人物投射出一种"总体效果"，虽然不一定触及所有的社会学基础。作为一个文类，侦探小说在原始素材的外延方面，例如城市与历史的关系，监控社会的出现以及监控作用在市场体制中的彻底改变，公共警察与私人警察之间的关系等，提供了一种非常不同的探讨方式。这种方式不同于分析"原始场景"主题的方式。人们通过前后视角的区分，可以重新把主题纳入社会学的视角。

这里选译的雷蒙德·钱德勒系列包括三部长篇和一个短篇集：《湖底女人》《小妹妹》《漫长的道别》和《雨中杀手》(短篇集)。它们基

---

[1] *The Raymond Chandler Omnibus: Farewell, My Lovely*, New York: Modern Library, 1975, I, P.143.

本上体现了前面所说的钱德勒作品的特点。

《湖底女人》讲述马洛受雇于金斯利先生，寻找其失踪的夫人。金斯利夫人发来电报，说她要同拉威利结婚，再也不回来了。马洛找到拉威利，但拉威利说他与金斯利夫人早已中断交往。后来他再去找拉威利时，被拉威利的邻居阿尔默医生盯上了。阿尔默叫来的警察，狠狠地把他收拾了一顿。不久，在金斯利别墅附近的湖中，发现了一具女尸。金斯利的园丁比尔根据尸体服饰认定是金斯利的妻子。马洛继续调查，凶杀接连发生。最后确定，湖底女人就是失踪的金斯利夫人，而比尔太太是案件的始作俑者。但谁能相信，比尔太太的背后竟是一个又一个罪恶的魔窟。故事环环相扣，悬念丛生，读来颇有意趣。

《小妹妹》讲述马洛受雇于堪萨斯州来的小妹妹奎斯特小姐，寻找她失踪的哥哥奥林。根据小妹妹提供的地址，马洛开始调查。令人胆寒的是，马洛走到哪里，哪里就有被冰锥刺死的人等着。最后发现奥林时，他竟死在了马洛的眼皮底下。好不容易查到疑似凶手的斯蒂尔格雷夫，但奇怪的是，他马上就被人谋害了。是谁导演了这一幕幕死亡？小妹妹吗？为什么？只有马洛才能揭开谜底。故事通过悬念和逻辑推理，层层剥茧，引人入胜。

《漫长的道别》是钱德勒最著名的作品之一。其内容包括流行文化中的多种元素，例如友情、婚姻、信仰等。作者在作品里大量使用人物独白，注重心理活动和场景细节的描写，叙事具有强烈的层次感和戏剧性。主人公马洛充满魅力,正直刚强,风趣爽快;他与特里关系密切,却因此卷入扑朔迷离的连环谋杀案。于是他为追求真相展开一系列调查,整个过程危机四伏,起伏跌宕。小说情节生动,人物形象栩栩如生。这部作品着重反映了美国社会生活的复杂性,打破了传统侦探小说的刻板模式,被誉为硬汉派侦探小说的典范。

《雨中杀手》是钱德勒生前从未出版的八篇小说的合集,收录了钱德勒的八个短篇小说:《雨中杀手》《爱狗成魔》《窗帘》《孽恋红颜》《中国玉》《贝城蓝调》《湖中女士》《山中无罪恶》。在钱德勒自己选编的短篇小说集《简单的谋杀艺术》里,没有收录这八个短篇。他自己的解释是不愿炒冷饭,但这八个短篇却被认为是钱德勒最好的作品,在他后来的小说中都不难发现这八个短篇的影子。在这些故事中,钱德勒塑造的侦探主人公都具有冒险精神,他们乐于助人,惩恶扬善,形成了硬汉派侦探小说的雏形。邪不压正是故事的核心主题。在这八个短篇中,许多段落的安排和描述被移植到日后的长篇里,但都有程度不同的改变:线索的指向不同,凶手和结局不同,甚至文字所描绘的氛围也不同。这些短篇既是成品,也是鹰架,从鹰架到建构完成,让我们看到了一个大作家的思维变化过程。

钱德勒是世界文学史上唯一一位以侦探小说步入经典文学殿堂的作家。他不仅开创了新的侦探小说流派,还与希区柯克等一起开创了好莱坞的"黑色电影"。著名女作家玛格丽特·阿特伍德对他倍加赞赏,甚至梦想与他有一段风流韵事。村上春树以他为楷模，亲自把他的七部长篇小说翻译成日文。一些世界著名作家如奥登、加缪、艾略特和奥尼尔，无一不对他赞誉有加。获得诺贝尔文学奖的威廉·福克纳也曾因作为他的助手而获益匪浅。

这些作品的出版，是漓江出版社力图再造外国文学出版重镇的一方面。非常欣赏他们的不懈努力，特别是总编辑张谦和她的同事辛丽芳的辛勤工作，以及资深编辑沈东子先生的策划。没有他们的合作，这套书不可能顺利出版。在此谨向他们致以崇高的敬意和衷心的感谢。

2022 年中秋

目　录

003 / 第一章
006 / 第二章
017 / 第三章
025 / 第四章
031 / 第五章
034 / 第六章
036 / 第七章
044 / 第八章
048 / 第九章
053 / 第十章
056 / 第十一章
067 / 第十二章
079 / 第十三章
083 / 第十四章
093 / 第十五章
097 / 第十六章

105 / 第十七章

112 / 第十八章

123 / 第十九章

137 / 第二十章

140 / 第二十一章

153 / 第二十二章

158 / 第二十三章

169 / 第二十四章

181 / 第二十五章

183 / 第二十六章

194 / 第二十七章

202 / 第二十八章

214 / 第二十九章

220 / 第三十章

224 / 第三十一章

228 / 第三十二章

234 / 第三十三章

246 / 第三十四章

257 / 第三十五章

小妹妹

第一章

鹅卵石花纹的玻璃门嵌板上，用黑色油漆写着几个字："菲利普·马洛……侦探事务所"。这幢大楼在全瓷砖浴室成为文明基础的年代还算新，但走廊相当破旧，走廊尽头的这扇门也相当破旧。门锁着，但紧挨着这扇门的另一扇门开着。进来吧——这里只有我和一只绿头苍蝇。但如果你来自堪萨斯州的曼哈顿，就别进来了。

这是一个天气晴朗、阳光明媚的夏日早晨，在加州早春时节大雾来临之前，这样的天气随时可以看到。雨停了，山丘郁郁葱葱，站在好莱坞山丘的峡谷，你可以看到高山上的积雪。皮毛店正在打广告，做年度促销。专营十六岁少女服务的妓院生意火爆。在比弗利山庄，蓝花楹树的花苞开始绽放。

我已经跟踪绿头苍蝇五分钟了，等着它落下来。可它就是不落下，只是飞来飞去，为意大利歌剧《丑角》唱着序曲。我把苍蝇拍悬在半空，一切准备妥当。书桌角落洒下一小片明亮的阳光，我知道它迟早要落到那里。但它落下时，一开始我没看到它。嗡嗡声停了，它就在那里。这时，电话响了。

我小心翼翼地伸出左手，一点一点地用手够到电话，慢慢地拿起，对着话筒轻声说："请稍等。"

我轻轻地把电话放在棕色的记事簿上。那只苍蝇还停在那里，发出青绿色的光,充满罪恶。我深吸一口气,挥手一拍。它的残躯在房子里飞了半圈,掉在地毯上。我走过去,抓着它的翅膀,把它扔进废纸篓。"感谢等待。"我对着电话说。

"是侦探马洛先生吗?"这个声音有点小,很慌张,说话腔调像个小女孩。我说是的。"您是怎么收费的,马洛先生?"

"你想做什么?"

这个声音变得有点尖厉了。"我不能在电话里告诉你。这是——这是非常保密的。我还是去你办公室吧,去之前,我得心里有数——"

"一天 40 美元,外加其他开支。除非这件事按统一收费标准就能完成。"

"太贵了吧,"细小的声音说道,"天哪,这可能要花好几百美元呢,我的工资很低,而且——"

"你现在在哪里?"

"怎么了,我在一家杂货店。就在你办公楼旁边。"

"你本可以省 5 分钱的。电梯是免费的。"

"我——我请你再说一遍?"

我又说了一遍。"上来吧,我们见面说,"我补充道,"如果你要处理的麻烦事刚好是我拿手的,我可以给你出个好主意——"

"我得先了解了解你,"那个声音细小,但语气非常坚定,"这件事很微妙,很隐私。我不能随便告诉别人。"

"如果真有那么微妙,"我说,"也许你需要一个女侦探。"

"天哪,我不知道哪里有女侦探,"她停顿了一下,"但我觉得女侦探根本没法应付这事。马洛先生,我给你讲,奥林住在一个很糟糕的社区,至少我觉得很糟糕。公寓经理很讨厌,一身酒气。马洛先生,你喝酒吗?"

"好吧,既然你说到这里了——"

"我可不愿雇一个喜欢喝酒的侦探。就连吸烟,我也不赞成。"

"我剥个橘子可以吗?"

电话那头传来了急促的吸气声。"你说话就不能绅士一点儿吗?"她说。

"那你最好去大学俱乐部那边试试看,"我告诉她,"我听说那里还有几个侦探,但我不确定他们是否会任你摆布。"我挂断了电话。

这是朝正确方向迈出的一步,但还远远不够。我应该锁上门,藏在桌子底下。

第二章

　　五分钟后,用作接待室的那半间办公室的门铃响了。我听见门又关上了。之后,我什么也没听到。我和接待室之间的那扇门半开着。我仔细听着,确定有人朝别的办公室里看了看,但没进去。接着,传来一阵轻叩木门的声音,随后又是一阵咳嗽声,以提醒别人。我从桌旁起身向外看,她站在那里。不必开口,我都知道她是谁。

　　她看起来最不像麦克白夫人①了。这位姑娘身材娇小,穿着整洁,略显拘谨,一头棕发平直光滑,戴着一副无框眼镜。她身穿一件棕色量身定做的衣服,肩挎一个难看的方包,让人想起一位正在为伤员进行急救的修女。光滑的棕发上戴着一顶帽子,很显老气。她没化妆,没抹口红,没戴珠宝。她戴的无框眼镜让人感觉她是个图书管理员。

　　"你在电话里怎么能那样说话呢,"她严厉地说,"你真该为自己感到羞愧。"

　　"我自尊心太强,无法表现出羞愧。"我说,"进来吧。"我为她扶门,又为她扶椅子。

　　她在椅子上大约二英寸的边缘坐下。"如果我像你一样,用那种语气跟祖格史密斯医生的病人说话,"她说,"我会失业的。他特别挑

---

① 麦克白夫人(Lady Macbeth):出自莎士比亚四大悲剧之一《麦克白》,这里指心狠手辣的人。

剔我对病人说话的方式,甚至对那些难缠的病人也是如此。"

"这个老小子还好吗?自从那次我从车库顶上掉下来以后,就再没见过他。"

她看起来很惊讶,也很严肃。"你肯定不认识祖格史密斯医生。"她那无血色的舌尖从双唇间探出,不知在偷偷找什么。

"我认识一个叫乔治·祖格史密斯的医生,"我说,"在圣罗莎。"

"哦,不是。我说的这位是阿尔弗雷德·祖格史密斯医生,在曼哈顿,堪萨斯州的曼哈顿,你看啊,不是纽约的曼哈顿。"

"那肯定是另一个祖格史密斯医生。"我说,"你叫什么名字?"

"我不确定要不要告诉你。"

"你在逛大街吗,嗯?"

"你可以这么说。如果我非得把家事告诉一个陌生人的话,我至少有权确定他是否是我可以信任的人。"

"有没有人说过你是个可爱的小妖精?"

无框眼镜后的双眸闪烁,"我希望没有。"

我伸手拿起烟斗,往里面填烟丝。"'希望'这个词不准确,"我说,"扔掉你的这顶帽子,给自己买一副带彩色边框、线条优美的眼镜。你知道,那些趾高气扬的,东方的……"

"祖格史密斯医生不允许。"她快速地说。随后,她的脸上泛起了红晕,问道:"你真是这么想的吗?"

我划着火柴,点燃烟斗,朝对面吐烟雾。她皱起眉头。

"如果你雇我,"我说,"我就是你雇的人。我这人,就这样。如果你打算在我这行找个诵经的信徒,那你准是疯了。我挂了你的电话,但你还是来了。所以,你需要帮助。你叫什么,遇到什么麻烦了?"

她只是盯着我。

※ 小妹妹 ※

"你看啊,"我说,"你来自堪萨斯州的曼哈顿。我记得,最新的《世界年鉴》上说,这个小镇离托皮卡不远,人口约一万两千。你为阿尔弗雷德·祖格史密斯医生工作,你在找一个叫奥林的人。曼哈顿是个小镇,这是肯定的。在堪萨斯州,也就五六个辖区。关于你的信息,我已经了解得差不多了,完全可以查到你的全部家族史。"

"你到底想做什么?我很烦别人给我讲历史。我没地方去,只好坐在这里。我不想工作。我什么都不想做。"

"你说得太多了。"

"不错,"我说,"我说得太多了。孤独的人总是说很多。他们要么说很多,要么什么也不说。我们言归正传,好吗?你可不像去见私家侦探的那种人,尤其是去见那些你不了解的私家侦探。"

"我知道,"她平静地说,"奥林肯定会火冒三丈。妈妈也会大发雷霆。我从电话簿上挑出了你的名字……"

"怎么挑的?"我问,"闭着眼还是睁着眼?"

她盯着我看了一会儿,好像我是个怪胎。"七和十三。"她平静地说。

"怎么讲?"

"马洛(Marlowe)有七个字母,"她说,"菲利普·马洛(Philip Marlowe)有十三个字母。七加十三……"

"你叫什么名字?"我差点吼出声。

"欧法梅·奎斯特。"她眯着眼睛,好像要哭。她把名字"欧法梅"拼给我听。"我和我妈妈住在一起,"她继续说道,越说越快,好像我已按时间收费了,"我爸爸四年前去世。他是个医生。我哥哥奥林本来也会成为一名外科医生,但他学医两年后转专业了,学了工程。一年前,奥林来到湾城,为加州西部航空公司工作。他没必要这么做的。他在威奇托有一份好工作。我猜他只是想来加州见见世面。大多数人都这样。"

"几乎人人都这样，"我说，"如果你还打算戴着这副无框眼镜，你就不要辜负它。"

她咯咯笑了，用指尖在桌子上画了一条线，低头看着。"你是说那种斜框眼镜让人看起来有点东方韵味吗？"

"嗯哼。现在说奥林吧。我们讲到他来到加州，去了湾城。我们该做什么呢？"

她想了一会儿，皱起了眉头。然后，她端详着我的脸，好像在下决心。随后，她突然冒出一句："不给我们定期写信，这不像奥林的做法。过去六个月里，他只给母亲写了两封信，给我写了三封。最后一封是几个月前收到的。妈妈和我都很担心。所以，我假期出来找他。他以前从来没有离开过堪萨斯州。"她停了下来，"你不打算做笔记吗？"她问。

我哼了一声。

"之前，我以为侦探总要把事情记在小笔记本上。"

"我记住了，"我说，"你继续讲，你假期出来了，然后呢？"

"我给奥林写信，说我要来，但没有得到任何回复。之后，大概在盐湖城吧，我又给他发了一封电报，但他还是没有回复。所以我只好去他的住处。那地方太远了，我乘公交车去的，在湾城，爱达荷街449号。"

她停下来，又把地址重复了一遍，我还是没记。我就坐在那里，看着她的眼镜，看着她那光滑的棕发，看着她那滑稽可笑的小帽子，还有那没有涂指甲油的指甲，没有抹口红的嘴巴，还有那个在苍白的双唇间动来动去的小舌尖。

"也许你不知道湾城，马洛先生。"

"哈，"我说，"湾城给我的感觉是，每次去那里，都得换个新脑袋。你想让我替你把故事讲完吗？"

"什——么？"她眼睛瞪得大大的，透过眼镜看过去，就像你在深海鱼缸里看到的东西。

"他搬走了，"我说，"但你不知道他搬到哪里去了。你担心他堕落了，住在丽晶大酒店顶层的豪华套房，和一个穿着长貂皮大衣、喷了古怪香水的人住在一起。"

"哦，我的天哪！"

"是我太粗俗了吗？"我问。

"求你了，马洛先生，"她最后说，"我从来没这么想过奥林，如果他听到你这么说他，是绝不会饶了你的。他可是心胸狭窄，有仇必报。但我知道肯定出事了。他住的房子低廉，我一点儿也不喜欢那里的经理，他很讨厌，他说奥林几星期前就搬走了，但不知道他去了哪里，也不关心他去哪里了。他只想来缸杜松子酒。我不明白，奥林为什么会住在那种地方。"

"你是说一缸杜松子酒？"我问。

她脸红了。"经理自己说的。我只是实话实说。"

"好吧，"我说，"继续。"

"嗯，我给他工作的地方打过电话，就是加州西部航空公司，你知道的。他们说，他被解雇了。他们只知道这些。于是我去了邮局，问奥林有没有更改地址。他们说无法给我提供任何信息，那是违反规定的。我告诉他们事情原委，那个男人说，既然我是他妹妹，他就去看看。他去看了，回来告诉我，地址没变。奥林没有更改地址。于是我有点害怕了，他可能出了事故或别的什么。"

"你没想着去问问警察吗？"

"我不敢问警察，否则，奥林永远不会原谅我的。情况最好的时候，他也很难相处。我们家——"她犹豫了一下，眼神里流露出一丝神情，她在极力掩饰。于是她叹声说道："我们家不是那种家庭——"

"听着，"我不耐烦地说，"我不是说那家伙偷了钱包。我说的是他被车撞了，失忆了，或伤势过重，失语了。"

她狠狠地瞪我一眼，"如果那样的话，我们早就知道了，"她说，"每个人口袋里都有东西可以证明自己是谁。"

"有时他们就只剩口袋了。"

"你在吓唬我吗，马洛先生？"

"就算是，我也没达到目的呀。你觉得出什么事了？"

她把纤细的食指放在嘴唇上，用舌尖轻触着。"如果我知道，就不会来找你了。要找到他，你收多少钱？"

过了好久，我才说："你的意思是我一个人找，不要告诉任何人？"

"对，我的意思就是你一个人找，不要告诉任何人。"

"嗯哼。这得看情况了。我给你说过我的收费标准了。"

她双手紧抓桌边，用力捏着。她的这个动作是我关注的最没有意义的动作。"我本以为，作为侦探，你能马上找到他，"她说，"我最多出 20 美元。我得在这里吃饭，住宿，还要乘火车回去。你知道的，这里的旅馆贵得离谱，火车上的食物……"

"你住在哪家旅馆？"

"我——我不想告诉你，别介意。"

"为什么？"

"我就是不想告诉你。我很害怕奥林发脾气。我随时给你打电话，可以吗？"

"嗯哼。除了害怕奥林发脾气，你还怕什么，奎斯特小姐？"烟斗已经熄灭了，我划了根火柴，边点边观察她。

"抽烟难道不是很糟糕的习惯吗？"她问道。

"可能吧,"我说,"但要我不抽烟,花 20 块钱可远远不够。不要回避我的问题。"

"你不要用这种口气和我说话,"她勃然大怒,"抽烟是种恶习。我母亲从不让我父亲在家里抽烟,甚至在他中风后的最后两年里也是如此。我父亲过去常坐着,有时嘴里衔着空烟斗。但妈妈不喜欢爸爸那样做。我们欠了别人很多钱,她说她可没钱给他买像烟这种无用的东西。教堂比他更需要钱。"

"我有点明白了,"我慢悠悠地说,"像你们这样的家庭,一定有个害群之马。"

她猛地站起来,把急救箱紧挎在身上。

"我不喜欢你,"她说,"我想我不会雇你。如果你在暗示奥林犯了错,那我可以保证,奥林绝不是我们家的害群之马。"

我盯着她。她转身大步走到门口,手握门把手,然后又转身大步走回来,号啕大哭。我就像吃饱的鱼对鱼饵的反应一样,无动于衷。她掏出小手帕,擦拭眼角。

"我想你现在要给警……警察打电话了,"她哽咽着说,"曼哈顿的报……报社会知道这事,他们会刊登关于我们的流……流言蜚语。"

"你想多了。别再消磨我的感情了。让我看看他的照片。"

她急忙收起手帕,从包里翻出件东西,递给我。是个信封,很薄,里面可能有一些照片,但我没往里看。

"描述一下你眼中的他。"我说。

她凝神回忆,眉毛时舒时耸。"去年三月,他二十八岁。他的头发是浅棕色的,比我的头发颜色浅一些,淡蓝色的眼睛,喜欢把头发朝后梳,身高 6 英尺有余,但仅有 140 磅重,瘦得皮包骨头。他过去常留金色小胡子,但妈妈让他剪了。她说——"

"不用说,牧师需要胡须来填充坐垫。"

"别这样说我妈妈!"她大喊道,气得脸色苍白。

"哦,别傻了。我的确对你不太了解,但不要装得像复活节的百合花那样清纯了。奥林身上有什么特别的记号吗,像痣或伤疤什么的,胸前有没有《诗篇》第二十三篇的文身?别不好意思。"

"哎呀,你不必对我大喊大叫。你自己不会看照片吗?"

"他很有可能穿着衣服。毕竟,你是他妹妹。你应该知道。"

"他身上没有什么特别的记号,"她声音紧巴巴的,"他的左手上有个小伤疤,是切除粉瘤留下的。"

"他有什么习惯爱好呢?除了不抽烟、不喝酒、不跟女孩子出去玩,他还有别的爱好吗?"

"天哪——你怎么知道的?"

"你妈妈告诉我的。"

她笑了。我开始想,她身上是不是也长了个粉瘤。她的牙齿洁白,笑不露齿,这点很了不起。"你真逗,"她说,"他兴趣广泛,有架非常昂贵的相机,喜欢趁别人不注意,给别人拍照。有时,被拍的人很生气。但奥林说,人们应该看到他们自己真实的一面。"

"但愿这样的事永远不要发生在他身上。"我说,"哪种型号的相机?"

"一架小相机,镜头非常精密,在任何光线下都能拍照。徕卡相机。"

我打开信封,掏出几张小照片,非常清晰。我说:"这些照片不是用徕卡相机拍的。"

"哦,不是。这些照片是菲利普拍的,菲利普·安德森,这个男孩和我交往了一阵子,"她停顿了一下,叹了口气,"我想,这是我来你这里的真正原因,马洛先生。就因为你也叫菲利普。"

我只是"嗯哼"了一声,但心里还是有点莫名的感动。"菲利普·安德森怎么样了？"

"我们说的是奥林——"

"我知道，"我打断她的话，"可是菲利普·安德森后来怎么样了？"

"他还在曼哈顿，"她看向别处，"我妈妈不太喜欢他。我想你知道是怎么回事。"

"是的，"我说，"我知道是怎么回事。想哭就哭吧。我不会责备你的。我也是刀子嘴豆腐心。"

我看了看这两张照片。其中一张，他低着头，对我没用。另一张全身照相当不错，他眯缝眼，薄嘴唇，尖下巴。他脸上的表情和我想象中的差不多。如果你忘了擦鞋上的泥巴，他就是那种会提醒你的男孩。我把照片放在一边，看着欧法梅·奎斯特，试图找到这两兄妹的相像之处，但没有找到。他们一点也不像，这当然不能证明什么，这也从来证明不了什么。

"好吧，"我说，"我会去看看的。但你应该能猜到发生什么了吧。他居住在一个陌生的城市。有段时间，赚了不少钱，也许比他这辈子赚的还要多。他接触到了他从未接触过的人。我了解湾城，它可不像堪萨斯的曼哈顿那样的小镇。所以他不工作了，但又不想让家人知道，觉得自己能应付这些。"

她盯着我看了一会儿，沉默不语，然后摇摇头。"不会的，奥林不是这样的人，马洛先生。"

"任何人都会，"我说，"尤其像奥林这样的人。他在你们那个小镇上，受母亲管束，牧师教诲，感觉很虔诚。离家在外，他很孤独。他赚了钱，就想买点儿甜蜜和温暖，但绝不是教堂窗户上映射出的那种甜蜜和温暖。我并不是反对这些。我是说他已经受够了那样的生活，不是吗？"

她默默地点点头。

"所以他开始玩乐,"我继续说,"可他不知道怎么玩乐。玩乐也需要经验。他花天酒地,但他感觉自己做的事就像偷了主教的裤子。毕竟,这家伙也二十九岁了,如果他自甘堕落,那是他的事。过不了多久,他还会怪罪别人。"

"我不相信你,马洛先生,"她慢吞吞地说,"我不愿妈妈——"

"刚才说到20美元。"我插嘴说。

她很震惊。"我现在就得付钱吗?"

"堪萨斯州的曼哈顿是什么规矩?"

"曼哈顿没有私家侦探,只有普通警察。是这样的,我们那里没有。"

她又在她的工具箱里翻来翻去,掏出一个红色的零钱包,从里面掏出一些钞票,都分类叠得整整齐齐。三张五美元,五张一美元,钱包里也没多少钱。她举着钱包,我看到里面空空的。随后,她把纸币平摊在桌上,一张张叠起来,推给我,很慢,很悲伤,好像正在淹死一只心爱的小猫。

"我给你开收据。"我说。

"我不需要收据,马洛先生。"

"我需要。你不愿告诉我你的姓名和地址,所以我需要一张有你名字的单据。"

"做什么?"

"表明我是你的代理人。"我拿出收据簿,开了收据,让她在副本上签字。她不想签。过了一会儿,她才极不情愿地拿起硬芯铅笔,以工整的秘书体在副本上写下"欧法梅·奎斯特"。

"还是不写地址?"我问。

"不想写。"

"随时给我打电话。我家的电话号码也在电话簿里。布里斯托尔公寓，428房。"

"我不可能拜访你。"她冷冷地说。

"我可没邀请你，"我说，"如果你愿意，四点左右给我打电话。那时，我可能有消息了，当然了，也可能没有。"

她站起来。"我不希望妈妈认为我做了件错事，"她说着，用苍白的指甲捏着嘴唇，"我的意思是，来你这里。"

"别再给我说你妈妈不喜欢什么了，"我说，"略过这段。"

"真是的！"

"不要再说'真是的'。"

"我觉得你非常无礼。"她说。

"不，你不会有这样的感觉。你觉得我很可爱。我觉得你是个迷人的小骗子。你以为我做这件事只是为了20块钱吗？"

她冷冷地盯着我。"为了什么？"我没有回答，她又说："因为空气中弥漫着春天的气息？"

我还是没有回答。她的脸上泛起了淡淡的红晕，咯咯笑了。

我不忍心告诉她，我只是厌倦了无所事事的生活。也许是因为春天。也许是她那比堪萨斯州的曼哈顿还要深不可测的眼神。

"我觉得你真好——真的。"她轻声说，然后迅速转身，几乎是跑出办公室的。门外走廊里传来细小而清脆的脚步声，有点像她爸爸想吃第二块馅饼时，她妈妈敲餐桌边沿的声音。他没有钱，一无所有，只是坐在堪萨斯州曼哈顿他家前廊的摇椅上，嘴里叼着空烟斗，轻轻摇晃，很慢很慢，因为当人中风时，就只能慢慢地、慢慢地摇了。他嘴里叼着空烟斗。没有烟丝。除了等待，别无他法。

我把欧法梅·奎斯特辛辛苦苦挣来的20美元装进一个信封，在信封上写上她的名字，扔在书桌抽屉里。我不喜欢带着这么多钱到处乱跑。

第三章

你可能早就知道湾城,却不知道爱达荷街。也许你非常了解爱达荷街,但不了解449号。449号门前的街道早已变得坑坑洼洼,破败不堪。街道对面布满裂缝的人行道紧挨着锯木场歪歪扭扭的围栏。往前走半个街区,一条支线铁轨上锈迹斑斑,一直伸进两扇高大的木门,木门用铁链紧锁,好像有二十年没有打开过了。小男孩们用粉笔在大门和围栏上到处写写画画。

449号的前廊不深,没上过漆。门廊上散落着五把木质藤条摇椅,海滩上潮湿的空气将捆绑它们的铁丝锈在一起。房屋矮窗上的绿色遮光帘垂下三分之二,裂痕满满。前门侧面立着一个很大的告示牌,上面写着"无空房"。那个牌子已经放了很久了,褪色了,污渍斑斑点点。门开着,沿着长廊往里走,上台阶,走到约三分之一处,靠右边有一个窄小的架子,旁边链子上挂着一支不可擦铅笔。架子上有一个按钮,还有一个黄黑相间的标志,上面写着"经理"字样,用三个不同形状的图钉固定。对面墙上有一部公用电话。

我按了按门铃,附近某个地方门铃响起,但没听到什么动静。我又按了一次,还是没有动静。我蹑手蹑脚地走到一扇门前,门上挂着一个黑白相间的金属牌子——"经理"。我敲了敲门,又踢了踢,好像没人在乎我踢门。

我走出房子，绕到侧面，沿着一条狭窄的水泥人行道走到后门入口处。这间看起来正是经理室，其余的都是客房。小门廊上放着一个脏兮兮的垃圾桶和一个装满酒瓶的木箱子。纱门后面，房子的后门敞开着，里面很暗。我把脸贴在纱门上往里瞄。员工通道旁有一扇门开着，透过门可以看见一把直背靠椅，上面搭着一件男式大衣。椅子上坐着一个男人，身材矮小，身穿衬衫，头戴帽子。我看不清他在做什么，但他好像一直坐在用餐区餐桌的一端。

我砰砰砰地拍击纱门。那个男人没注意。我拍得更重了。这次他把椅子往后一斜，我看到一张又小又苍白的脸，嘴里叼着烟。"什么事？"他吼道。

"找经理。"

"他不在，伙计。"

"你是谁？"

"关你屁事！"

"我想要一间房。"

"没空房，伙计。没看到那么大的字吗？"

"我听说有空房。"我说。

"哦？"他用指甲弹掉烟灰，没有把烟从他那既小又下撇的嘴里拿出来，"滚蛋。"

他又把椅子转回去，继续做他刚才做的事。

我走下门廊时，故意弄出响声，又悄无声息地返回去。我小心翼翼地推了推纱门，门上挂了钩。我用小刀把钩子提起来，慢慢地从钩眼里取出来。它发出了轻微的叮当声，但厨房里的叮当声更大。

我走进房子，穿过员工通道，走进厨房。那个小个子男人正忙呢，没注意我。厨房里有一个三灶煤气炉，几架子油腻的盘子，一个有缺口的冰箱和一个餐区。餐区角落的桌子上堆满了钱，大部分是纸币，但也有硬币，各种面值的美元。那个小个子男人正在点钱，一沓沓放好，并在一个小本子上记着。他舔舔铅笔，但丝毫不影响他嘴里叼的烟。

那张桌子上一定有好几百美元。

"今天收租？"我和蔼地问道。

小个子男人突然转过身来。那一刹那间，他面带微笑，什么也没说。这显然是皮笑肉不笑。他把烟头从嘴里拿出来，扔在地上，踩了踩。他从衬衫口袋里掏出一支新的，塞到嘴里，开始摸火柴。

"进来了，干得漂亮。"他愉快地说。

他没找到火柴，在椅子上漫不经心地转过身，把手伸进外衣口袋里。有个重家伙撞在椅子上。他还没从口袋里掏出那个东西，我就一把抓住了他的手腕。他身体向后倾，大衣口袋正对我。我一把抽掉他屁股下的椅子。

他一屁股坐在地上，头撞在餐桌边上。但他还不肯罢休，试图踢我的腹股沟。我拽着他的外套向后退，从他刚才摸的口袋里掏出一把点三八口径手枪。

"别坐在地板上耍赖了。"我说。

他慢吞吞地站起来，装出一副迷糊的样子。他的手在衣领后面摸索着，突然，金属亮光一闪，他的胳膊朝我袭来，他真是一只好斗的小公鸡。

我用他的手枪侧击他的下巴，他又摔坐在地上。我一脚踩住他那握刀的手。他痛得脸都扭在一起了，但没出声。我把刀踢到角落。这是一把细长的刀，看起来很锋利。

"真不害臊，"我说，"拿刀拿枪对付正在寻找住处的人。就算世道不好，也太过分了吧。"

他把受伤的手夹在两膝间，压了压，嘘嘘吹起口哨来。看来下巴那一击没有伤到他。"好吧,"他说,"好吧,我本来就没那么好的身手。拿钱滚吧。但别以为我们收拾不了你。"

我看了看桌上那些小面额纸币,较大面额纸币和硬币,对他说:"你随身携带武器,看来生意上麻烦不少呀。"我走到里边,推了推门,没锁。我转过身。

"我把你的枪放在邮箱里,"我说,"下次记得看看,谁在按门铃。"

他还在嘘嘘地吹着,双手紧握。他眯起眼睛,看了我一眼,若有所思。然后,他把钱塞进一个破旧公文包,啪的一声扣上。他摘下帽子,整理整理,得意洋洋地戴在后脑勺上,冲我咧嘴一笑。

"别在意那玩意儿了,"他说,"镇上到处都是废铁。但你可以把那把刀留给克劳森。我花了很大工夫才磨好的。"

"用它干了不少事儿吧?"我说。

"可能吧,"他朝我弹弹手指,"也许我们会很快再见面的。那时我会和我的朋友一起来。"

"告诉他穿件干净衬衫,"我说,"也借你一件。"

"喔唷,喔唷,"小个子男人愤愤地说,"你还蹬鼻子上脸啦,耍起横来了!"

他轻轻地从我身旁走过,走出后门门廊,下了木台阶。他的脚步声在街道上响着,渐渐消失了。这脚步声听起来很像欧法梅的高跟鞋踩在我办公楼走廊上发出的嗒嗒声。不知为何,我感觉自己心里空落落的。毫无缘由。或许是因为这个小个子男人的硬汉品质,没有呜咽,没有怒吼,只有微笑,齿间的口哨,还有那轻柔的声音和令人难忘的眼神。

我走过去,捡起刀。刀刃长薄,弧线圆润,像一把打磨光滑的鼠尾锉刀。刀柄和护套是轻型塑料材质,看起来浑然一体。我紧握刀柄,嗖的一下扎向桌子。刀身脱出,插进木桌,颤动起来。

我深吸一口气，把刀柄又插到脱落那端，把刀身从桌子上拔下来。这是一把奇特的刀，设计精良，但别有用心，令人不寒而栗。

我打开厨房另一端的门，穿过门，一手拿枪，一手拿刀。

这是一间带壁床的客厅，床已放平，上面凌乱不堪。一把椅子上堆满衣服，扶手上被烧了一个洞。一张高高的橡木书桌靠在前窗的墙上，上面几扇歪歪斜斜的门像老式地窖门。书桌旁边，有一张单人沙发床，上面躺着一个人。这个人穿着一双起满毛球的灰袜子，双脚悬在沙发一端。他的头偏离枕头两英尺。看那枕巾的颜色，还是不枕为好。他上身穿着一件褪色衬衫，套着一件破旧灰外套，张着嘴，满脸的汗珠亮晶晶的，呼吸声很刺耳，就像一辆老式的、气缸垫漏气的福特车。他旁边的桌子上放着一个盘子，里面堆满烟头，有些烟看起来是自己卷的。地板上放着一瓶杜松子酒，一个杯子，杯子似乎冲过咖啡，但时间很长了。杜松子酒的味道和污浊的空气弥漫在房间，但隐约也能闻到大麻的味道。

我打开一扇窗，将额头紧贴在纱窗上，让肺吸一点清新的空气。我看着窗外的街道，两个孩子沿着木材场的围栏骑自行车，不时停下来研究围栏上的涂鸦。除此之外，静悄悄的。路上连条狗也没有。前面拐角处，尘土飞扬，好像有车经过。

我走到桌子前，里面放着房间登记簿，我来回翻看，终于看到一个用清晰工整的手写体写成的名字："奥林·P. 奎斯特"，用铅笔写的"214"这个数字是其他人加的，既不清晰也不工整。我一直查到登记簿的最后一页，也没有发现214房间有其他新的入住记录。一个叫乔治·W. 希克斯的人住在215房间。我把登记簿放进桌子，绕到沙发旁。那人不打呼噜了，也不吹"噗噗"声了，把右臂搭在身上，好像在做演讲。

我弯下腰，用我的拇指和食指紧捏他的鼻子，抓起他外套的一角塞进他嘴里。他不打鼾了,猛地睁开双眼。两眼呆滞无神,布满血丝。他想挣脱我的手。当我确信他已经完全清醒时,才松手,拿起地上装满杜松子酒的瓶子,往旁边的玻璃杯里倒了一些,朝他晃晃。

他伸手来拿酒,好像一个焦急的母亲迫不及待地迎接她那走失的孩子。

我把酒杯移到他够不着的地方,说:"你是经理?"

他舔舔他那黏糊糊的嘴唇说:"酒——酒——酒。"

他伸手抓杯子。我把酒杯放在他面前的桌子上。他小心翼翼地双手捧起酒杯,一下灌进嘴里,随后哈哈大笑,把杯子扔给我。我一把接住杯子,把它倒放在桌子上。那人仔细打量我一番,努力装出一副严厉的样子,但没装像。

"什么事?"他生气地喊道,声音低沉沙哑。

"你是经理?"

他点点头,差点从沙发上摔下来。"我肯定喝醉了,"他说,"有那么一丁点儿醉了。"

"不是很糟,"我说,"你还在喘气。"

他双脚着地,用力站起。他突然乐了,咯咯笑了起来,摇摇晃晃走了三步,摔了个大马趴,嘴啃到椅子腿上了。

我把他拽起来,让他坐在那把扶手有洞、堆满东西的椅子上,又给他倒了一大杯他的"灵丹妙药"。他一饮而尽,浑身颤抖,两眼一下正常了,露出狡黠的神情。像他这样的酒鬼,好像喝到某个阶段,就会清醒。但你永远不知道这个阶段什么时候出现,会持续多久。

"你他妈的到底是谁呀?"他吼道。

"我在找一个叫奥林·P. 奎斯特的人。"

"嗯?"

我又说了一遍。他用手抹了抹脸,敷衍道:"搬走了。"

"什么时候搬走的?"

他摆摆手,差点从椅子上摔下来,又朝另一边摆摆手,以保持平衡。"给我酒。"他说。

我又倒了一大杯杜松子酒,把酒杯举到他够不着的地方。"给我,"那人急切地说,"我生气了。"

"我只想知道奥林·P.奎斯特现在的住址。"

"我想想。"他说,十分狡黠,挥手要抓我手里的杯子。

我把杯子放在地板上,把我的名片递给他。"这个或许能帮你清醒清醒。"我告诉他。

他仔细看了看名片,冷笑一声,把名片对折一次,又折一次,放在手掌上,呸地吐了口唾沫,扔到身后。

我把酒递给他。他说为我的健康干杯,一饮而尽,庄重地点点头,把杯子也扔到身后。酒杯在地板上滚来滚去,撞在护壁板上。令人惊讶的是,那人轻松站起来,朝天花板竖起大拇指,紧握拳头,咬牙切齿地大吼一声。

"滚,"他说,"我也有朋友。"他看着墙上的电话,狡猾地回头看我一眼。"几个小伙子会来修理你。"他冷笑道。我什么也没说。"不信?"他咆哮着,火冒三丈。我摇摇头。

他走向电话机,从挂机上扯下听筒,拨了五个数字。我看着他,他拨了13572。

拨这个号码几乎耗尽了他所有的力气,他任由听筒掉下去,撞在墙上,自己一屁股坐在地板上。他将听筒放在耳边,对墙大喊:"让我和医生讲话。"我静静地听着。"文斯!医生!"他愤怒地喊道。他摇了摇听筒,扔在一边。他趴在地板上,开始绕圈爬。当他看到我时,又惊又气。随后,他摇摇晃晃地站起来,伸出手来。"给我酒。"

我捡起杯子,倒上酒。他像个醉醺醺的贵妇,以高贵的姿态接过酒杯，仰头一饮而尽。随后，他神态自若地走到沙发旁，躺下，把杯子放在头下当枕头，立马呼呼大睡了。

我把电话听筒放回挂机，又瞥了瞥厨房，摸了摸沙发上的人，从他口袋里掏出几把钥匙。其中一把是万能钥匙。通向走廊的门上装着一个弹簧锁，我把它固定好，这样我还可以进来，也可以上楼。我在路上稍做停留，在信封上写下"文斯医生，13572"。也许这是个线索。

我继续往上走，房子里一片寂静。

第四章

经理这把打磨过的万能钥匙打开了214房间的锁,没有发出任何响动。我推开门,里面有人。一个矮胖壮实的人背对门,弯腰整理床上的手提箱。衬衫、袜子、内衣乱扔在床上。那人吹着单调低沉的口哨,不紧不慢地仔细收拾行李。

门铰链吱的一声,他愣了一下,手快速伸向床上的枕头。

"对不起,"我说,"经理告诉我这间房是空的。"

他的头像葡萄柚,光秃秃的。他身穿深灰色的法兰绒长裤,蓝衬衫,上面是透明的塑料背带。他从枕头下抽出手,将手放在头上,又放下来,转过身来,就有头发了。

这假发看起来和真头发一样自然,光滑,呈棕色,没有散开。他透过假发,气冲冲地看着我。

"你总要敲敲门吧。"他说。

他的声音浑厚,长着宽脸,看起来很谨慎。

"如果经理说房间是空的,我为什么还要敲门呢?"他点点头,对这个回答很满意,眼中的怒火消失了。

没等他邀请,我直接进了房间。手提箱旁,一本打开的色情杂志反扣在床上。绿色的玻璃烟灰缸里,一支雪茄还在冒烟。房间里的东西摆放得井井有条,就这样的房子,算干净的。

"他一定以为你已经搬走了。"我说,尽量装得像个实话实说的好人。

"半小时后你就可以住了。"男子说。

"好的,我能到处看看吗?"

他冷笑一声。"在城里没待多久吧,是不是?"

"问这个干什么?"

"你刚到这里,是不是?"

"为什么这么问?"

"喜欢这里的房子和邻里吗?"

"不是很喜欢,"我说,"房间看起来还行。"

他咧嘴笑了,露出一个烤瓷牙,比他的真牙白多了。

"看房子多久了?"

"刚开始看,"我说,"问这么多干什么?"

"我觉得你很好笑,"男子说,但没有笑,"在这个镇上,你不用看房。这里的房不用看都很抢手。这鬼地方人满为患,现在,我只要告诉别人这里有空房,10元钱就到手了。"

"糟了,"我说,"一个叫奥林·P. 奎斯特的人告诉我这里有空房,所以你花不了这10元钱了。"

"是吗?"他的眼睛一眨不眨,肌肉一动不动,好像我在和一只乌龟说话。

"别和我要横,"那人说,"我比你更横。"

他从绿色玻璃烟灰缸里拿起雪茄,吹了一口烟。透过烟雾,他那灰色的眼睛冷冷地看着我。我拿出一支烟,蹭了蹭下巴。

"对你要横会有什么下场?"我问他,"你会让他们捧着你的假发?"

"不许再提我的假发。"他恶狠狠地说。

"抱歉啊。"我说。

"房门口挂着'没有空房'的牌子,"那男子说,"那你怎么还会来这里找房呢?"

"你没听到我刚说的名字吗,"我说,"奥林·P.奎斯特。"我给他拼了一遍。他很不高兴。这一刻,空气凝滞了,死一般寂静。

他突然转过身,往手提箱里塞了一沓手帕。我向他靠近一点。他转过身来,脸上露出警惕的神情。但这张脸一开始就很警觉。

"你的朋友?"他漫不经心地问道。

"我们一起长大。"我说。

"他是个不善言谈的人,"男子随口说道,"我过去常和他一块儿玩。他在西加州公司上班,是不是?"

"没错。"我说。

"哦,他辞职了?"

"被辞退了。"

我们一直盯着对方,但毫无结果。我们已碰到很多这样的情形了,所以不期待有奇迹出现。

男子又把雪茄放到嘴里,坐在床边,旁边是打开的行李箱。我往箱子里瞥了一眼,看到一把自动手枪的枪柄,从一条皱巴巴的短裤下露出来。

"奎斯特离开这里有十天了,"男子若有所思地说,"这么说,他还觉得这房子是空的,嗯?"

"从登记簿上看是空的。"我说。

他轻蔑地哼了一声。"楼下那个大酒鬼可能一个月都没看登记簿了。哦,稍等。"他的眼神变得犀利起来,他的手在打开的行李箱上拍来拍去,漫不经心地拍了拍靠近枪的东西。手移开时,枪不见了。

"我一早上都晕晕乎乎的,否则我早就看出来了,"他说,"你是侦探。"

"好吧。算是侦探吧。"

"有什么事吗？"

"没什么。我就想知道你为什么住在这个房间。"

"我从对面的215房间搬过来的。这间房更好。就这样。很简单。满意吗？"

"很满意。"我边说边看着那只随时可能拿到枪的手。

"哪种侦探？城市的？让我看看证件。"

我什么也没说。

"我不信你没有证件。"

"就算我给你看，像你这种人，也会说是假的。所以，你就是希克斯。"

他看起来很惊讶。

"乔治·W.希克斯，"我说，"登记簿上有。215房间。你刚才告诉我你是从215房间搬来的，"我环视房间，"如果你这里有黑板，我可以写出你的名字。"

"好吧，我们不必打哑谜了，"他说，"我就是希克斯。很高兴见到你。你叫什么名字？"

他伸出手。我和他握了握手，但并没有表现得有多热情。

"我叫马洛，"我说，"菲利普·马洛。"

"你知道吗，"希克斯彬彬有礼地说，"你就是个该死的大骗子。"

我哈哈大笑起来。

"就你这种轻浮的态度，什么都别想知道，伙计。你到底想干什么？"

我掏出钱包，递给他一张名片。他仔细读了读，用名片的边缘轻敲他的烤瓷牙。

"他可以去别的地方,用不着告诉我吧。"他若有所思地说。

"你说的话,"我说,"和你的假发一样不靠谱。"

"识趣点,别再提我的假发。"他喊道。

"我又不打算吃了它,"我说,"我没那么饿。"

他向我走近一步,右肩下沉,气冲冲的,嘴角下拉。

"别打我,我有保险。"我告诉他。

"哦,该死!又是个神经病。"他耸耸肩,嘴角恢复到正常状态。

"你到底要干什么?"

"我必须找到奥林·P. 奎斯特。"我说。

"为什么?"

我没有回答。

过了一会儿,他说:"好吧,我自己也是个谨慎的人。这就是我要搬出去的原因。"

"也许你不喜欢大麻的味道。"

"有这个原因,"他茫然地说,"还有别的事。这也是奥林·P. 奎斯特离开这里的原因。他是个体面人,像我一样。我想,有几个坏小子恐吓他了。"

"我明白了,"我说,"这就是他没有留下新地址的原因。他们为什么要恐吓他?"

"你刚提到了大麻的味道,是不是?他要知道这事,肯定会去总公司告发的,难道不是吗?"

"在湾城?"我问,"他为什么要这么大费周折呢?好的,非常感谢,希克斯先生。你走得远吗?"

"不远,"他说,"不,不是很远。但也不近。"

"你是干什么非法买卖的?"我问他。

"非法买卖?"他看起来很伤心。

"当然了。你靠什么甩掉他们的?你怎么赚到钱的?"

"你误会我了,兄弟。我是退休的验光师。"

"既然这样,那你箱子里为什么会放一把点四五口径的手枪?"我指了指手提箱。

"没什么奇怪的,"他不高兴地说,"枪在家里放了很多年了。"他又低头看了看名片。"私家侦探,啊哈?"他若有所思地说,"你一般都做什么?"

"都是相当正经的活儿。"我说。

他点点头。"你用'相当'这个词,有言外之意。'正经'这个词也是。"

我偷瞄了他一眼。"没错,"我赞同地说,"我们不妨找个安静的下午,坐在一起,讨论一下这两个词的言外之意。"我伸出手,拿走他手里的名片,塞进我的口袋。"谢谢你抽时间和我聊天。"我说。

我走出来,关上门,然后紧靠着门听。我也不知道我想听到什么。不管想听什么,总之什么也没听见。我有一种感觉,他站在原地没动,看着我走出门。我沿着大厅往外走,发出很大的响声,最后站在楼梯口。

一辆汽车从房子前开走。某处的门关上了。我悄悄溜回 215 房间门口,用万能钥匙开门进去。我悄悄关上门,上锁,就在里面等着。

第五章

不到两分钟，乔治·W. 希克斯先生就出门了。他悄悄出门，要不是我仔细听的话，压根儿听不到。我听到门把手转动的细微金属声，轻缓的脚步声，门被轻轻关上的声音，远去的脚步声。远处传来微弱的咯吱咯吱的楼梯声响，随后一片寂静。我等着开前门的声音，但没听到。我打开215房间的门，沿着走廊走到楼梯口。楼下传来小心翼翼的推门声。我低头往下看，看见希克斯走进经理室。他进去后关上门。我等待里面传来说话声，但没有声音。

我耸耸肩，返回215房间。

房间的种种迹象表明：这房子有人住。床头柜上放着一台小收音机，未整理的床铺下放着一双鞋，破旧的绿色遮光帘拉下来了，上面还挂了一件旧睡袍。

我看着房间里的一切，好像它饱含深意。我走回大厅，锁上房门。随后我又溜进214房间。门没锁，我仔细搜查了房间，没有找到任何与奥林·P. 奎斯特有关的东西。我没指望找到什么，也没期待什么收获，但总是要看看的。

我走下楼梯，在经理室的门外倾听，什么也没听到。我走进去，穿过房间，把钥匙放在桌子上。莱斯特·B. 克劳森侧身躺在沙发上，脸对着墙，睡得很香。我翻了翻桌子，找到一本旧账簿，上面好像记录着房租的收支情况。我又看了看登记簿,没有更新到今天,沙发上睡着的这个人足以说明这点。奥林·P. 奎斯特搬走了,其他人住进他的房间。有人把房间登记在希克斯名下。厨房里数钱的那位小个子男人与邻居们处得很好。他携枪带刀的嗜好,在爱达荷街根本不会引起非议。

我从桌子旁的钩子上取下湾城的电话簿。我想,通过"医生"或名字"文斯",还有 13572 的电话号码,找出这个人应该不难。首先,我快速翻阅了一下登记簿,这是我早该做的事。登记奥林·奎斯特信息的那页被撕掉了。乔治·W. 希克斯先生,真是个谨慎的人。非常谨慎。

我合上登记簿,又瞥了一眼莱斯特·B. 克劳森,我吸吸鼻子,闻到房间里污浊的空气,杜松子酒令人作呕的丝丝甜味,还混杂着其他味道。我起身往门口走。走到门口,我脑海里突然闪过一个念头。像克劳森这样的醉鬼应该是鼾声如雷,鼾声、鼻息声、吹气声交织在一起,此起彼伏,震得脑袋直晃才对呀。但此时他没有发出任何声音。一条棕色的军用毛毯拉得高高的,裹住他的肩膀和后颈,他看上去睡得很舒服,很平静。

我站在他身旁,低头看着他。他后颈处的军用毛毯异常凸起。我移开毯子。莱斯特·B. 克劳森的后颈处插着一个方形的黄色木质手柄,手柄一侧印着"克拉姆森五金公司赠"字样。手柄刚好插在枕骨下方。

这是一把冰锥的手柄……

我以三十五英里的时速离开这里。在城郊,我跳下车,把自己锁在一个室外电话亭里,给警察局打了电话。

"湾城警局。我是穆特,请讲。"一个沙哑的声音说。

我说:"爱达荷街 449 号。经理室。他的名字是克劳森。"

"怎么了?"那个声音说,"要我们做什么?"

"我不知道,"我说,"我也有点糊涂。但那个人的名字是莱斯特·B.克劳森。记住了吗?"

"出什么事了吗?"那个沙哑的声音问,并未起疑。

"验尸官会想知道的。"我说完挂了电话。

第六章

我开车返回好莱坞，把自己锁在办公室里，翻看湾城的电话簿。我花了十五分钟，查到了在湾城使用13572号码的那个人，他是文森特·拉加迪医生，自称神经科医生，他的家和办公室都在怀俄明州大街。据我所知，这个地方不是最好的居住区，但也不算最差。

我把湾城的电话簿锁在桌子里，下楼到便利店买了一份三明治、一杯咖啡，然后用付费电话给文森特·拉加迪医生打电话。一个女人接的电话，我费了好大工夫才和拉加迪医生本人通上话。我说话时，他很不耐烦。他说他很忙，正给别人做身体检查。我认识的医生哪个不忙？我问他是否认识莱斯特·B.克劳森，他说从未听说过，还说我问这个有什么目的。

"克劳森先生今天早上想给你打电话，"我说，"他烂醉如泥，话都说不清楚。"

"可我不认识克劳森先生。"医生冷冷地答道，他现在好像不那么着急了。

"好吧，"我说，"我只是想确认一下。有人在他脖子后面刺入了冰锥。"

一阵沉默。拉加迪医生现在说话的声音非常礼貌。"报警了吗？"

"当然，"我说，"但不会烦扰到你——当然了，除非那把冰锥是你的。"

他绕过这个话题。"请问你是哪位？"他温文尔雅地询问道。

"我叫希克斯，"我说，"乔治·W.希克斯。我刚从那里搬出来。我不想卷入这件事。克劳森试图给你打电话——他临死前——你懂的——我想你可能对这事感兴趣。"

"很抱歉，希克斯先生，"拉加迪医生说道，"但我不认识克劳森先生。我从未听说过克劳森先生，也从未与他有过任何接触。我是不会记错名字的。"

"好吧，很好，"我说，"反正你现在也见不到他了。但是，或许有人想知道他为什么要给你打电话——除非我忘了报告这个信息。"

死一般的沉默。拉加迪医生说："无可奉告。"

我说："我也是。我还会给你打电话的。别误会，拉加迪医生，我不是在吓唬你。我只是个小人物，很迷茫，需要朋友。我觉得医生——就像牧师——"

"我随时为你效劳，"拉加迪医生说，"请随时咨询我。"

"谢谢你，医生，"我热切地说，"非常感谢你。"

我挂断电话。如果文森特·拉加迪医生说的是实话，他现在就会给湾城警局打电话，报告此事。如果他没讲实话，他就不会给警局打电话。弄清楚这一点，可能有用，也可能没用。

第七章

四点整,我桌上的电话响了。

"找到奥林了吗,马洛先生?"

"还没有。你在哪儿?"

"我就在旁边的杂货店——"

"上来吧,别把自己搞得像玛塔·哈里[①]一样。"我说。

"你就不能对人礼貌点吗?"她大声说。

我挂了电话,喝了一杯老林务员威士忌,振奋一下精神,为谈话做好准备。正当我品酒时,我听见走廊里传来脚步声。我走过去,打开门。

"这边走,别让人看见。"我说。

她矜持地坐下来,等着我开口。

"我只查到,"我告诉她,"爱达荷街上的那家破旅馆有人在兜售大麻。是大麻香烟。"

"天哪,太可恶了。"她说。

"人生起起落落,我们都得面对,"我说,"奥林肯定抓住了他们的把柄,并扬言要报警。"

---

① 玛塔·哈里:世界间谍史上最富有传奇色彩的间谍之一。

"你的意思是,"她像个小姑娘一样细声细气地说,"他们可能会因此事而伤害他?"

"是呀,很有可能,他们会先吓唬吓唬他。"

"哦,他们可吓不倒奥林,马洛先生,"她坚定地说,"当别人企图控制他时,他会变得很凶狠。"

"是吗,"我说,"但我们说的不是一码事。只要用对伎俩,你可以吓倒任何人。"

她固执地噘嘴说:"不会的,马洛先生,他们吓不倒奥林。"

"好吧,"我说,"所以他们没有恐吓他。比如说,他们只是砍断了他的一条腿,然后用那条腿打他的头。那他会怎么做——写信给商业监督局?"

"你在开玩笑吧,"她礼貌地说,声音冷冰冰的,"你只查到奥林搬走了,那是个糟糕的社区,你一整天就做了这些吗?这些我早都知道了,马洛先生。我还以为,你是个侦探,你可以——"她说了一半,就没下文了。

"不止这些,"我说,"我给房东倒了点杜松子酒,翻阅了住宿登记簿,和一个叫希克斯的人聊了聊,乔治·W. 希克斯。他戴着假发。我想你可能没见过他。他住在奥林住过的房间。所以,我想也许——"这回轮到我话说一半了。

她那双被眼镜放大的淡蓝色的眼睛直勾勾地盯着我。她的嘴巴小巧,双唇紧闭,双手紧握,放在她的大方包上方的桌子上。她全身僵直,正襟危坐,不以为意。

"我付给你20美元,马洛先生,"她冷冷地说,"我的理解是,这是你工作一天的酬劳。我觉得你好像没有完成一天的工作。"

"没有,"我说,"确实没有。这一天还没结束呢。不要担心你那20块钱。如果你愿意,可以拿回去。我动都没动。"

※ 小妹妹 ※

我打开书桌抽屉，取出她的钱，推到桌子对面。她看着钱，但没有碰。她缓缓地抬起双眼看着我的眼睛。

"我不是这个意思。我知道你已经尽力了，马洛先生。"

"掌握这些情况，我确实尽力了。"

"但我把自己知道的全都告诉你了。"

"我不这么认为。"我说。

"好吧，你要这么想我也没办法。"她很刻薄地说，"话说回来，如果我早知道我想知道的事，就不会到你这里来，让你找出真相了，是不是？"

"我不是说你知道你想知道的一切，"我回答道，"问题是，我还不知道我想知道的一切，怎么给你做事，况且，你告诉我的事不是那么合乎情理。"

"什么地方不合乎情理？我给你说的都是事实。我是奥林的妹妹。我想，我知道他是什么样的人。"

"他在西加州公司工作多久了？"

"我告诉你了。大约一年前，他来到加州，很快找到工作，实际上，他在离家前就得到这份工作了。"

"在来信中断之前，他多久给家里写一封信？"

"他每周都写，有时更频繁。他轮流给妈妈和我写信。当然，这些信都是写给我们俩的。"

"什么内容？"

"你是说他写了些什么？"

"你以为我是什么意思？"

"哎呀，你不要对我凶巴巴的。他写他的工作、工厂，还有那里的人，有时还写他看过的演出，或者关于加州的事。他也会写写教堂的事。"

"没有写女孩子吗?"

"我觉得奥林对女孩子没多大兴趣。"

"他一直住在同一个地方吗?"

她点点头,有点疑惑。

"他多久不写信了?"

这个问题让她思考了一下。她双唇紧闭,用指尖轻抚下唇中间。"大概三四个月了。"她最后说。

"他最后一封信是什么时候写的?"

"我——我恐怕无法告诉你确切日期。但我刚说过,三四个——"

我朝她摆摆手。"信里有没有反常的地方?有没有提到什么特别的事,或者没有提什么特别的事?"

"没有。和其他信一样。"

"你在这里有亲戚朋友吗?"

她很奇怪地瞪我一眼,想说什么,但又使劲摇头。"没有。"

"好吧。现在我告诉你哪里有问题。你不告诉我你住在哪里,这也就算了,因为你可能担心我会夹着一瓶烈酒,上门骚扰你。"

"这话说得可真难听。"她说。

"我说的话没好听的。我不是什么好人。按你的标准,没带够三本祈祷书的人都不是好人。但我又喜欢刨根问底。问题在于,对这种情况,你居然不害怕。你本人不害怕,你母亲也不害怕。你们应该害怕得要死才对。"

她那纤细的手指抓着包,紧紧地攥在胸前。"你是说他出事了?"她的声音越来越小,变成了一种悲伤的低语,就像殡仪师讨要预订金一样。

"我不知道出什么事了。如果我是你,知道奥林是什么样的人,他起先来信,后来不来信了,我才不会等到夏天放假,跑到这里打听情况。我也不会绕过专业寻人的警方,去找一个素不相识、独来独往的侦探,让他大海捞针。我无法理解的是,你亲爱的老母亲竟稳坐在堪萨斯州的曼哈顿,一周又一周,缝补牧师的防寒内衣。没有收到奥林的来信,没有消息,她所做的就是长叹一声,继续缝补另一条裤子。"

她猛地站起来。"你太可怕了,太恶心了,"她生气地说,"我觉得你很卑鄙。你竟敢说我妈妈和我一点也不担心。你怎敢这样说。"

我把这20美元的钞票推到离她更近的地方。"你担心的是这20美元吧,亲爱的,"我说,"你到底担心什么,我无法知道。我想我也不想知道。收起这些钱,放回你的包里,就当你没见过我。也许明天你又想把这些钱借给另一个侦探。"

她装上钱,啪的一声合上包。"我对你的粗鲁铭记于心,"她咬牙切齿地说,"从来没有人这样对我说话。"

我站起身来,走到桌子对面。"别想太多。你也许会慢慢喜欢这种说话方式的。"

我伸手摘掉她的眼镜。她向后退了半步,差点绊倒,我本能地伸出一只胳膊揽住她的腰。她的眼睛瞪得圆溜溜的,双手抵着我的胸向后推,像一只小猫在推我。

"不戴眼镜,这双眼睛真是太迷人了。"我用敬仰的口吻说。

她放松下来,头向后仰去,嘴唇微张。"我想你对所有的客户都这样吧。"她柔声说。此时,她的双手下垂,垂到身体两侧。背包碰到我的腿。她的全身靠在我的胳膊上。如果她是想让我放开她,她给的暗示可就暧昧不清了。

"我只是不想让你摔倒。"我说。

"我就知道你是个贴心的人。"她更加放松了,头更靠后了。她的上眼睑微微下垂,微微颤动,嘴唇微微张开。她的脸上露出一种淡淡的、与生俱来的挑逗微笑。"我想,你觉得我是故意的。"她说。

"故意做什么?"

"绊倒,差一点。"

"哦——"

她突然伸出一只胳膊,搂住我的脖子,开始向下拉。所以,我吻了她。与其说是吻她,还不如说撞在她的嘴唇上。她用力吻我,过了好久,才平静下来,在我怀里扭来扭去,安静而舒适地依偎在我的怀里,轻轻地长舒一口气。

"在堪萨斯州的曼哈顿,你可能会因此被捕。"她说。

"如果还有正义,我可能一到那里就会被逮捕。"我说。

她咯咯地笑着,用指尖戳了戳我的鼻尖。"我想你更喜欢放得开的女孩吧,"她说着,眼睛斜睨着我,"这次,你不用擦口红印了。也许下次我会涂点口红。"

"也许,我们还是坐在地上吧,"我说,"我的胳膊酸了。"

她又咯咯地笑了,优雅起身。"我猜,你会觉得我被吻过很多次吧。"她说。

"哪个女孩没被吻过呀?"

她点点头,从头到脚打量我,眼睫毛遮住了眼睛。"甚至在教会活动中,他们也会玩接吻游戏。"她说。

"否则,就不会有什么教会活动了。"我说。

我们看着对方,没有特别的表情。

"那好吧——"她终于先开口了。我把眼镜还给她。她戴上眼镜,打开包,照了照镜子,在包里翻找了半天,然后伸出手,手攥得紧紧的。

"对不起,我刚才有点刻薄了。"她说着,把什么东西塞到我桌子上的记事簿下。她又对我微微一笑,大步走到门口,打开门。

"我会给你打电话的。"她暧昧地说,然后出门,走廊里传来哒哒哒、哒哒哒的脚步声。

我走过去,拿起记事簿,拿出压在下面的皱巴巴的钞票,抚弄平整。这算不上吻,但似乎我又有机会挣这20美元了。

我还没顾得上担心莱斯特·B.克劳森先生,电话就响了。我心不在焉地接了电话。对方的声音很急促,但厚重沉闷,好像有人在用窗帘或很长的白胡子勒着他。

"你,马洛吗?"那个声音说。

"讲。"

"你有保险箱吗,马洛?"

我一下午都装得彬彬有礼,真是受够了。"废话少说,有事说事。"我说。

"刚问你话呢,马洛。"

"我没回答,"我说,"就这样。"我伸手按下挂机按钮。我一边握着电话,一边找烟。我知道他会很快打过来。他们觉得自己横,他们就这样,从不给自己留个台阶下。电话又响了,我开门见山。

"有事就说。在付给我钱之前,请尊称我为'先生'。"

"朋友,别发那么大的脾气。我有麻烦。我要把东西放在安全的地方。就几天。时间不长。你会很快小赚一笔。"

"多小?"我问,"多快?"

"一张百元大钞。我就在这里等你。我给你捂着呢。"

"我能听到钱沙沙响的声音,"我说,"在哪里等着?"我听到两次钱沙沙作响的声音,一次是我听到的,一次是回响在我脑海中的。

"凡内斯旅馆,332房间。快敲两下,慢敲两下。不要太大声。现在就出发。你多快能——"

"你要我保管什么?"

※ 第七章 ※

"等你到我这里再说。我说了,很着急。"

"你叫什么名字?"

"来 332 房间。"

"感谢来电,"我说,"再见。"

"嘿。等等,傻瓜。不是什么惹麻烦的东西。不是钻石。不是翡翠吊坠。对我来说,很值钱,对其他人而言,一文不值。"

"旅馆有保险箱。"

"你想穷死吗,马洛?"

"不可以吗?洛克菲勒都是穷死的。再见。"

他的声音变了。含混不清的声音消失了,他声音很尖、语速很快地说:"湾城的事进展如何?"

我没说话,只是等待。电话那头传来一阵朦胧的笑声。"你也许会感兴趣的,马洛。332 房间。朋友,抓紧时间。快过来。"

电话在我耳边咔嗒响了一声。我挂了电话。一支铅笔无缘无故地从桌上滚落,笔尖砸在桌子腿下面的玻璃上。我捡起铅笔,把波士顿卷笔刀用螺丝拧紧固定到窗框边缘,慢慢地、小心翼翼地把铅笔削尖,弄得又漂亮又平整。我把它放在桌上的托盘里,掸去手上的灰尘。我有的是时间。我望向窗外,什么也没看见,什么也没听到。

随后,不知为何,我看到了欧法梅·奎斯特那张没有戴眼镜的面庞,优雅光洁,略施粉黛,金色[①]的头发高高盘起,一绺编发盘在中间。一双性感迷人的眼睛。这样的人都拥有性感迷人的眼睛。我努力想象这张特写镜头下的脸,来自罗曼奥夫酒吧的一个身强体健的人正在狂吻着这张脸。

二十九分钟后,我到了凡内斯旅馆。

---

① 前文提到欧法梅是棕发,原著此处为金发,可理解为马洛想象中的误差。——本书责编注

第八章

很久以前,这家旅馆肯定非常典雅别致,但现在雅致荡然无存。记忆中老雪茄的味道,像天花板上脏兮兮的镀金和皮革躺椅上下陷的弹簧一样,常驻在大厅。桌子上的大理石已随岁月的流逝变成了黄褐色。但地毯是新的,看起来硬邦邦的,很像客房服务员摆出的一副臭嘴脸。

我从他身边走过,走到角落的雪茄柜台,放下一枚 25 美分的硬币,买一包骆驼牌香烟。柜台后面的女孩头发浅黄,脖子修长,双眼疲惫。她把香烟放在我面前,加了一包火柴,把给我找的零钱扔进一个标有"社区募捐感谢您"字样的投币箱里。

"你想让我这么做,不是吗?"她说,矜持地笑着,"你想把你的零钱捐给那些身有残疾的贫苦孩子,不是吗?"

"要是我不想呢?"我说。

"那我掏出 7 美分,"女孩说,"不过很麻烦。"她的声音低沉回荡,就像一条潮湿的毛巾轻抚你,带着湿润的爱意。我又投进去 25 美分。她报以一个大大的微笑,笑得合不拢嘴。

"你是好人,"她说,"看得出,你是好人。很多家伙来这里和女孩子调情。想想吧。只要 7 美分,就可以调情。"

"现在谁值班?"我问她,没搭理她刚说的话。

"有两个。"她缓慢而优雅地摆弄后脑勺,此时,她要展示的似乎不只是她的红指甲。"哈迪先生晚班,弗兰克先生白班。现在是白天,应该是弗兰克先生值班。"

"哪里能找到他?"

她倚靠在柜台上,让我闻她的发香,用半英寸长的指甲指向电梯间。"就在走廊那边,门房旁边。你肯定会看到门房,因为它只有半扇门,门上方用金字写着'门房'。不过那半扇门有点向后折,我猜你可能看不见。"

"我会看到的,"我说,"哪怕扭断脖子。这个弗兰克长什么样子?"

"嗯,"她说,"有点矮,有点胖,留着小胡子。矮胖型的。壮实但不高。"她的手指懒洋洋地在柜台上移动着,移到我不用跳就能摸到的地方。"他很无趣的,"她说,"找他干吗呀?"

"谈事儿。"我说。趁她还没勾住我的脖子,我赶紧离开了。

我从电梯里回头看她。她盯着我看,摆出一副她自认为沉思的样子。

门房就在通往春天大街的走廊中间。旁边的门半开着。我在门边四处打探一番,走进去,关上门。一个男子坐在一张满是灰尘的小桌子旁,桌上有个很大的烟灰缸,还有个小的。他又矮又壮。鼻子下面又黑又硬的胡茬约有一英寸长。我坐在他对面,把一张名片放在桌子上。

他伸手拿起名片,很不以为意,看了看,又把名片翻到背面,像看正面一样仔细看了看。背面没什么可看的。他从烟灰缸里拿出半支雪茄,点火时差点烧到鼻子。

"什么事?"他对我喊道。

"没什么。你是弗兰克吗?"

他没搭理我。他盯着我看,这一看,也许隐藏了他的想法,也许暴露了他的想法,就看他是否有事要隐瞒。

"我想打听一位房客。"我说。

"叫什么?"弗兰克冷冷地问道。

"我不知道他在这里用什么名字,他在332房间。"

"他来这儿之前用什么名字?"弗兰克问道。

"我也不知道。"

"哦?他长什么样?"弗兰克现在起疑了。他又看了一遍我的名片,但没什么收获。

"据我所知,我从没见过他。"

弗兰克说:"我肯定是劳累过度了。我不明白你在说什么。"

"我刚接到他的电话,"我说,"他想见我。"

"我拦你了吗?"

"你听着,弗兰克。干我这行的,树敌不少,你应该知道的。这个人希望我为他做事,叫我过来,还没说名字,就挂了电话。在上去找他之前,我想了解点情况。"

弗兰克拿出嘴里的雪茄,耐心地说:"我很不舒服。我还是不明白你的意思。你说什么也没用。"

我靠在桌子上,一字一顿地对他说:"他将我骗进房间,干掉我,然后悄无声息地退房,这事会干得很漂亮。你不希望这种事发生在你的旅馆吧,弗兰克?"

"就算我在乎,"他说,"你觉得你有那么重要吗?"

"你抽那半截烟是因为你喜欢,还是因为你觉得它让你看起来很厉害?"

"因为每周只有45美元,"弗兰克说,"我抽得起更好的吗?"他目不转睛地看着我。

"钱还没入账呢,"我告诉他,"还没成交。"

他发出一声悲叹,疲倦地站起来,走出房间。我点燃一支烟,等待着。没过多久他就回来了,把一张登记卡扔在桌子上,卡上写着"G.W. 汉布尔顿医生,加州埃尔森特罗"。字迹饱满有力。登记员在上面加写了其他信息,包括房间号和每日消费。弗兰克用一根手指点了点登记卡。那指甲没有修剪,也没清洗。

"下午2点47分住进来的,"他说,"就今天。他的账单上什么都没有,只有一天的租金。没留电话。什么都没留。这就是你想要的?"

"他长什么样?"我问。

"我没看见他。你以为我会站在桌子旁边,在他们登记的时候给他们一个个拍照吗?"

"谢谢,"我说,"G.W. 汉布尔顿医生,埃尔森特罗。非常感谢。"我把登记卡递给他。

"如果还有什么要告诉我,"我出去时,弗兰克说,"别忘了我住在哪里。如果你也管这里叫住所的话。"

我点点头,走了出去。总有这样的日子,你遇到的人个个都是笨蛋。你开始对着镜子审视自己,暗自思量。

第九章

332房间在这栋楼的后部,靠近逃生通道。通向房间的走廊里有股旧地毯、旧家具油的气味,上千个生活寒酸的无名之辈的气息尚存。消防水管下的沙桶里扔满了烟蒂和雪茄头,看来攒了些日子了。收音机里刺耳的音乐从一扇敞开的窗户传来。另一扇窗户传来歇斯底里的大笑声。走廊尽头的332房间,则比较安静。

我按要求快敲两下,慢敲两下。没什么动静。我很厌烦这样,感觉自己好像花了毕生的时间在敲打廉价旅馆的大门,却无人应答。我又敲了敲,然后扭动门把手,走了进去。里面的锁孔上挂着一把红标牌钥匙。

门厅不长,右边是一间浴室。门厅另一边,可以看到床的上半部分,一个穿着衬衫和短裤的男子躺在上面。

我说:"是汉布尔顿医生吗?"

那人没有应答。我经过浴室门,朝他走去。一股香水味扑来,我随即转身,但还是不够快。刚才待在浴室里的女人站在那里,用毛巾遮住脸的下半部分,毛巾上方露出墨镜。她头戴一顶阔边草帽,帽檐呈灰扑扑的飞燕草蓝。帽子下露出蓬松的淡金色头发。蓝色的耳钉在秀发下若隐若现。太阳镜镜框是白色的,侧边扁平。她的裙子和帽子很配,绣花丝制外套敞开着。她戴着一副长手套,右手握着一把自动手枪，白色骨制枪柄，看起来像点三二口径的手枪。

"转过身去，双手背后。"她透过毛巾说。对我而言，捂着毛巾说话和戴着墨镜一样，毫无意义。这个声音不是给我打电话的那个声音。我没动。

"别以为我在开玩笑，"她说，"我就给你三秒时间，按我说的做。"

"就不能给一分钟吗？我喜欢看着你。"

她用小手枪做了一个威胁的手势。"转过去，"她厉声说道，"快。"

"我也喜欢你的声音。"

"好啊，"她声音紧绷，恶狠狠地说，"随你便。"

"别忘了，你是淑女。"我说着，转过身去，把手放在我的肩上。枪口顶着我的后颈。她的呼吸弄得我的皮肤痒痒的。香水味很淡雅，不浓烈，也不刺鼻。我后颈上的枪移开了，我眼睛的余光突然瞥见一束白色的火焰在我身后燃烧。我哼了一声，朝前扑倒，迅速朝后抓。

我的手碰到了一条腿，穿着尼龙长袜，但滑开了，真遗憾。感觉是条美腿。我的头又被猛击一下，那种窃喜荡然无存，在这种绝望的境地，我发出嘶哑的吼声，瘫倒在地。门开了。钥匙咔嗒一声。门锁了。一片寂静。

我爬起来，走进浴室，从架子上取下一条毛巾，用冰水浸了一下，擦拭我的头。我感觉伤口好像是被鞋跟踢的，肯定不是枪柄砸的。有点血，但不多。我把毛巾冲洗干净，站在那里轻拍瘀伤，纳闷自己为什么不大声喊叫，跑出去追她。

但我现在正注视着洗手池上方被打开的柜子。一罐爽身粉从上面被撬开，架子上撒得到处是。一管牙膏被切开了。有人在找什么。

我回到狭小的门厅，试着开门。门从外面锁上了。我弯腰看钥匙孔，这是上下两层锁，外锁孔和内锁孔不在同一平面。戴白框墨镜的女人对酒店不太了解。我扭了扭弹簧锁，外锁打开了。我打开门，看着空荡荡的走廊，又把门关上。

随后，我朝床上的男人走去。他没有动过，原因很明显。

穿过门厅，房间宽敞了，透过两扇窗户，夕阳斜照在床上，刚好照到床上那个人的脖子底下。阳光照着的是一个蓝白相间、闪闪发光的圆形物体。他舒服地侧身躺着，手垂在身体一侧，没有穿鞋子。

他侧脸枕在枕头上，看起来很放松。他戴着假发。上次我和他谈话时，他叫乔治·W.希克斯。现在是G.W.汉布尔顿医生。首字母相同。这些已经不重要了。我再也不会和他说话了。没有血迹，一点也没有，用专业冰锥杀人就有这个优点。

我摸了摸他的脖子，还有余温。此时，阳光西斜，从冰锥的把手移向他的左耳。我转过身，环视房间。电话机的铃盒已被拆开，没有合上。《圣经》被扔在角落。桌子被搜过了。我走到衣柜旁，仔细查看。

衣柜里挂着衣服，放着一个我曾见过的手提箱。我没有发现什么重要的东西。我从地板上捡起一顶带帽檐的帽子，放在桌子上，然后回到浴室。现在我感兴趣的是，用冰锥刺死汉布尔顿医生的人有没有找到他们想要的东西。他们的时间非常有限。

我仔细搜查了浴室，移开了马桶水箱的顶部，把水放干。里面什么也没有。我看了看下水管，没发现绑着小东西的丝线挂在里面。我搜了搜书桌，除了一个旧信封，里面什么也没有。我打开窗纱，在窗台下摸了摸。我捡起地上的《圣经》，又翻了一遍。

我检查了三幅画的背面，研究了地毯的边缘。地毯被大头钉牢牢钉在墙根，钉子的凹陷处积了些灰尘。我趴在地板上，仔细查看床底下。

还是一无所获。我站在椅子上，看了看灯罩里面，满是灰尘和飞蛾的死尸。我又看了一遍床，床铺得很专业，而且没动过。我摸了摸死者头下的枕头,然后从壁橱里拿出另一个枕头,仔细查看了它的边缘。一无所获。

汉布尔顿医生的大衣挂在椅背上,明知这是最不可能找到东西的地方,但我还是里外摸了个遍,有人用小刀把衬里和垫肩割开了。

我在衣服里找到火柴,几根雪茄,一副墨镜,一条没用过的廉价手帕,一张湾城影院的票根,一把小梳子,还有一包没开封的香烟。我把香烟盒拿到光线下细看,没有被动过的迹象。我拆开烟盒,撕掉盖子,翻了一遍,除了香烟什么也没找到。

现在就只剩下汉布尔顿医生本人没搜了。我把他扳正,伸手去掏他的裤兜。里面有零钱,一块手帕,一小管牙线,一些火柴,一串钥匙,一张折叠的汽车时刻表。

猪皮钱包里放着几张邮票和另一把梳子(这家伙可真会照顾他的假发),三小包白色粉末,七张名片,上面印有"G.W. 汉布尔顿医生;加州埃尔森特罗城,塔斯廷大楼;门诊时间:上午9点至12点,下午2点至4点,需预约;电话号码:埃尔森特罗城50406"字样。

里面没有驾照,没有社保卡,没有保险卡,没什么能证明身份的证件。钱包里有164美元现金。我把钱包放回原处。

我拿起书桌上汉布尔顿医生的帽子,仔细查看了吸汗带和缎带。缎带结被刀尖挑松了,线垂了下来。缎带结里什么也没藏。看不出之前被拆掉,后来再缝上的痕迹。

东西就这些。如果凶手知道他们在找什么,那东西肯定可以藏在书里、电话盒里、牙膏管里或帽带里。我回到浴室,又看看我的头,伤口还在渗血。我又用冷水敷了敷,用纸巾擦干伤口,然后把纸扔进马桶冲掉。

我走回去,站了一会儿,低头看着汉布尔顿医生,猜他究竟犯了什么错。他似乎向来都很精明。此时,阳光已照到房间另一端,没照到床上，照在了积满灰尘的角落里。

我突然咧嘴一笑，迅速俯下身子，脸上依然带着笑容，尽管现在笑不合时宜。我摘下汉布尔顿医生的假发，把它翻过来。一切就这么简单。在假发的内衬上，透明胶带粘着一张橘黄色的纸，外面用一层玻璃纸保护着。

我把纸条拽下来，翻过来，发现这是张湾城照相馆取货单，上面有号码。我把这个单子放进钱包，小心翼翼地把假发戴回死者那光秃秃的脑袋上。

我没锁门，因为我没法锁。

楼下的走廊里，气窗里依然传来收音机的声音，对门依然传来醉汉的狂笑声。

第十章

电话里，湾城照相馆的店员说："是的，希克斯先生。我们已给您准备好了。六张底片放大的光面冲印照片。"

"你们几点关门？"我问。

"哦，大概五分钟后。我们早上九点开门。"

"我明天早上去取。谢谢。"

我挂了电话，下意识把手伸进投币口，摸到了别人投进去的一枚硬币。我走到餐台，用这枚硬币给自己买了一杯咖啡，坐下来一边品，一边听大街上汽车的喇叭声。该回家了。

喇叭声响起。汽车呼啸而过。旧刹车吱吱作响。窗外人行道上响起低沉平稳的脚步声。刚过 5 点 30 分。我喝完咖啡，填满烟斗，走了半个街区，到了凡内斯旅馆。

在写字间里，我把那张橘黄色的照相馆单据夹进旅馆的信纸，折起来，在一个信封上写上我自己的地址。我在信封上贴了一张特快专递邮票，投进电梯旁的邮筒里。随后，我又去了弗兰克的办公室。

我关上他的门，在他对面坐下。弗兰克好像没动过，还嚼着那根雪茄烟蒂，愁眉苦脸，眼神茫然。朝他坐的桌子那边，我划了一根火柴，重新点燃烟斗。他皱起了眉头。

"汉布尔顿医生没有开门。"我说。

"噢？"弗兰克茫然地看着我。

"332 房的客人，记得吗？他没开门。"

"我该怎么做，惊慌失措？"弗兰克问。

"我敲了好几次门，"我说，"没有回应。我想他大概在洗澡什么的，但我没听到任何声响。过了一会儿，我又去敲门，还是没回应。"

弗兰克从背心里掏出一块怀表，看了看。"我七点下班，"他说，"天啊，还有整整一个小时，还不止呢。呀，我都饿了。"

"你这样上班，"我说，"肯定饿了。你得保持精力旺盛。我到底有没有勾起你对 332 房间的兴趣？"

"你说他不在，"弗兰克不耐烦地说，"那又怎样？他不在呀。"

"我没说他不在房子里。我说他没开门。"

弗兰克身体前倾，慢慢拿走嘴里的雪茄烟蒂，放进玻璃烟灰缸里。"继续说，让我感兴趣。"他不紧不慢地说。

"也许你想跑上去看看，"我说，"也许你最近还没领略过一流冰锥手艺呢。"

弗兰克双手放在他的座椅扶手上，紧紧抓着。"哦，"他吃力地说，"哦。"他站起来，打开桌子抽屉，拿出一把黑色大手枪，咔的一声打开枪膛，看了看子弹，眯眼瞄了瞄枪管，啪的一声将弹匣归回原位。他解开背心纽扣，把枪塞进腰带。遇到突发事件，不到一分钟，他就可以准备就绪。他戴好帽子，跷起大拇指，向大门一指。

我们悄悄上了三楼，穿过走廊。一切如旧，声音没增没减。弗兰克快步走到 332 房，习惯性地用力敲门，然后推推门。他撇着嘴回头看着我。

"你说门没锁。"他愤愤地说。

"我可没这么说。可刚才就是没锁。"

"现在锁着。"弗兰克说着，从一长串钥匙上卸下一把。他打开门,将走廊四处打量一番。他小心翼翼地慢慢转动门把手,轻轻把门推开两英寸。侧耳聆听。里面没有声音。弗兰克退后一步,从腰带里掏出那把黑色手枪,从门上取下钥匙,一脚踹开门,用力平端着枪,像懒汉Q先生影片中的邪恶匪首。"进。"他从嘴角挤出这个字。

越过他的肩膀,我可以看到汉布尔顿医生躺在那里,和刚才一模一样,但在门口看不见冰锥的柄。弗兰克身体前倾,小心翼翼地走进房间。他走到浴室门口,眼睛瞄着门缝,一把推开门,门撞在浴缸上。他进去又出来,一步步逼近房间,神经紧绷,机警谨慎,确保做到万无一失。

他推了推衣橱的门,平端手枪,猛地踢开衣橱门,里面没有嫌疑犯。

"看看床底下。"我说。

弗兰克迅速弯腰,朝床底下看了看。

"看看地毯下面。"我说。

"你在耍我吗?"弗兰克恶狠狠地问。

"我就喜欢看你工作。"

他俯身看着死者,研究冰锥。

"有人把门锁上了,"他冷笑道,"除非你撒谎,说没锁。"

我什么也没说。

"我猜是警察干的,"他慢吞吞地说,"这事瞒不住了。"

"这不是你的错,"我告诉他,"再好的酒店也会发生这种事。"

第十一章

那位红发实习医生填写了一份死亡表格,将笔夹在他白色夹克的外口袋里。他啪的一声合上本子,面带淡淡的笑容。

"依我看,枕骨下方的脊髓被刺穿了,"他漫不经心地说,"这地方非常脆弱。如果你们知道如何找到这个部位,我想你们可以找到。"

警探克里斯蒂·弗伦奇吼道:"你以为我是第一次见这种情况吗?"

"不,我觉得不是。"实习医生答道。他又扫了死者一眼,转身走出房间。"我去给法医打电话。"他扭头说道。门关上了。

"这些菜鸟看到尸体,就像我看到一盘热气腾腾的卷心菜一样。"克里斯蒂·弗伦奇对着关闭的门冷嘲热讽地说。他的搭档,一个名叫弗雷德·贝弗斯的警察,单膝跪在电话盒旁,撒粉提取指纹,然后把散粉吹掉。他正通过一个小型放大镜查看一块污渍。他摇摇头,从固定电话盒的螺丝钉上取下点东西。

"殡仪馆的人戴的灰色棉质手套,"他厌恶地说,"批发一双大约4美分。关节处有很多指纹。他们一直在电话盒里找东西,嗯?"

"很明显,这个地方可能会有东西,"弗伦奇说,"我没发现指纹。冰锥的活儿干得专业。待会儿我们会请专家来。现在只是排查。"

他正掏死者的口袋,掏出的东西全摆在床上,放在那具已经僵硬的尸体旁。弗兰克坐在窗边的椅子上,愁眉苦脸地望着窗外。副经

※ 第十一章 ※

理上来过,忧心忡忡,什么也没说就走了。我靠在浴室的墙上,拨弄手指。

弗兰克突然说:"我觉得用冰锥杀人是女人干的。冰锥到处都可以买到。10美分。要是图方便,可以把冰锥藏在长袜里,用吊袜带吊着。"

克里斯蒂·弗伦奇用好奇的眼神瞥了他一眼。贝弗斯说:"你一直跟什么样的女人鬼混呀,亲爱的伙计?就现在长丝袜的价格来看,女人们宁可在短袜里塞把锯子。"

"这点我倒是没想过。"弗兰克说。

贝弗斯说:"小甜妞还是留给我们想吧,你没这本事。"

"没必要这么刻薄吧。"弗兰克说。

贝弗斯摘下帽子,鞠个躬。"请不要剥夺我们这点小小的乐趣,弗兰克先生。"

克里斯蒂·弗伦奇说:"再说了,女人会不停地刺。她自己可不知道刺多少下才能要命。小流氓大多都不知道。这个不管是谁干的,一定是高手,一下就刺中脊椎。另外,对方必须很安静时才能动手,这就表明这事不是一个人干的,除非死者被麻醉,或者凶手是他朋友。"

我说:"我不明白他是怎么被麻醉的,如果他就是那个给我打电话的人。"

弗伦奇和贝弗斯两人齐刷刷地看着我,一脸厌烦。"假如,"弗伦奇说,"要是你不认识那个人——按你说的——很有可能你分辨不出他的声音。我是不是太敏锐了?"

"不知道,"我说,"我还没读过你的崇拜者来信呢。"

弗伦奇咧嘴一笑。

"别在他身上浪费时间了,"贝弗斯告诉弗伦奇,"省点时间吧,在你做'周五早间俱乐部'演讲时用吧。那些好管闲事的老女人对这种高明的谋杀手段很感兴趣。"

弗伦奇给自己卷了一支烟,在椅背上擦着一根火柴,点燃烟。他叹了口气。

"这种技术源于布鲁克林,"他解释说,"桑尼·莫·斯坦的手下特别精通这种技巧,但他们做得过火了,你所经之处,都有他们作的案。他们又跑这里来了,还有什么地方他们没去过呀。我不知道他们为什么要这么做。"

"也许我们这里有很多空子可钻。"贝弗斯说。

"不过,说来奇怪,"弗伦奇心不在焉地说,"去年二月,在富兰克林大街,威皮·莫耶找人干掉桑尼·莫·斯坦时,杀手用的是枪。莫肯定不喜欢这样的死法。"

"我敢打赌,这就是他们把他脸上的血迹洗掉后,他面带失望表情的原因。"贝弗斯说。

"威皮·莫耶是谁?"弗兰克问道。

"他在这个组织中,排名仅次于莫,"弗伦奇告诉他,"这很可能是他干的,但不一定是他亲自动的手。"

"你们这些人从来不读报纸吗?莫耶现在是个绅士了。他认识最体面的人。他另起了一个名字。至于桑尼·莫·斯坦的案子,碰巧我们因赌博罪把莫耶关进了监狱。我们什么也没查到,不过倒是给了他一个完美的不在场证据。不管怎么说,就像我说的,他是个绅士了,绅士不会到处用冰锥刺人的。他们雇人干的。"

"你们有没有抓到莫耶的什么把柄?"我问。

弗伦奇目光犀利地看着我。"什么意思?"

"我只是想到,没多大把握。"我说。

弗伦奇上下打量我。"我说的话就当是我们关着门说的悄悄话吧,"他说,"我们没法证明我们抓到的人就是莫耶。但请不要对外讲。除了他自己、他的律师、地方检察官、巡警、市议会的人,还有其他大概两三百个人清楚,其他人应该不知道这事儿。"

他用死者的空钱包往大腿上啪地一拍,坐在床上,漫不经心地靠在尸体的腿上,点燃一支烟,用烟比画着。

"要耍嘴皮子就行了。言归正传,弗雷德。首先,躺在这里的房客不太聪明,他用 G.W. 汉布尔顿医生的名字,名片上印了埃尔森特罗城的地址和电话,只需两分钟就可以确定没有这样的地址或电话号码。聪明人不会轻易露出马脚的。其次,这家伙肯定没多少钱。他只有十四张一美元的钞票,外加两块硬币。他的钥匙环上没有车钥匙、保险箱钥匙或住宅钥匙,只有一把行李箱钥匙和七把耶鲁万能钥匙,而且是最近才搞的。我想他计划打旅馆的歪主意。弗兰克,你看这些钥匙在你们这种破地方能用得上吗?"

弗兰克走过去,盯着钥匙看。"有两把尺寸合适,"他说,"光看钥匙,我没法说它们是否能打开门。如果我想用万能钥匙,也得到办公室去拿。我这里只有一把专用钥匙,客人不在的时候我才用。"他从口袋里掏出一把挂在长链条上的钥匙,比对了一下,摇摇头。"不打磨没法用,"他说,"得好好打磨打磨。"

弗伦奇把灰弹在他的手掌上,像吹尘土一样吹走了。弗兰克回到他窗边的椅子上。

"还有一点,"克里斯蒂·弗伦奇宣布道,"他没有驾照或任何身份证明。他的外衣没有一件是在埃尔森特罗买的。他可能是个骗子,但看他的外表,不像有本事能开空头支票的人。"

"那是你没有看到他混得风生水起的时候。"贝弗斯插嘴说。

"这家破旅馆也没什么可骗的,"弗伦奇继续说,"这儿的名声已经够臭了。"

"等等!"弗兰克说。

弗伦奇做了个手势，打断了他的话。"我了解大城市里的每一家旅馆，弗兰克，这是我的工作。只需50美元，在一小时之内，我就可以在这家旅馆的任何一个房间里组织一场法兰西风情的双人脱衣舞表演。别跟我开玩笑了。你挣钱养家，我也挣钱养家。别跟我开玩笑。好吧。这位客人有东西不敢留在身边。这说明他知道有人在跟踪他，逼近他。所以，他出了100块让马洛替他保管。但他身上没那么多钱。所以他肯定谋算着让马洛和他赌一把。那东西不可能是偷来的珠宝，应该是半合法的东西。对吗，马洛？"

"你可以去掉这个'半'字。"我说。

弗伦奇微微咧嘴一笑。"所以，他的东西应该是可以平放或卷起来放在电话盒、帽带、《圣经》或爽身粉罐子里的。这东西是否被找到了，我们无从得知。但我们可以断定，时间非常紧迫，不超过半小时。"

"那就要看那个电话是不是汉布尔顿医生打来的，"我说，"这个疑点是你提出来的。"

"这点说不通。杀手总不会急着让别人找到他吧。他们为什么要叫其他人到他的房间来呢？"他转向弗兰克，"能查查访客登记吗？"

弗兰克沮丧地摇摇头。"上电梯无需经过登记台。"

贝弗斯说："也许这就是他来这里的原因之一。此外，这里有家的味道。"

"好了，"弗伦奇说，"不管谁杀了他，都可以来去自如，不被怀疑。杀手只需知道他的房号。目前我们就掌握这些。是吗，弗雷德？"

贝弗斯点点头。

我说："不完全是。假发不错，不过毕竟是假发。"

弗伦奇和贝弗斯两人迅速转身。弗伦奇伸出手，小心翼翼地拿掉死者的假发，吹了声口哨。"我还在想那个该死的实习生笑什么呢，"

第十一章

他说,"那个混蛋连提都没提。知道我看到什么了吗,弗雷德?"

"我就看到一个秃子。"贝弗斯回答说。

"也许你从没见过他这副模样,他是麦尔威·马斯顿,以前跟着埃斯·德沃尔混。"

"这么肯定。"贝弗斯咯咯笑着说。他弯下腰,轻轻地拍了拍死者的秃头。"最近可好,麦尔威?我都记不清多久没见你了。但你知道我,伙计。你这个彻头彻尾的大傻蛋。"

躺在床上的那个人没戴假发,看起来衰老僵硬,缩成一团。死亡的阴影使他那蜡黄的脸上呈现出僵直的线条。

弗伦奇平静地说:"好了,我可以松口气了。以后不用为这小子没日没夜地奔波了。见鬼去吧!"他把假发盖到死者的一只眼睛上,站了起来。"没你们俩什么事儿了。"他对我和弗兰克说。

弗兰克站了起来。

"感谢这起谋杀案,亲爱的,"贝弗斯告诉他,"如果你们漂亮的旅馆里再有这样的案子,别忘了叫我们。虽然服务一般,但速度快。"

弗兰克走出过道,一把扯开门。我跟着他出去了。去电梯的路上我们没有说话,往下走的时候,我们还是没说话。我跟他走到他的破办公室,跟了进去,关上门。他好像很惊讶。

他在桌旁坐下,伸手去拿电话。"我得向副经理汇报一下,"他说,"你还有事吗?"

我用手指捏了捏烟,点了根火柴,轻轻地把烟吹向桌子对面。"150美元。"我说。

弗兰克顿时愣住了,那双专注的小眼睛瞪得圆溜溜的。"别乱开玩笑。"他说。

"楼上那两位刚演完滑稽剧,就算我开个玩笑,你也不会怪我吧。但我没有开玩笑。"我轻敲桌边,等他说话。

弗兰克小胡子上渗出了细密的汗珠。"我有事要处理，"他说，现在他的声音更沙哑了，"快滚。"

"还挺横的，"我说，"我搜汉布尔顿医生时，他钱包里有164美元。他答应给我100的定金，记得吗？现在，就在那个钱包里，只剩14美元了。我离开时，确实没有锁他房间的门。有人把它锁上了。你锁的，弗兰克。"

弗兰克紧抓他的座椅扶手，使劲地捏，压低嗓子喊道："你他妈的什么都证明不了。"

"要我试试吗？"

他从腰间拔出枪，放在面前的桌子上，低头盯着枪看，压根儿没看出什么。他又抬头看着我。"五五分，成吗？"他结结巴巴地说。

一阵沉默。他掏出他那破旧的钱包，掏了半天，拿出一把钞票，拍在桌上，分成两堆，推给我一堆。

我说："150块，我都要。"

他蜷缩在椅子上，盯着桌角。过了好久，他长叹一声，把两堆钱放在一起，推到我这边。

"钱对他没有用了，"弗兰克说，"拿上钱，立马滚。我记住你了，老兄。你们这些家伙真让我恶心。你有没有从他身上拿走500美元，谁知道呢。"

"换作我，我会全拿走。凶手也一样。为什么留14美元呢？"

"那我为什么留14美元呢？"弗兰克问道，声音嘶哑，手指沿着桌子边缘乱画着。我拿起钱，数了数，又扔给他。

"因为你干这行，了解他。你知道，他至少带了房租，还有几块零钱。警察也会这么想。钱给你，我不要钱。我要别的东西。"

他盯着我，嘴巴张得大大的。

"把钱收起来。"我说。

他拿起钱,塞进钱包。"什么东西?"他眯缝着眼,若有所思,用舌头顶着下唇。"我看,你没资格和我谈条件吧。"

"这你可就错了。如果我回到楼上,告诉克里斯蒂·弗伦奇和贝弗斯,我之前去过死者房间,搜过尸体,我会被臭骂一顿。不过他们明白,我有所隐瞒,也是明智之举。他们也明白,在当时的情况下,我在努力保护我的客户。他们会痛骂我一顿。但你就不同了。"我停下来,看着他额头渗出的汗珠。他使劲吞咽了一下,目光呆滞。

"别兜圈子了,直说吧。"他说。他突然咧嘴笑了,那是一种凶残的笑。"晚来一步,没法保护她了,对不对?"他原形毕露,那副轻蔑的表情又显露出来了,但很慢,很得意。

我掐灭烟,拿出另一支,为了挽回面子,我使出干我这行惯用的老套路:我慢慢地点上烟,慢慢地扔掉火柴,慢慢地往侧面吐口烟,缓缓地深吸一口气,这间穷酸的小办公室如同山之巅,俯瞰着波涛汹涌的大海。但这一切都是徒劳无用的。

"好吧,"我说,"我承认是个女人。我也承认他死的时候,那个女人一定在楼上,如果我这样说能让你高兴的话。我想,她被吓跑了。"

"那是肯定的,"弗兰克恶狠狠地说,那副轻蔑的表情完全展现出来了,"或者她有一个月没拿冰锥扎人了,手感差了。"

"可她为什么要拿走他的钥匙呢?"我自言自语地说,"为什么把钥匙放在桌子上?她为什么不干脆离开,什么也别动呢?她为什么觉得自己必须锁门呢?为什么不把钥匙扔进沙桶埋起来呢?要不就拿走钥匙丢掉?为什么非要留着那把钥匙把她和那个房间联系起来呢?"

我眯着眼,狠狠地瞪着弗兰克。"当然了,除非有人看见她拿着钥匙离开房间,还跟着走出旅馆。"

"跟她干什么?"弗兰克问道。

"因为看见她的那个人可以立马进到死者房间去。他有一把专用钥匙。"

弗兰克朝我眨了眨眼,一下蔫了。

"所以,他肯定跟在她后面,"我说,"他一定看见她把钥匙扔在桌子上,走出旅馆,而且,他一定跟着她走了一段距离。"

弗兰克嘲弄道:"你可真厉害呀!"

我俯身抓起电话。"我最好给克里斯蒂打个电话,把这事解决了,"我说,"我越想越害怕。或许那人真是她杀的。我不能为杀人犯打掩护。"

我从挂钩上摘下听筒。弗兰克汗津津的大手一下按住我的手。电话弹在桌子上。"别打,"他的声音带着哭腔,"我跟她到一辆车前,车就停在街上。我记下了这个号码。看在上帝的分上,伙计,饶了我吧,"他发疯似的在口袋里摸索,"你知道我做这份工作能赚多少钱吗?除去香烟和雪茄烟钱,几乎一毛不剩。等等。我想——"他低下头,把几个脏兮兮的信封翻来翻去,最后挑出一个扔给我。"车牌号,"他无力地说,"满意了吧,我差点忘了。"

我低头看着信封。上面歪歪扭扭地写着一个车牌号,字迹潦草,模糊不清,像站在大街上,把纸托在手里,急匆匆地写出来的。6N333。加州1947。

"满意了吧?"这是弗兰克的声音,或者说是从他嘴里发出的声音。我扯下号码,把信封扔给他。

"4P327,"我看着他的眼睛说,他的眼睛里没有狡黠的光,没有嘲笑或隐瞒的痕迹,"这会不会是你以前抄的车牌号,谁知道呢?"

"你就相信我吧。"

"说说那辆车。"我说。

"凯迪拉克敞篷车,不新,车篷翻起,大概是1942年的车型,灰蓝色。"

"说说那个女人。"

"就那点钱,要的信息还不少啊,侦探?"

"汉布尔顿医生的钱。"

他咧咧嘴。"好吧。金发。白外衣,上面有绣花。戴着宽边蓝色草帽,墨镜。身高约五英尺二英寸。身材像康诺弗的模特。"

"她不戴墨镜,你还能认出来吗?"我谨慎地问。

他假装在想。然后摇摇头,说认不出来。

"那车牌号呢,弗兰克?"我趁他措手不及问道。

"哪个?"他说。

我斜靠在桌子上,把烟灰弹在他的枪上。我盯着他的眼睛。我知道他现在被击败了。他似乎也知道。他伸手拿起枪,把灰吹掉,放回抽屉。

"滚,滚出去,"他咬牙切齿地说,"告诉警察我搜了尸体,那又怎样?也许我会丢了工作。也许我会被扔进大牢。那又怎样?出来的时候,我还是一条汉子。可怜的弗兰克不必再为咖啡和甜甜圈发愁了。不要觉得那个戴墨镜的小骗子能糊弄可怜的弗兰克。我电影看得多了,当然知道那个性感妞儿。要我说,那妞儿要火上一阵子了。刚出道——谁知道呢——"他得意洋洋地斜瞟我一眼——"总有一天,她得找个男人,伴她左右,替她出谋划策,扫除障碍。得找个懂行的,不会漫天要价的人……怎么了?"

我把头歪向一边,身子前倾。我聆听着。"我好像听到了教堂的钟声。"我说。

"附近没有教堂,"他轻蔑地说,"是你那聪明的脑袋瓜裂缝了吧。"

"只敲了一下,"我说,"非常慢,是丧钟,我坚信。"

弗兰克和我一起倾听。"我什么也没听到。"他吼道。

"哦,你听不到的,"我说,"你是世界上唯一一个听不到丧钟的人。"

他坐在那里,眯着那讨厌的小眼睛,盯着我,讨厌的小胡子闪闪发亮。他的一只手放在桌上,突然无意识地抽了一下。

让他自己去想吧,他的想法可能和他一样渺小、丑陋、惶恐不安。

第十二章

公寓就在多黑尼大道上,从日落大道顺着小山往下走就到了。事实上,它是两栋楼,一前一后。连接这两栋楼的是一个铺着石板的露台,带个喷泉,还有一个房子,建在拱门上面。人造大理石门厅里有邮箱和门铃,共十六个,其中有三个没标名字。那些名字对我来说毫无意义。这活儿还得努力。我推了推前门,发现门没锁。哎,这活儿还得努力呀。

门外停着两辆凯迪拉克,一辆林肯大陆,一辆帕卡德。这两辆凯迪拉克的颜色和牌照都对不上。马路对面,一个穿着马裤的家伙,四仰八叉,双腿搭在一辆蓝旗亚的车门上。他一边抽烟,一边仰望苍白的群星,这些星星很知趣,与好莱坞保持距离。

我爬上陡峭的山坡,穿过林荫大道,来到东面的街区,走进一个闷热的户外电话亭。我拨通了一个叫皮奥里亚·史密斯的人的电话,人们都这么叫他,他口吃——这个谜团,我还没时间去解开。

"梅维斯·韦尔德,"我说,"电话号码。我是马洛。"

"当……当……当然,"他说,"梅……梅……梅维斯·韦尔德啊?你要她……她……她的电……电……电话号码?"

"多少钱?"

"十……十……十块钱。"他说。

※ 小妹妹 ※

"就当我没打。"我说。

"等……等……等一下！我不应该把这些宝……宝……宝贝的电话泄露出去的。我一个道具助理，这样做可是有风险的。"

我等着，屏住呼吸。

"地址当然一起给你。"皮奥里亚抱怨道，忘了口吃。

"五块，"我说，"我搞到地址了。不要讨价还价。如果你觉得兜售未登记电话号码的骗子就你一个的话——"

"等等。"他厌倦地说，他跑去拿他的小红本了。一个口吃的左撇子。他不激动时才口吃。他返回来，把号码给了我。当然了，是克雷斯特维尤高档住宅区的号码。如果你在好莱坞没有克雷斯特维尤地区的号码，那你就一文不值。

我打开钢化玻璃小隔间的门，让空气透进来，然后再拨号。电话铃响了两声，一个斯文、性感的声音接了电话。我关上门。

"喂——"那声音很轻柔。

"请问，是韦尔德小姐吧。"

"请问，谁在给韦尔德小姐打电话？"

"我有几张剧照，怀迪让我今晚送过去。"

"怀迪？怀迪是谁，阿米哥[①]？"

"工作室的首席摄影师啊，"我说，"你不知道吗？你能否告诉我是哪间公寓，我上去。我离你们那儿就几个街区。"

"韦尔德小姐在洗澡。"她笑了。我猜在她那里，这笑声是银铃般的。我这边听起来好像有人在收拾平底锅。"但是，当然要把照片拿上来。我敢肯定，她迫不及待想看照片呢。14号公寓。"

"你也住在那里吗？"

[①] 阿米哥（amigo）意为"朋友"，源于西班牙语。为了符合冈萨雷斯小姐的人物特点，在文中采用音译的方式。

第十二章

"当然了,那是自然。你问这个干什么?"

我挂断电话,踉踉跄跄地跑到室外,呼吸新鲜空气。我下了山。那个穿着马裤的家伙还在蓝旗亚上晃荡着,但一辆凯迪拉克不见了,两辆别克敞篷车停在前面。我按响了标有14的门铃,往前走,穿过院子,院子里的花生状的聚光灯照着鲜亮的金银花。另一盏灯照射在一个大池塘上,里面满是肥肥的金鱼和静谧的睡莲叶子,睡莲在夜间紧紧拢在一起。草坪上放着两三条石凳,一架秋千。这个地方看起来并不是价值连城的。不过那个年头,什么地方都贵。公寓在二楼,有两扇门,其中一扇对着一个宽阔的平台。

门铃响了,一个穿着马裤,身材高挑,皮肤黝黑的女孩开了门。用"性感"这个词赞美她,稍显逊色。短马靴乌黑乌黑的,和她那乌黑的秀发一样。她穿着一件白色丝绸衬衫,一条鲜红的围巾随意绕在脖子上。围巾没有她的红唇那么娇艳。她用一把金色的小镊子夹着一支长长的棕色香烟,捏着镊子的手指上戴满了珠宝。她那乌黑的秀发从中间分开,雪白的中分线延伸到头顶,直至脑后。两条大粗辫子乌黑闪亮,搭在她那修长的古铜色脖颈两边。每条辫子上都系着一个鲜红的小蝴蝶结。不过她早就不是小姑娘了。

她用犀利的目光低头看着我那空空的双手。剧照通常大点,放不进口袋。

我说:"请问是韦尔德小姐吧。"

"你可以把剧照给我。"那声音沉着冷静,拉得很长,傲慢无礼,但眼神可不一样。搞定她看上去像理个发一样容易。

"我得交给韦尔德小姐本人,抱歉。"

"我告诉你了,她在洗澡。"

"我等。"

"你真有剧照吗,阿米哥?"

※ 小妹妹 ※

"肯定有，怎么了？"

"你叫什么名字？"她的声音在最后一个词上停住了，像一根羽毛突然被风卷起，在空中盘旋上升，来回打转。她的嘴角挂着微妙的笑容，发出无声的邀请，动作极其缓慢，像一个孩子试图捡起一片雪花。

"你新拍的片子太棒了，冈萨雷斯小姐。"

她的笑容闪电般出现，整个神情都变了。她挺直身板，喜不自胜。"但上次拍得很糟，"她满脸通红，"真讨厌，你这可爱的小嘴儿可真甜。你看过的，上次拍得糟透了。"

"对我来说，只要你出演，就没有糟糕一说，冈萨雷斯小姐。"

她让开门，招手让我进去。"我们喝一杯吧，"她说，"好好喝一杯。我就喜欢听奉承话，不管多虚假。"

我走进去。此时，如果有枪顶在我的腰上，我也不会吃惊。她站在那里，我得推开她的双乳才能进门。她身上的味道，就像月光下的泰姬陵那样柔美。她关上门，欢快地蹦到一个小吧台那儿。

"喝苏格兰威士忌，还是调制的酒？我调的马提尼酒超难喝。"她说。

"苏格兰威士忌就很好，谢谢。"

她倒了两杯酒，那两个玻璃酒杯很深，伞都可以立在里面了。我坐在一张印花棉布椅上，环顾四周。这地方很老旧。房子里有个假壁炉，连着原木煤气炉和大理石壁炉架。墙面的油漆脱落了好几处，墙上挂着两幅色彩鲜俗的劣质画。房子里摆着一架老旧的黑色施坦威钢琴，上面没盖西班牙披肩，真是破天荒啊。周围散落着许多崭新的书，角落里立着一把双管猎枪，枪托雕刻精美，枪管上系着白色丝质蝴蝶结。好莱坞智慧。

穿马裤的黑美人递给我一杯酒，坐在我的椅子扶手上。"如果你愿意，叫我多洛丽丝。"她说着，端起手中的酒杯，豪饮一口。

"谢谢。"

"我怎么称呼你？"

我咧嘴笑了笑。

"当然，"她说，"我很清楚，你他妈的就是个骗子，你口袋里没有剧照。当然了，我并不想打听你的私事。"

"是吗？"我喝了点儿酒，"韦尔德小姐泡的什么澡？是老式的泡泡浴还是加了点阿拉伯香料的那种？"

她晃了晃金色小镊子上那吸剩半截的棕色香烟。"也许你想帮她洗。浴室在那边——穿过拱门向右。很有可能门没锁。"

"如果真这么容易，就不好玩了。"我说。

"哦，"她又露出了灿烂的微笑，"生活中，你喜欢啃硬骨头。我得记住，不要那么好得手，是不是？"她优雅地从我的椅子扶手上挪开，扔掉香烟，腰弯得较低，足以让你看清她臀部的轮廓。

"别麻烦了，冈萨雷斯小姐。我来这里是做生意的，没有和谁上床的想法。"

"是吗？"她的笑容变得柔和、慵懒，如果你想不出更好的词，那"挑逗"这个词就再好不过了。

"但我肯定，我有点把持不住了。"我说。

"你这小混蛋真有意思。"她耸了耸肩，拿着半夸脱兑水的苏格兰威士忌，穿过拱门走了。我听到轻敲门的声音和她说话的声音："亲爱的，这里有个男人说他从摄影棚拿了一些剧照。他自己这么说的。人不错，长得帅，是猛男①。"

一个我曾听过的声音厉声喊道："闭嘴，你这个小贱货。我马上就

---

① 此处原文为西班牙语。

出来了。"

冈萨雷斯哼着歌儿从拱门那边走来。她的杯子空了。她又到小吧台那儿。"你怎么没喝?"她看着我的杯子喊道。

"我吃过晚餐了。我的胃只能容下两夸脱。我懂点儿西班牙语。"

她摆摆头。"吓着你了?"她的眼睛滴溜溜转。她的肩膀来回扭动。

"要吓着我可没那么容易。"

"但你听到我说的话了?天啊,我深表歉意。"

"我确实听懂了。"我说。

她又给自己倒了一杯。

"真的,很抱歉,"她叹了口气,"这样说吧,我想,有时候吧,我犹豫不决。有时吧,我他妈的什么也不在乎。这太令人困惑了。我所有的朋友都说我太直率了。我吓着你了,是不是?"她又坐到我的椅子扶手上。

"没有。但如果我想被吓一跳的话,我知道该怎么办。"她慵懒地将杯子放在身后,朝我靠过来。

"但我不住这里,"她说,"我住在伯希庄园。"

"一个人?"

她轻刮了一下我的鼻尖。还没等我反应过来,她已经坐在我的腿上,想咬我的舌头。"你这混蛋还真不错。"她说。她的烈焰红唇温热美妙,无与伦比,她的舌头使劲抵住我的牙齿,她的双眼看起来又大又黑,露出一圈眼白。

"我太累了,"她对着我的嘴小声呢喃道,"很累,筋疲力尽。"

我感到她的手在我胸前口袋里摸索。我一把推开她,但她还是拿走了我的钱包。她哈哈大笑,跳到一边,啪的一声打开钱包,手指像小蛇一样飞快地在里面掏来掏去。

第十二章

"很高兴你们俩已经认识了。"旁边一个冷冷的声音说道。梅维斯·韦尔德站在拱门处。

她的头发随意散着,没有化妆。她只穿着一件睡袍,光着腿,脚上穿着一双绿色银丝小拖鞋。她目空一切,嘴角露出轻蔑之态。不过,不管她戴不戴墨镜,她就是旅馆里我碰到的那个女孩。

冈萨雷斯瞥了她一眼,合上我的钱包,扔给我。我一把抓住,收了起来。她走到一张桌子前,拿起一个长带黑包,挂在肩上,朝门口走去。

梅维斯·韦尔德没动,也没看她。她看着我,面无表情。冈萨雷斯打开门,向外瞥了一眼,掩上门,转过身来。

"他叫菲利普·马洛,"她对梅维斯·韦尔德说,"人不错,你不觉得吗?"

"你还大费周折问了人家的名字,"梅维斯·韦尔德说,"你和他们又不会混太久。"

"我明白。"冈萨雷斯温和地回答。她转过身来,对我微微一笑。"这样骂一个女孩子是妓女,你不觉得很风趣吗?"

梅维斯·韦尔德什么也没说,面无表情。

"至少,"冈萨雷斯再次推开门,平静地说,"我最近没有和任何持枪歹徒睡过觉。"

"你确定自己没记错吗?"梅维斯·韦尔德以同样的语气问她,"打开门,亲爱的,今天是我们倒垃圾的日子。"

冈萨雷斯慢慢地、平静地回头看着她,眼里藏刀。然后,她唇齿间发出微弱的声音,用力拉开门,门在她身后砰地关上了。这个响声丝毫没有影响梅维斯·韦尔德,她那深蓝色的眼睛定定地盯着我。

"如果你也要这么做——麻烦轻一点。"她说。

我拿出手帕,擦掉脸上的口红印。那口红看起来就是血的颜色,鲜血的颜色。"谁都可能碰到这种事，"我说，"我没亲她，是她在亲我。"

她大步走到门口，用力把门推开。"走吧，大众情人。赶紧滚。"

"我来这里有正事儿，韦尔德小姐。"

"是的。我可以想到。出去。我不认识你。我不想认识你。如果我真想认识你，也不是此时此刻。"

"天时、地利、人和从来都不会同时出现。"我说。

"那又怎样？"她努力抬起下巴，做出赶我出去的动作，但动作不到位。

"布朗宁。诗人的名字，不是自动手枪。不过我肯定，你更喜欢自动手枪。"

"听着，小子，非要让我叫经理来，把你像踢球一样踢下楼吗？"

我走过去，把门推上。她一直僵持着。她没踢我，但看得出，她在尽力克制自己。我试图让她离门远一点儿，但她一动不动，站在原地，一只手紧抓门把手，她那深蓝色的眼睛里充满怒火。

"如果你非要离我这么近，"我说，"也许你最好穿上衣服。"

她缩回手，使劲一挥。这一巴掌听起来像冈萨雷斯小姐摔门的声音，却痛在我的脸上。这让我想起我后脑勺上的痛处。

"我打疼你了吗？"她温柔地说。

我点点头。

"很好。"她转身又给我一巴掌，打得更狠了。"我想，你最好吻我一下。"她轻声说道。她的双眸清澈甜美，美丽动人。我漫不经心地瞥了她一眼。她的右手紧攥，非常专业。小拳头打起人来可绝不含糊。

"相信我，"我说，"我不吻你，原因只有一个。要么是你随身带着小黑手枪，要么是你的床头柜上放着不锈钢拳套。"

她勉强笑了笑。

"我正好有事和你谈,"我说,"我不是一看到美腿就神魂颠倒的人。"我低头看着她。那两条美腿一览无余,内衣紧致合体。她把睡袍拢在一起,转过身来,晃晃脑袋,走到小吧台。

"我自由自在,肤白貌美,芳龄二十一,"她说,"什么招数我都见过。我觉得是这样的。如果我吓不倒你,打趴不了你,也勾引不了你,那究竟还能用什么方法收买你?"

"嗯——"

"我知道了。"她突然打断我,转过身来,手拿酒杯。她喝了一口,撩了撩散落的头发,莞尔一笑。"钱,当然是钱。我真蠢,竟忽略了这一点。"

"钱有用。"我说。

她厌恶地撇撇嘴,但声音充满深情。"多少钱?"

"哦,100块就够了。"

"你真够贱的。低贱的小混蛋,是不是?标价100美元。100美元在你的圈子里还算得上钱吗,亲爱的?"

"那就定200吧。有这钱我就可以退休了。"

"还是低贱。每周200还差不多。要装在一个干净漂亮的信封里吗?"

"信封免了。会脏了信封的。"

"那么,我花这些钱能得到什么呢,我迷人的小侦探?当然了,我很确定你是干什么的。"

"你会得到一张收据。谁告诉你我是侦探?"

她愣了一下,又开始装腔作势了。"一定是气味。"她抿了口酒,透过酒杯盯着我看,露出轻蔑的微笑。

"我怎么觉得你在自编自演呀,"我说,"我一直在想这到底是怎么回事。"

我躲闪一下。几滴酒溅在我身上。酒杯摔在我身后的墙上,裂成碎片,无声地落了下来。

"好了,"她十分平静地说,"我相信我已使出我所有的女性魅力了。"

我走过去,捡起我的帽子。"我从没想过是你杀了他,"我说,"但如果想让我说你不在现场,请给我证据。掏足钱雇个人为自己做证,还是有用的。另外,给我提供足够的信息,让我心安理得地接受这个工作,那就更好了。"

她从一个盒子里拿出一支香烟,抛向空中,轻松地叼在嘴上,不知从哪里摸出一根火柴,点燃了香烟。

"我的天啊。我杀人了吗?"她问道。我还拿着那顶帽子,这让我觉得自己很蠢。不知道为什么,我戴上帽子,向门口走去。

"我相信你有回家的车费。"我身后传来那个轻蔑的声音。

我没有回答,继续往前走。我正准备开门时,她说:"我也相信冈萨雷斯小姐把她的住址和电话号码给你了。你应该能从她那里得到你想要的一切——包括钱,我听说。"

我松开门把手,飞快地穿过房间。她稳稳地站在原地,唇间笑容不减。

"看看,"我说,"你绝不相信吧,但我到这里来,有个奇怪的想法,我想你可能需要帮助,但你发现很难找到一个你可以依靠的人。我想你去旅馆房间是为了给人付钱吧。事实上,你冒着被人认出的危险,亲自去的——你还是被旅馆的一个混蛋认出来了。那混蛋道德败坏,就像一张破蜘蛛网。根据种种情形判断,你或许卷进好莱坞演艺圈的浑水中了,演艺生涯有可能结束。但你没什么麻烦。就在刚才,你又把B级影片里那些老掉牙的动作做了一遍——用'演'或许更合适。"

"闭嘴,"她咬牙切齿地说,"闭嘴,你这个卑鄙无耻、敲诈勒索的偷窥贼。"

"你不需要我,"我说,"你不需要任何人。你真他妈的聪明呀,都能说破天。好吧,继续,洗脱你自己。我不会阻止你,可别让我听。你这样一个天真无邪的小姑娘竟会如此老辣,一想到这个,我就想大哭一场。你可让我开了眼了,亲爱的。你真像玛格丽特·奥布莱恩。"

我走到门口时,她一动不动。我打开门时,她还是一动不动。我不知道为什么。刚才那番话不够精彩。

我走下楼梯,穿过院子,出了前门,差点撞到一个瘦瘦的黑眼睛男子,他站在那里点烟。

"对不起,"他平静地说,"我挡你路了。"我打算绕过去,但我注意到,他举起的右手上握着一把钥匙。不知怎么回事,我伸手抢到他手里的钥匙。我看了看上面的号码,14号。梅维斯·韦尔德的公寓。我把它扔到灌木丛后面。

"你不需要钥匙,"我说,"门没锁。"

"当然,"他说,脸上露出一种奇特的微笑,"我真蠢啊!"

"是的,"我说,"我们都蠢。跟那荡妇有瓜葛的,都蠢。"

"可别这么说。"他平静地回答道,那双悲伤的小眼睛看着我,没有任何特别的表情。

"你不必这么说,"我说,"我替你说的。请原谅。我去拿你的钥匙。"我走到灌木丛后面,捡起钥匙递给他。

"非常感谢,"他说,"顺便说一下——"他停顿了一下。我也停下来。"我希望没有打断一场有趣的争吵,"他说,"我讨厌那样做。没有吧?"他笑了,"好吧,既然梅维斯·韦尔德小姐是我们共同的朋友,我可以自我介绍一下吗?我叫斯蒂尔格雷夫。我是不是在哪儿见过你?"

"没有,你从未见过我,斯蒂尔格雷夫先生,"我说,"我叫马洛,菲利普·马洛。我们根本不可能见过面。说来也奇怪,我从来没有听说过你,斯蒂尔格雷夫先生。管他呢,你叫威皮·莫耶也无所谓。"我不知道我为什么要这么说。我不是非得要说这个名字的,只是有人提到了这个名字。他的神情镇定自若,那沉静的黑眼睛若有所思。他把香烟从嘴里拿出来,看了看烟头,弹掉一点烟灰,尽管没有烟灰可弹。他低头说道:"威皮·莫耶?好独特的名字。我好像从来没有听过这个名字。他是我该认识的人吗?"

"除非你特别喜欢冰锥,否则没必要。"我说完就走了。我走下台阶,来到我的车旁,上车前回头看了看。他嘴里叼着烟,站在那儿低头看着我。距离太远,我看不到他脸上的表情。当我回头看他时,他没有动,也没有做任何手势。他甚至没有转身离开。他只是站在那里。我上了车,开车离开。

第十三章

我沿着日落大道开车向东行驶，但没回家。到了拉布雷亚，我向北开，转到高地，出了卡温加走廊，又向下开到文图拉大道，穿过影城、谢尔曼橡树区和恩西诺。这次出行并不孤独，一路上都很热闹。小伙子们开着简装福特车在车流中穿进穿出，差十六分之一英寸就撞上前车的挡泥板了，但总会错开。男人们疲惫不堪，开着布满灰尘的跑车、轿车，皱着眉头，抓着方向盘，朝北向西开，赶回家吃顿晚餐，看看晚间体育新闻，听听广播，听听被宠坏的孩子的哼唧声，还有愚笨老婆的唠叨声。我开车穿过绚烂的霓虹灯，还有那灯光掩盖下的门面。霓虹灯下那脏兮兮的汉堡店看起来像宫殿，圆形免下车餐馆像马戏团一样热闹，精神抖擞的服务生却目光空洞，柜台熠熠生辉，那热烘烘、油腻腻的厨房简直能毒死癞蛤蟆。两辆大卡车从威尔明顿和圣佩德罗驶来，轰隆隆地驶过塞普尔维达，穿过山脊，从红绿灯处低速向上开，轰轰的声音如同林中狮吼一般。

恩西诺的后面，偶尔会有一束光透过密林从山上照射下来。那是影星的住所。呸！都是些情场老手。稳住，马洛。今晚你没有人情味。

空气渐凉。高速公路变窄了。现在车很少，前灯很刺眼。白墙上的玫瑰在习习海风的吹拂下，在黑夜中翩翩起舞。

※ 小妹妹 ※

我在离千橡树城不远的地方吃了晚餐。味道差，但速度快。填饱肚子，赶紧滚蛋。生意太火爆了。先生，我们可没时间等您喝第二杯咖啡。您占着我们挣钱的地儿。看到线外那些排队的人了吗？他们想吃东西。不管怎样，他们觉得他们得吃饭呀。他们为什么要在这里吃饭，谁知道呢。他们在家里可以把罐装食品加工得更好。他们太焦躁了。像您一样。他们只想把车开出来，到处溜达溜达，那些餐馆老板不敲诈他们才怪呢。又来了。马洛，今晚你没有人情味。

我付了钱，在一家酒吧前停了下来，在纽约牛排上倒一杯白兰地。为什么是纽约呢，我在想。他们制造机床的地方是底特律呀。我走出酒吧，穿进茫茫黑夜，该如何选择，谁知道呢。但很多人可能都在尝试。他们会想出办法的。

我开车继续往前走，到达奥克斯纳德分界点，然后沿着海岸往回开。大型八轮卡车和十六轮卡车向北行驶，上面都挂着橙色的灯。道路右边，浩瀚无垠的太平洋拍打着海岸，像一个打杂女工拖着沉重的步伐，走向回家的路。没有月亮，没有喧闹，也几乎听不到海浪的声音。没有气味。没有大海狂野的气息。加利福尼亚海。加州，百货公司之州。什么都有，但没有好的。又来了。马洛，今晚你没有人情味。

好吧。我为什么会这样呢？我坐在办公室，玩弄一只死苍蝇，突然闯进一个堪萨斯州曼哈顿来的邋遢女人，用皱巴巴的20块钱拉我下水，让我找到她哥哥。她哥哥听起来是个讨厌鬼，但她还是想找到他。于是，我把这笔钱紧攥在胸前，跑到湾城。我跋山涉水，筋疲力尽，站着都能睡着了。我遇到过好人，有些脖子后插着冰锥，有些没插。我离开了，也算明白了。然后，她又来了，从我手里拿走了那20块，给我一个吻，把钱又给我，因为我还没做完一天的工作。

于是，我去见了汉布尔顿医生，他是埃尔森特罗的退休验光师

（如何退休，无从得知）。再见面时，脖颈已被刺入冰锥。我没有告诉警察，我搜了房客的假发，在警察面前装作一无所知。为什么？我这次在包庇谁？是那个双眼性感、带着很多把钥匙的金发女郎？还是来自堪萨斯州曼哈顿的女孩？我不知道。我只知道，有些事情并不是你看到的那样。那不堪一击但总是可靠的直觉告诉我，这么玩下去，最后肯定会冤枉好人的。哎，关我什么事呢？我知道吗？我以前知道吗？我们不讨论这个。马洛，今晚你没有人情味。也许过去没有人情味，将来也不会有。也许，我是个拥有私家侦探执照的躯壳。也许我们所有人都这样，都生活在一个人情淡漠、黑白颠倒、半黑半明的世界里。

马里布。这里的影星更多。粉色和蓝色浴缸更多。绒丝床更多。香奈儿5号香水更多。林肯敞篷车和凯迪拉克车更多。被风吹散头发、戴着太阳镜、矫揉造作、假装斯文、满口仁义道德的人更多。哦，等等。很多好人也拍电影。你的态度不对，马洛。今晚你没有人情味。

在我到达马里布前，我闻到了洛杉矶的味道。它像一个关闭很久的客厅，散发着污浊腐旧的气息。但是，这些五光十色的灯欺骗了你。灯光很美。应该为发明霓虹灯的人建造一座纪念碑。十五层楼高，大理石质地。这家伙真会无中生有。

随后，我看了场电影，毫无疑问，里面肯定有梅维斯·韦尔德出演。在交易中，他们觥筹交错，个个满脸堆笑，滔滔不绝，却心怀鬼胎。女人们总是走上长长的旋转楼梯去换衣服。男人们总是从昂贵的烟盒里拿出印有字母图案的定制香烟，用昂贵的打火机互相点烟。服务生弯腰曲背，举着装满酒杯的托盘穿梭在露台和泳池间。这个泳池有休伦湖那么大，但更整洁。

男主角和蔼可亲，但表演夸张做作；有几分魅力，但有些故作姿态。女一号是位黑发女人，脾气暴躁，目空一切。几张特写镜头很糟糕:她用力推点四五口径手枪,用劲过猛,差点折断手腕。梅维斯·韦尔德扮演女二号,她手里握着枪,枪用手帕裹着。虽然演得很好,但她本可以比现在演得好十倍。即使她演得再好十倍,为了保护女一号,估计她一半的戏份就会被删掉。这戏和我见过的最好的走钢丝表演一样精彩。好吧,从现在起,她不用再走钢丝了,应该走琴弦了,这琴弦将会非常高,下面没有保护网。

第十四章

我回到办公室是有原因的。此刻，装着橙色领取单的特快专递应该已经送达办公室了。楼上的大部分窗户漆黑一片，但不全都是漆黑一片。除了我，晚上还有人也在忙别的业务。开电梯的人从喉咙挤出一句"你好"，然后启动电梯把我送了上去。走廊里有几扇门开着，灯火通明。女清洁工们还在清扫残余垃圾。我拐了个弯，绕过嗡嗡响的吸尘器，走进我那黑暗的办公室。我打开窗户，坐在桌子前，什么也没做，什么也没想。没有特快专递信件。除了吸尘器的嗡嗡声，大楼里所有的噪音好像一下子都涌到大街上，消失在无数汽车那转动的车轮声中了。大厅外面，一个男人吹起了口哨，是《莉莉·玛莲》的曲调，技艺优雅娴熟。我认识那个人。值夜班的人在检查办公室的门。我打开台灯，他路过时，没检查我办公室的门。他的脚步声消失了，再传来时，和之前有所不同，更像拖着脚走路的声音。另一间办公室还没锁，蜂鸣器响起。应该是特快专递到了。我出去拿，但不是。

一个穿着天蓝色短裤的胖男人正在关门，那优美闲适的派头只有胖男人才拥有。他不是独自一人，但我先看到他。他身材魁梧，体格健壮，既不年轻也不英俊，却很耐看。他在天蓝色的华达呢宽松裤上面，配着一件双色休闲夹克，这衣服就是穿在斑马身上，也会让人觉得恶心。淡黄色衬衫的领子敞得大大的——要露出他的脖子，就得

·083·

敞开。他没戴帽子,大脑袋,浅橙色头发。他的鼻子断过,但接得不错,之前应该也没多好看。

和他在一起的那个人瘦巴巴的,眼睛发红,吸着鼻子。他二十岁左右,身高五英尺九英寸,瘦得像根扫帚杆。他的鼻子抽抽着,嘴巴抽抽着,手抽抽着,看上去很不高兴。

大个子亲切地笑了笑。"马洛先生,没错吧?"

我说:"还能有谁?"

"现在来办事,有点晚了,"大个子说着,摊开双手,快遮住半个办公室了,"希望您不要介意。处理这点事,对您是小菜一碟吧?"

"别开玩笑了。我都快崩溃了,"我说,"吸毒的那个是谁?"

"过来,阿尔弗雷德。"大个子对他的同伴说,"别扭扭捏捏的。"

"去你妈的。"阿尔弗雷德对他说道。

大个子平静地转向我。"为什么这些小混混都这么说?这话既不诙谐,也不幽默,毫无意义。这个阿尔弗雷德是个大麻烦呀。我刚帮他戒了毒,你知道的,至少暂时不会犯。向马洛先生说'你好',阿尔弗雷德。"

"去他妈的。"阿尔弗雷德说。

大个子叹了口气。"我叫托德①,"他说,"约瑟夫·P.托德。"

我什么也没说。

"好笑吧,"大个子说,"我习惯了。我一直叫这名儿。"他伸出手,向我走来。我握了握。大个子冲我高兴地笑了笑。"好了,阿尔弗雷德。"他说道,没有回头。

阿尔弗雷德好像做了一个动作,很轻,不易察觉。随后,一把自动手枪指向我。

---

① 英语中 toad 有癞蛤蟆、讨厌的家伙之意。

"小心点，阿尔弗雷德，"大个子说，一把紧抓我的手，那手劲儿大得足以掰弯一根大梁，"还不到时候。"

"去你妈的。"阿尔弗雷德说。枪抵着我的胸膛。他的手指紧扣扳机。我看见他扣得越来越紧。我很清楚扳到多紧击锤会松开。这好像对我没有任何影响。这样的场景只会在劣质影片里出现，不会发生在我身上。

自动手枪的击锤啪地干响一声。阿尔弗雷德放下枪，恼怒地哼了一声，此时，枪也不见了。他又开始抽搐起来。他拿枪的动作很放松。我不知道他到底在搞什么鬼。

大个子松开我的手，他那红扑扑的大脸上依然挂着和蔼的微笑。

他拍拍口袋。"弹匣在我这里呢，"他说，"阿尔弗雷德最近情绪不稳定。这个小混蛋可能会对你开枪。"阿尔弗雷德坐在椅子上，把椅子斜靠在墙上，用嘴呼吸着。

我踏实点儿了。

"我估计吓着你了吧。"约瑟夫·P.托德说。

我舌头上有股咸味。

"你没那么坚强。"托德说着，用一根胖手指戳了戳我的肚子。

我往后退了退，躲开他的手指，看着他的眼睛。

"要多少钱？"他和蔼地问道。

"咱们去客厅谈。"我说。

我转身背向他，穿过门，走进另一间办公室。走这几步对我来说很艰难，但我做到了。我大汗淋漓。我绕到桌子后面，站在那里等着。托德先生平静地跟我进来了。那混蛋抽搐着也跟他进来了。

"你这里有没有漫画书？"托德问道，"好让他安静下来。"

"坐，"我说，"我看看。"

他伸手抓住椅子扶手，我猛地一下拉开抽屉，握住鲁格手枪的枪柄。我一边慢慢地举起枪,一边看着阿尔弗雷德。阿尔弗雷德连看都没看我一眼。他的脑袋后仰,盯着天花板的一角看。

"这就是我能提供的漫画情节。"我说。

"没必要这样吧。"大个子温和地说。

"很好,"我说,像另一个人在说话,声音像是从墙后很远的地方传来的,我几乎听不清在说什么,"但如果有必要,枪就在这儿。这把枪上了膛,要我证明给你看吗?"大个子看上去忧心忡忡。"刚才发生的事,我很抱歉,"他说,"对阿尔弗雷德,我习惯了,忽略了这点。也许你是对的。也许我该采取点措施了。"

"是的,"我说,"今天下午在你来这里之前,就该采取措施了。现在太晚了。"

"等等,马洛先生。"他伸出手。我用鲁格手枪猛击他的手。他躲得很快,但不够快。枪口把他的手背划了一道口子。他紧抓手,吮吸伤口。"嘿,请别动手!阿尔弗雷德是我侄子,我姐姐的孩子,我在照顾他,他连一只苍蝇都不会伤害,真的。"

"下次你们来的时候,我给他抓只苍蝇,别让他伤害。"

"别这样,先生。请不要这样。我有一个小小的提议——"

"闭嘴。"我说。我慢慢坐下。我的脸在发烫。我连话都讲不清楚,觉得晕乎乎的。我缓缓地喘着粗气说:"我的一个朋友告诉我,有个家伙就是这样控制他的。他像我一样坐在桌子前。他有枪,和我一样。桌子另一边有两个人,像你和阿尔弗雷德。我这边的那个人开始发疯,他控制不了自己。他开始发抖,无法讲话。他手里只有这把枪。所以,他一句话也没说,就朝桌子底下开了两枪,刚好就在你肚子的位置。"

大个子吓得脸都绿了,准备起身,但他又改变了主意,从口袋里掏出一条难看的手帕,揩了揩脸。"你在电影里看的。"他说。

"没错,"我说,"但拍电影的那人给我说了他的灵感来自哪里,电影里可没有。"我把鲁格手枪放在我面前的桌子上,用随和的口吻说:"枪这玩意儿,你得谨慎,托德先生。你永远不知道,当有人手持军用点四五口径手枪指着他的脸时,他有多害怕,尤其在他不确定枪里有没有子弹的时候。刚才我有点紧张。午饭后,我可没打吗啡。"

托德眯着眼睛仔细打量着我。那个混蛋站起来,走到另一把椅子跟前,踢了一脚,然后坐下来,把他那油腻腻的脑袋靠在墙上。但他的鼻子和手仍在不停地抽搐着。

"我听说你冷酷无情。"托德慢吞吞地说,目光冷静而又警惕。

"那是道听途说。我是个很敏感的人。即使没什么事,我也吓得要死。"

"是的,我理解。"他盯着我看了很久,一句话也没说。"也许是我们误会了,你不介意我把手放在口袋里吧?我没带枪。"

"随便,"我说,"看到你拔枪,我会非常高兴。"

他皱了皱眉头,慢慢掏出一个扁平的猪皮钱包,取出一张崭新的百元大钞。他把钱放在玻璃台面的边缘,又掏出一张百元大钞,最后一下子掏出来三张。他小心翼翼地把这些钱并排放在桌子上。阿尔弗雷德将椅子放平,盯着钱看,嘴巴在抖。

"五张百元大钞。"大个子说。他合上钱包放在一边。我注视着他的一举一动。"什么都不用做,不要管闲事。数数吧?"

我看着他。

"你不用找任何人,"大个子说,"你也找不到,你没有时间找人。就当你什么也没听见,什么也没看见,这事和你半毛钱关系也没有。五张百元大钞归你。行吗?"

办公室里只有阿尔弗雷德的抽鼻子声。大个子扭头说:"安静点,阿尔弗雷德。走的时候,我给你打一针。表现好点儿。"

他又吸了吸手背上的伤口。

"有你做榜样，应该不难。"我说。

"去你妈的。"阿尔弗雷德说。

"他就这几个词儿，"大个子告诉我，"就会这几个词。明白了吗，伙计？"他指了指钱。我用手指摸着鲁格手枪的枪柄，他的身体微微前倾。"别管了，行吗？很简单。这是定金，不用做什么，什么也不用做。在这段时间里，如果你什么也不做，你后面还会拿到这么多。很简单，是不是？"

"我什么也不做，为谁？"我问道。

"为我。约瑟夫·P.托德。"

"你是干什么的？"

"业务代理，也许你可以这样叫。"

"我还能称呼你什么？除了这个我都能想出来的称呼？"

"你可以叫我乐于助人的人，乐于帮助一个不想给别人惹麻烦的人。"

"那我该怎么称呼那个可爱的人呢？"

约瑟夫·P.托德把那五张百元大钞叠在一起，把边角抚弄平整，推到我这边。"你可以称他为一个宁可撒钱也不愿放血的人，"他说，"但如果事态迫使他必须这么做的话，他不介意放血。"

"他的冰锥手艺怎么样？"我问，"我能看出他的点四五口径手枪玩得很烂。"

大个子咬了咬下唇，又用粗糙的食指和大拇指拉拉下唇，轻咬下唇内侧，就像奶牛在反刍。"我们说的不是冰锥，"他最后说，"我们现在讨论的是你可能走错路，给自己带来伤害。可是，要是你什么也不做，你就可以坐等收钱了。"

"那个金发女郎是谁？"我问。

第十四章

他想了想,点了点头,叹声说道:"也许你插手太多了。也许现在谈生意为时已晚。"

过了一会儿,他向前倾了倾身子,轻声说道:"好吧,我回去再和我的老板核实一下,看他想怎么处理,也许我们还能继续合作。在我回复之前,不要轻举妄动。明白吗?"

我没表态。他把手放在桌上,慢慢地站了起来,看着我把枪在记事簿上推来推去。

"钱,你留着,"他说,"走吧,阿尔弗雷德。"他转过身,大步走出办公室。

阿尔弗雷德瞄了瞄他,猛地一下扑向桌上的钱。那把大自动手枪魔术般地出现在他那只瘦削的右手里。他如鳗鱼般飞快地蹿到桌子跟前,用枪指着我,左手去拿钱。他把钱装进自己的口袋,冷冷地冲我一笑,点着头走开了,显然没有意识到我也拿着枪。

"快点,阿尔弗雷德。"大个子从门外大声喊道。阿尔弗雷德溜出门,走了。

外面的门开了又被关上。大厅里传来一阵脚步声。随后是一片寂静。我坐在那里,回想刚才的事,想搞清楚这到底是纯粹的白痴行为,还是吓唬人的新把戏。

五分钟后,电话响了。

一个低沉悦耳的声音响起:"哦,对了,马洛先生。我想你认识谢里·巴卢吧?"

"不认识。"

"谢里登·巴卢[①]。股份有限公司的。那个大经纪人。你应该找时间查查他。"

[①] 谢里登·巴卢(Sheridan Ballow)是谢里·巴卢(Sherry Ballow)的全称。

我拿着电话沉默了一会儿,然后说:"他是她的经纪人吗?"

"可能是吧。"约瑟夫·P. 托德说。停顿了一会儿,他又说:"我想你很清楚,马洛先生,我们只是小人物。就是这样。只是小人物。有人想调查你,再简单不过了。现在,我也不太确定是什么情况。"

我没有回答。他刚挂了电话,电话又响了。

一个迷人的声音说:"你不喜欢我,是不是,阿米哥?"

"肯定喜欢。只是别老咬我。"

"我在伯希庄园。我很孤独。"

"打电话给社交局。"

"求你了,这样就没法聊了。这件事非常重要。"

"我相信。但不关我的事儿。"

"那个贱人——她是怎么说我的?"她咬牙切齿地问道。

"什么也没说。哦,她可能说你是穿马裤的蒂华纳妓女。你介意吗?"

这话把她逗乐了。她那银铃般的咯咯笑声持续了好一会儿。"你太逗了。不是吗?但你知道,我当时并不知道你是侦探。不然情况就截然不同了。"

我本想告诉她,她大错特错了,但我只说:"冈萨雷斯小姐,你说有事儿,如果不是耍我,告诉我,什么事儿?"

"你想大赚一笔吗?很大一笔。"

"你是说不挨枪子儿就可以赚到?"我问。

电话里传来她急促的呼吸声。"是的,"她若有所思地说,"考虑考虑。你是那么勇敢,那么高大,那么——"

"我早上九点上班,冈萨雷斯小姐。那时我就更勇敢了。现在嘛,请见谅——"

"你有约会吗?她漂亮吗?比我还漂亮?"

"天啊,"我说,"你脑子里是不是只想这种事?"

"去死吧,亲爱的。"她说着挂了电话。

我关灯离开。在走廊中间,我遇到一个人,那人正在看号码。他手里拿着一份特快专递。所以,我又回到办公室,把特快专递锁在保险柜里。此时,电话又响了。

我就让它响着。我接了一天电话了,受够了。管他呢。就算示巴女王穿着透明睡衣,或脱了睡衣打来的,我也懒得接,我太累了。我的脑袋昏昏沉沉的,就像一桶湿乎乎的沙子。

我走到门口时,电话还在响。没办法。我只好折回去。人的本能战胜了疲惫。我拿起话筒。

欧法梅·奎斯特颤声说道:"哦,马洛先生,我找你好久了。我很不安。我——"

"早上再说,"我说,"办公室关门了。"

"求你了,马洛先生——我当时没控制住自己的脾气——"

"早上再说吧。"

"但我告诉你,我必须要见你,"嗓音提高了,但没喊出来,"有很重要的事。"

"嗯哼。"

她抽抽搭搭地说:"你……你吻我了。"

"从那次以后,我的吻技好多了。"我说。去他妈的。让所有女人都见鬼去吧。

"我有奥林的消息了。"她说。

听到这话,我愣了一下,然后我笑了。"你是个无情的小骗子,"我说,"再见。"

"但我真的有消息了。他给我打电话了。电话联系的。打到我住的地方了。"

"很好,"我说,"那你根本不需要侦探了,如果你确实需要,你家里就有一个比我更好的侦探。我连你住在哪里都不知道。"

一阵沉默。不管怎样,她还让我和她说话,她还不让我挂电话。我只能依着她了。

"我写信告诉他我住哪里了。"她最后说。

"哼,他没有收到那封信,是因为他搬家了,没有留下任何转寄地址。还记得吗?等我不太累的时候再打吧。奎斯特小姐,晚安。你现在不必告诉我你的住址了。我不再为你做事了。"

"很好,马洛先生。我现在打算报警。但我想你不喜欢这样吧。我想你一点儿也不喜欢这样吧。"

"为什么?"

"因为这件事牵扯到谋杀案,马洛先生,而且,'谋杀'这个词很难听,你不觉得吗?"

"上来吧,"我说,"我等你。"

我挂了电话,拿出那瓶老林务员威士忌,赶忙给自己倒了一杯,一下灌进喉咙。

第十五章

这次她来得够快。动作幅度不大,速度快,步伐坚定。脸上挂着浅浅的、灿烂的笑容。她沉着地放下包,坐在客户的椅子上,面带微笑。

"你真好,还等着我,"她说,"我敢肯定,你还没吃晚饭吧。"

"错,"我说,"我吃过了,现在正喝威士忌呢。你不赞成喝威士忌,对吧?"

"当然了。"

"好极了,"我说,"我希望你别改变主意。"我把瓶子放在桌上,又给自己倒了一杯。我小酌一口,透过玻璃杯瞟了她一眼。

"如果你继续喝酒,你就没法集中注意听我讲的事儿了。"她气冲冲地说。

"关于谋杀吧,"我说,"有我认识的人吗?看得出来,你没有被谋杀——还没有。"

"不要无理取闹了。这不是我的错。你在电话里怀疑我,所以我必须让你相信。奥林确实给我打过电话了。但他不告诉我他在哪里,在做什么。我不知道为什么。"

"他想让你自己找出答案,"我说,"他在考验你。"

"这一点儿也不好玩,很愚蠢。"

"你也承认这很恶心了吧,"我说,"谁被谋杀了?或者,这也是个秘密?"

她摆弄摆弄她的包,这不是在掩饰她的尴尬,因为她并不尴尬。但这个动作足以让我再喝一杯。

"旅馆里那个讨厌的人被杀了。什么……什么先生,我不记得他的名字了。"

"咱们都忘了吧,"我说,"这次我们达成一致。"我把威士忌酒瓶扔进书桌抽屉里,站了起来。"听着,欧法梅,你告诉我,你怎么知道这一切的,或者更确切地说,奥林是怎么知道这一切的。或者说他已经知道了。你已经找到他了。这就是你之前让我做的。或者说他已经找到了你,这是一码事儿。"

"这不是一码事,"她叫道,"我真没有找到他。他不肯告诉我他现在住在哪里。"

"好吧,如果这是他最后的藏身之处,我不怪他。"

她双唇紧闭,面露厌恶之情。"他什么都不肯告诉我。"

"你只说了谋杀,"我说,"这些琐事。"

她扑哧一声笑了。"我刚才只想吓唬吓唬你。我不是说真有人被谋杀了,马洛先生。你那么冷酷无情,拒人于千里之外。我以为你不会再帮我了。好吧,是我编的。"

我做了几次深呼吸,低头看着自己的双手。我慢慢伸直手指,站起来,什么也没说。

"你生我的气了吗?"她怯怯地问,用指尖在桌子上画圈。

"我真该扇你个耳光,"我说,"装得挺无辜的。否则我打的就不是你的脸了。"

她猛吸一口气。"哼,你胆子太大了吧!"

"你用过这句话了,"我说,"这句话你用得太频繁了。闭嘴,滚出去。你以为我很喜欢担惊受怕吗？对了，还有这个。"我猛地拉开抽屉，拿出她那20美元，扔到她面前。"拿上你的钱，捐给医院或实验研究室。留着它让我紧张。"

她的手不由自主地伸向钱。眼镜后面隐藏的那双眼睛瞪得圆圆的，满是惊讶。"天哪，"她说着，优雅地收拾手提包，"我真不知道这么容易就吓倒你了。我还以为你挺横的。"

"那是装的。"我吼道，绕着桌子走来走去。她把椅子向后靠了靠，躲开我。"我对你这样的，指甲留得不是太长的小女孩是挺横的。其实我挺尿的。"我抓住她的胳膊，一把拉起她。她的头向后仰着，双唇微启。该死，我这天总是和女人纠缠不清。

"可是你会替我找到奥林的，是不是？"她低声说，"一切都是谎言。我告诉你的一切都是谎言。他没有给我打电话——我什么也不知道。"

"好香，"我边闻边说，"怎么，小宝贝儿。你耳后喷了香水——都是为了我！"

她微微点了点娇小的下巴，双眼含情脉脉。"摘掉我的眼镜，"她低声说，"菲利普，我不介意你偶尔喝点威士忌。我真的不介意。"

我们的脸相距大约六英寸。我不敢摘下她的眼镜，否则我可能会冲她的鼻子给一拳。

"好的，"我说，听起来就像奥森·威尔斯①嘴里塞满饼干发出的声音，"亲爱的，如果他还活着，我会帮你找到他的。全部免费。不收任何费用。我只求你一件事。"

"什么事，菲利普？"她轻声问道，双唇张得更大了一点。

"谁是你们家的害群之马？"

---

① 奥森·威尔斯（Orson Welles）：美国电影导演、演员、制片人。

如果我抓住一只受惊的小鹿，它会躲开我。她就像只受惊的小鹿，猛地抽身而去，面无表情地盯着我。

"你说奥林不是你们家的害群之马。还记得吗？你还特别强调了一下。当提到你姐姐莱拉时，你一带而过，好像这个话题很讨厌。"

"我……我不记得说过这些话。"她慢悠悠地说。

"所以我一直在想，"我说，"你姐姐莱拉在影视剧里用什么名字？"

"影视剧？"她的声音听起来含糊不清，"哦，你是说电影吗？我可从没说过她在演电影。我从没提过她。"

我朝她咧嘴一笑。她突然火冒三丈。

"管好你自己的事，别掺和我姐姐莱拉的事，"她朝我吐了口唾沫，"不要说我姐姐莱拉的坏话。"

"什么坏话？"我问，"要我猜吗？"

"你满脑子想的都是酒，女人，"她尖叫道，"我恨你！"她冲到门口，一把拉开门，出去了。她几乎是跑出去的。

我绕着桌子走回去，一屁股坐在椅子上。好奇怪的小姑娘。确实很奇怪。过了一会儿，和往常一样，电话又响了。响到第四声，我一手撑着脑袋，一手摸起电话，凑在耳边。

"麦金利殡仪馆。"我说。

一个女人的声音响起："什……什么？"然后放声大笑。这笑话在 1921 年警察休息室引起轰动。好机智呀。如同蜂鸟的嘴，巧舌如簧呀。我熄灯回家了。

第十六章

第二天早上 8 点 45 分，我把车停在离湾城照相馆两门之隔的地方，吃过早餐，心情平静，我透过太阳镜读当地报纸。我逐字逐句读了一遍《洛杉矶报》，上面没有任何关于凡内斯旅馆或其他旅馆的冰锥杀人新闻。别说没有指名道姓，用何种武器的杀人案了，就连"市中心酒店的神秘死亡"这样的新闻也没有。《湾城日报》还没忙到顾不得报道谋杀案。他们把这条新闻放在头版，就在肉价旁边。

爱达荷街公寓　男子被刺身亡

昨天深夜，警方接到匿名电话，火速赶往爱达荷街事发地点，该地点位于希曼斯-兰新公司的木材厂对面。警方到达后发现，事发公寓房门未锁，死者莱斯特·B.克劳森，四十五岁，公寓经理，躺在沙发上。克劳森因冰锥刺入脖颈而死。经初步检查，验尸官弗兰克·L.克劳迪宣布，克劳森死前酗酒，可能在死亡时已无知觉。警方没有看到任何打斗迹象。

警探摩西·马格拉山中尉即刻接手该案，在房客们下班回家后进行询问，但截至目前，仍未发现任何犯罪线索。验尸官克劳迪在接受本报记者采访时表示，克劳森有可能是自杀，但伤口位置排除这一可能。对住宿登记簿的检查结果显示，有一页近期被人撕掉了。马格拉山中尉在详细询问房客后表示，房客曾多次在公寓走廊上看到一个身材魁梧、体格健壮的棕发中年男子，但无人知道他的姓名或职业。通过对房间的仔细搜查，马格拉山进一步表示，一个房客于近期搬走，且非常仓促。然而，由于登记册残缺、社区情况复杂、对失踪男子描述不详等原因，追查工作极为困难。

"目前为止，克劳森被杀的原因我无从得知，"马格拉山昨天深夜宣布，"不过，我已经注意这个人好久了。我认识他的许多同事。这是一个棘手的案子，但我们会破案的。"

这篇新闻写得不错，马格拉山的名字在文中提了十二次，在图片说明中又提了两次。报纸第三页登了一张他的照片，他手拿冰锥，眉头紧皱，看着冰锥，若有所思。还有一张爱达荷街449号的照片，这张照片比实际更好看。另一张照片上，长沙发的尸体上盖着一张床单，马格拉山中尉指向它，神情严肃。另外一张是市长特写，他坐在办公桌后，官味十足，就战后犯罪问题接受采访。他讲话就是按市长讲话套路来的——添油加醋地引用了 J. 埃德加·胡佛[①]说的话，语法错误百出。

九点差三分，湾城照相馆的门开了，一个年纪大点儿的黑人开始打扫卫生，把人行道上的尘土扫进排水沟。上午九点，一个戴着眼镜、穿戴整洁的年轻人打开门，我走进去，手拿着橙黑相间的取货单，这是 G.W. 汉布尔顿医生贴在假发内侧的那张。

我给了他取货单和钱，他给我一个信封，里面装着一张很小的

---

① J. 埃德加·胡佛（J.Edgar Hoover）：美国联邦调查局第一任局长，任职长达48年。

底片、六张亮闪闪的照片，这些照片放大到了底片的八倍大。在这期间，那个穿戴整洁的年轻人上下打量我一番，但什么也没说。从他看我的神情可以得知，他记得很清楚，我不是那个留下底片的人。

我走出来，坐在我的车里，仔细观看拿到的照片。照片上，一名男子和一名金发女孩坐在一家餐厅的圆形雅间，面前摆着食物。他们的头抬起，好像他们的注意力突然被吸引住了，他们还没反应过来，照相机就咔咔响了。从照片的光线判断，很明显，拍照时没有使用闪光灯。

照片中的女孩是梅维斯·韦尔德，那个男人很矮，很黑，面无表情。我不认识他。我也没必要认识他。皮椅上印着跳舞的小情侣，所以这家餐馆就叫"舞者"。这真让人困惑。不管哪个业余狗仔队，在没有得到管理部门许可的情况下，要是在那里偷拍，会被狠狠地扔出去，连滚带爬逃到好莱坞去。我想这一定玩的是隐藏照相机的把戏，他们偷拍露丝·斯奈德被带上电椅执行死刑，就是这种把戏。偷拍者在小相机上挂个带子，藏在衣领下，镜头刚好从敞开的夹克里探出来。也许，他还会装一个灯泡，可以装进口袋的那种。我很快就能猜到，这张照片是谁拍的。奥林·P.奎斯特一定快速安全地撤离了现场，毫发未伤。

我把照片放在背心口袋里，我的手指碰到了一张皱巴巴的纸，掏出来一看，上面写着："文森特·拉加迪医生，湾城，怀俄明州大街965号。"这就是我打过电话的文森特，莱斯特·B.克劳森可能一直想联系的那个人。

一位年纪大点儿的警察沿着停车线踱步，用黄色粉笔标出轮胎位置。他告诉了我怀俄明州大街的位置。我开车到那里。这是一条远离商业区的跨镇街道，与两条编号的街道平行。965号位于拐角处，是一幢灰白色的框架结构房子。门上挂着一块铜板，上面写着：

※ 小妹妹 ※

医学博士文森特·拉加迪。就诊时间：上午10：00—12：00；下午2：30—4：00。

这房子看上去既安静又体面。一个女人带着一个小男孩走上台阶，那孩子不愿意走。她看看铜板上的字，又看看别在她西服翻领上的表，咬咬嘴唇，犹豫不决。小男孩四下看看，随后一脚踢在她的脚踝上。她皱了皱眉，但声音很有耐心。"听着，约翰尼，你对弗恩阿姨可千万不能这样。"她温和地说。

她打开门，把这个小淘气拽了进去。十字路口的斜对角是一座殖民时期的白色大宅，门廊上小小的顶棚，和这个宅子格格不入。草坪前端装了几盏照明灯。小径两旁开满玫瑰花。门廊上挂着一块巨大的黑底银字标牌，上面写着"安乐园"。拉加迪医生透过前窗就能看到殡仪馆，我不明白他为什么喜欢这样。也许这会让他更谨慎。

我在十字路口转弯，开车回到洛杉矶，上楼到办公室查看邮件，把从湾城照相馆拿到的照片锁在一个破旧的绿色保险柜里——但有一张没锁进去。我在桌旁坐下，用放大镜研究这张照片。照相馆将照片放大了，再用放大镜看，细节很清楚。梅维斯·韦尔德身边坐着一个男子。他皮肤黝黑，身材瘦削，面无表情，他面前的桌子上，放着一份晚报，一份《新闻纪事报》。我能看清标题：**轻量级拳手被击身亡**。只有午间或晚间体育版面才会使用这样的标题。我把电话拽过来。手刚碰上电话，它就响了。

"马洛吗？我是市警局的克里斯蒂·弗伦奇。今天早上的报纸看了吧，怎么想的？"

"如果你那边的电传打字机还在工作，我就没什么想法。我刚看了一份《湾城报》。"

"哦，我们也看了，"他漫不经心地说，"听起来像同一个人，是不是？姓名首字母吻合，特征描述吻合，谋杀手法吻合，时间似乎也吻合。我的天啊，真不希望桑尼·莫·斯坦这些暴徒又开始行动了。"

"如果是他们，他们肯定换种手段，"我说，"我昨晚研究了他们的资料，斯坦那伙人过去常把受害人戳得满身窟窿。其中一个受害者身上有一百多处刀伤。"

"他们应该受到教训，"弗伦奇有点含糊其词，好像他不想谈这件事，"我给你打电话是想说说弗兰克。昨天下午到现在，你见过他吗？"

"没有。"

"他溜走了。没去上班。旅馆打电话给他的房东太太，说他收拾好行李，昨晚就走了。去向不明。"

"我没见过他，也没有听到他的消息。"我说。

"死者身上只有14块钱。你不觉得很蹊跷吗？"

"确实有点蹊跷。你刚才已经给出答案了。"

"我随便说说，我自己也不信。弗兰克要么被吓跑了，要么和钱有关系。要么他看到了什么，但隐瞒了，收了别人的钱，卷钱跑了；要么他拿了房客皮箱里的钱，只留了14美元，不至于引起别人怀疑。"

我说："两种情况我都认同。或者两者同时发生。那个房间被搜得那么彻底，那人肯定不是在找钱。"

"怎么讲？"

"因为汉布尔顿医生给我打电话时，我建议他使用旅馆的保险箱，但他不听。"

"像他那样的人不该雇你替他拿钱呀，"弗伦奇说，"他不可能雇你替他保管任何东西的。他想要寻求保护，或者说想要一个助手——也可以说想要一个信使。"

"对不起，"我说，"他怎么给我说的，我原原本本告诉你了。"

"你到他那儿时，看到他已经死了，"弗伦奇慢吞吞地说，"你就不可能给他一张你的名片。"

我紧握电话,迅速回想了一下我和希克斯在爱达荷街公寓里的谈话。我看见他手指间夹着我的名片,低头看着。然后,趁他还没抓牢,我一把从他手里把名片夺过来。我深吸一口气,慢慢地呼了出来。

"不可能,"我说,"别再吓我了。"

"他有一张,朋友。折了两次,装在裤子口袋里。我们第一次没发现。"

"我给过弗兰克一张。"我说,嘴唇僵硬。

一阵沉默。我能听到电话那头的说话声和打字机的嗒嗒声。最后,弗伦奇挤出一句:"就这样吧。再见。"他突然挂断电话。

我慢慢地把电话放在机座上,活动活动我那抽筋的手指。我低头看着面前桌子上的照片。它只告诉我,这两个人中,其中一个我认识,正在"舞者餐厅"吃午饭。桌上报纸告诉我日期,或者即将会告诉我日期。

我拨通了《新闻纪事报》的电话,询问了体育版的情况。四分钟后,我在便笺簿上写道:"里奇·贝劳,颇受欢迎的青年轻重量级拳击手,2月18日在好莱坞军团体育场举行的拳击比赛中受伤,于2月19日午夜在姐妹医院去世。2月20日《新闻纪事报·午间体育版》刊登为头条新闻。"

我又拨了这个号码,请求转接城市新闻编辑部的肯尼·海斯特。他之前是刑事案件记者,我认识他很多年了。我们闲聊了一会儿,然后我说:

"谁报道的桑尼·莫·斯坦杀人案?"

"托德·巴罗,他现在在《邮政快报》。怎么了?"

"我想知道细节,如果有的话。"

第十六章

他说他派人去停尸间取文件,然后给我打电话。十分钟后,他打了电话给我。"他的头部中两枪,在他的车里,距离富兰克林的伯希庄园大约两个街区。时间,晚上11点15分左右。"

"日期,2月20日,"我说,"是吗?"

"正是。没有证人。只抓了些警局备案的惯犯,打架斗殴的无业游民和其他犯罪嫌疑人。有问题吗?"

"在那个时间段,他有一个同伙是不是也在城里?"

"这里没提。什么名字?"

"威皮·莫耶。我的一个警察朋友说,有个好莱坞富豪因涉嫌犯罪而被捕,后来又因缺乏证据被释放了。"

肯尼说:"等等。我想起来了——是的。一个叫斯蒂尔格雷夫的家伙经营'舞者餐厅',应该是个赌徒什么的。小伙子不错。我见过他。那是在搞突击检查的时候。"

"你说突击检查,什么意思?"

"有个自作聪明的家伙偷偷告诉警察,说他是威皮·莫耶,警察把他关在监狱里十天,等待克利夫兰市警局的公开指控。克利夫兰市警局没有理会。这和斯坦被杀没有任何关系。斯蒂尔格雷夫整个星期都被监视着。两者没有任何联系。你的警察朋友只顾看色情杂志了吧。"

"他们都看,"我说,"所以,他们说话也粗俗。多谢了,肯尼。"

我们说了再见,挂了电话,我靠在椅子上看照片。过了一会儿,我拿起剪刀,把有头条新闻的那块报纸剪了下来。我把这两半照片分别装在不同的信封里,连同便笺簿上的那张纸一起装进我的口袋里。

我拨了梅维斯·韦尔德小姐在克雷斯特维尤地区的号码。电话铃响了几声后,一个女人接了电话。这是一个孤傲严肃的声音,我以前可能听过,也可能没有听过。那边只说了声:"你好?"

"我是菲利普·马洛。韦尔德小姐在吗?"

"韦尔德小姐很晚才回来。你想留个口信吗?"

"非常重要。我在哪里能找到她?"

"很抱歉。我不知道。"

"她的经纪人知道吗?"

"可能知道吧。"

"你确定你不是韦尔德小姐?"

"韦尔德小姐不在。"她挂了电话。

我坐在那里,听那个声音,起初我觉得是她,后来我想不是。我越想越糊涂。我下楼走到停车场,把车开了出来。

第十七章

在"舞者餐厅"的阳台上，几只早起的鸟儿正准备吃午餐。楼上那间窗玻璃朝阳的房间放下了遮阳篷。我继续向前开，驶过日落大道的弯道，停在一栋两层四方建筑对面的街上。这个建筑是由玫红砖砌成，有几扇小小的白色铅框凸窗，前门处有一个希腊式门廊，从街对面看过去，像个古老的青灰色门把手。门的上方，有个扇形窗，上面用庄重的艺术字写着：谢里登·巴卢股份有限公司。我锁上车，走到前门。门是白色的，又高又宽，钥匙孔大得足以爬过一只老鼠。锁眼里是一把真正的锁。我去找门环，他们估计也想到这点了。门是一体式的，没法敲。

于是，我拍了拍其中一根细长的、有凹槽的白色柱子，打开门，径直走进接待室。接待室占了整个大楼的前半部分，里面家具深沉典雅，还有许多靠背长椅，上面罩着印花棉布。窗户上挂着花边窗帘，四周的印花棉布盒子、窗框与家具的印花棉布相得益彰。地上铺着印花地毯，很多人等着见谢里登·巴卢先生。

其中有些人精神饱满，满怀希望。有些人看起来好像已在那里待了好几天。一个身材矮小的黑皮肤姑娘躲在角落里，拿着手帕掩面而泣。没有人注意她。我既不在这里买东西，也不在这里上班，在公司的人赶我走之前，我已从几个不错的角度观察，对这里的情况有了大致的了解。

一个凶巴巴的红发女人懒洋洋地坐在亚当风格的桌子旁,对着一部纯白的电话讲话。我走过去,她用她那蓝色的眼睛瞪了我几眼,然后盯着房间周围的飞檐看。

"不行,"她对着电话说,"不行。很抱歉。恐怕这个没用。真的,真的太忙了。"她挂了电话,在一张单子上画掉什么,然后又狠狠地瞪了我几眼。

"早上好。我想见巴卢先生。"我说。我把自己那很不起眼的名片放在她的桌子上。她从一角拎起名片,笑嘻嘻地看。

"今天?"她和蔼地问道,"还是这周?"

"通常需要多长时间?"

"得六个月,"她开心地说,"别人不能帮你吗?"

"不能。"

"很抱歉。没办法。下次再来,好吗?感恩节前后。"她穿着一条白色羊毛裙子、一件紫红色丝绸衬衫和一件黑色天鹅绒短袖外套。她的头发像夕阳一样鲜红。她戴着黄玉手镯、黄玉耳环,还有一枚盾形的黄玉晚宴戒指。她的指甲颜色和上衣颜色很配。这身打扮,好像花了她好几个星期才弄好的。

"我必须见他。"我说。

她又看了看我的名片。她笑得很甜美。"人人都这么说,"她说,"为什么——嗯——马洛先生。看看这些可爱的人。两小时前办公室开门到现在,个个都在这里等着。"

"我有很重要的事。"

"毫无疑问。如果我可以问的话,请问是哪方面的?"

"我想卖点内幕。"

她从一个水晶盒里拿出一支香烟,用一个水晶打火机点燃。"卖?

你是说卖点钱,在好莱坞?"

"可以这么说。"

"什么内幕?别怕吓着我。"

"有点龌龊,女士——怎么称呼?"我扭头去看她桌子上的姓名牌。

"海伦·格雷迪,"她说,"好吧,那点有教养的龌龊行为也没什么,对吗?"

"我没说有教养。"

她小心翼翼地往后一靠,噗地向我脸上喷了一口烟。

"说白了,勒索,"她叹了口气,"你他妈的还不快滚?要我叫几个肥头大耳的警察来抓你吗?"

我坐在她桌子的一角,抓了两把她吹过来的烟,吹到她的头发上。她生气地躲避。"滚开,混蛋。"她的声音尖得可以刮掉油漆了。

"哦,哦。你的布林茅尔①腔哪儿去了?"

她没有回头,大喊道:"范恩小姐。"

一个身材修长、举止优雅、皮肤黝黑的女孩抬起头来,她的眉毛高挑,十分傲慢。她刚从一扇看起来像彩色玻璃窗的内门走进来。那个黑皮肤女孩走了过来。格雷迪小姐把我的名片递给她:"给斯宾克。"

范恩小姐拿着名片从彩色玻璃门里走了回去。

"坐下歇歇吧,大个子,"格雷迪小姐告诉我,"估计你得在这里等一周。"

我坐在一张有印花图案的椅子上,椅子的靠背比我的头高出八英寸,我感到自己缩小了。格雷迪小姐又对我笑了笑,是那种很讽刺的笑,然后又探身去接电话。

---

① 布林茅尔(Bryn Mawr):美国的一所女子学院。

※ 小妹妹 ※

我环视四周。角落里的小女孩停止了哭泣,若无其事地化妆。一个身材高大、相貌出众的人抬了抬那优雅的手臂,看着他那漂亮的手表,慢慢站了起来。他把一个珍珠灰的小礼帽斜扣在头上,拿上他的黄麂皮手套和银柄手杖,慢悠悠地踱步到那个红发接待员跟前。

"为了见巴卢先生,我已经等了两个小时了,"他的声音洪亮甜美,但语气冷冷的,"见一个人,等两个小时,我不习惯。"

"很抱歉,弗特斯克先生。巴卢先生今天上午确实很忙。"

"对不起,我不能留支票给他,"这个优雅的高个子轻蔑地说,"也许这是他唯一感兴趣的东西。不过,既然这样——"

"稍等,亲爱的。"红发女人拿起电话,对着话筒说:"什么?除了戈尔德温,还有谁这么说?难道你就不能联系一个正常人吗?……再试一次。"她砰的一声挂断电话。大个子没有动。

"既然这样,"他继续说,好像从来没有停止过,"我想留个简短的私人信息。"

"请讲,"格雷迪小姐告诉他,"我一定转告他。"

"代我转告他,他是只臭不要脸的臭猫。"

"换成臭鼬吧,亲爱的,"她说,"他不认识英式英语单词。"

"换成臭鼬,双科臭鼬,"弗特斯克告诉她,"散发着硫化氢和低劣妓院香水的臭鼬。"他整了整帽子,侧身照了照镜子。"现在我向您道声早安,让谢里登·巴卢股份有限公司见鬼去吧。"

这个大个子演员优雅地、昂首阔步地向外走去,用手杖推开门。

"他怎么了?"我问。

她带着同情的眼神看着我。"比利·弗特斯克?他没事。他没得到任何角色,所以他每天都来,演这么一出。他想也许有人会看到他,喜欢他。"

我慢慢闭上嘴。你可以在好莱坞住很久,却永远看不到他们在电影中的角色。

范恩小姐从内门走了出来,对我扬扬下巴,示意我进去。我从她身边经过。"这边。右边第二个门。"我沿着走廊走到第二扇开着的门时,她一直看着我。我进去关上门。

一个胖胖的、满头白发的犹太人坐在桌旁,温柔地对我微笑。"你好,"他说,"我是莫斯·斯宾克。有何贵干,伙计?坐下。抽烟吗?"他打开一个像箱子一样的东西,递给我一支不足一英尺长的香烟,这支烟放在一个单独的玻璃管里。

"不抽,谢谢,"我说,"我抽烟斗。"

他叹了口气。"好吧。给我。让我看看。你的名字是马洛。嗯?马洛。马洛。我听说过叫马洛的人吗?"

"可能没有,"我说,"我从来没听说过叫斯宾克的人。我要见一个叫巴卢的人。听起来像斯宾克吗?我不是在找一个叫斯宾克的人。咱私底下说说,叫斯宾克的家伙都见鬼去吧。"

"反犹太主义,嗯?"斯宾克说。他挥了挥大手,一颗淡黄色的钻石看上去就像一个黄色的交通灯。"别激动,"他说,"坐下,冷静冷静。你不认识我。你不想认识我。好吧。我不生气。我们谈事的时候,必须得有人沉住气。"

"我要见巴卢。"我说。

"理智点,朋友。谢里·巴卢可是个大忙人。他每天工作二十个小时,就这样,他也完不成预约计划。坐下来,和斯宾克说说。"

"你是干什么的?"我问他。

"我保护他的安全,朋友。我要保护他。谢里不可能谁都见。我替他接待一些人。在某种程度上,见我和见他都一样,你懂的。"

"可能已超出你说的那种程度了。"我说。

"可能吧。"斯宾克很赞同。他从一个铝制的雪茄盒上撕下一层厚

·109·

厚的胶带,轻轻地拿出雪茄,仔细查看上面的生产标记。"我不否认。为什么不说得更清楚些呢?这样我们就都明白了。截至目前,你一直在卖关子。我们见多了,见怪不怪了。"

我看着他修剪并点燃这支貌似很贵的雪茄。"我怎么知道你不会欺骗他呢?"我狡黠地问道。

斯宾克那双细小的眼睛眨了眨。我不肯定,但他眼里应该含有泪水。"我欺骗谢里·巴卢?"他的声音结巴低沉,就像在参加一场600美元的葬礼,"我?我就是欺骗我母亲也不会欺骗他。"

"这对我毫无意义,"我说,"我从没见过你母亲。"

斯宾克把雪茄放在一个鸟浴池大小的烟灰缸里,挥动双臂,很悲伤的样子。"哦,伙计,你怎么这么说呢,"他哭着说,"我爱谢里·巴卢,他就像我的父亲。比我父亲更好。我的父亲——好吧,不提了。拜托,伙计,厚道一点。拿出点诚意,拿出点友好。把内幕给可怜的斯宾克说说吧,好吗?"

我从口袋里掏出一个信封,扔给他。他从里面拿出一张照片,一本正经地盯着看。他把照片放在桌子上,抬头看看我,低头看看照片,又抬头看看我。"好吧,"他呆呆地说,一直提到的那种诚意和友好没有了,"有什么特别之处吗?"

"要我告诉你那个女孩是谁吗?"

"这个男的是谁?"斯宾克喊道。

我什么也没说。

"我问他是谁?"斯宾克几乎在大喊,"快说,混蛋。快说。"

我还是什么都没说。斯宾克慢慢地伸手去拿他的电话,他那双犀利明亮的眼睛一直盯着我的脸。

"继续。打电话给他们,"我说,"打电话到市警局,在凶杀案调查局找警探克里斯蒂·弗伦奇。他可不好说话。"

斯宾克把手从电话上移开。他慢慢地站起来,拿着照片走了。我等待着。外面的日落大道上,来往车辆渐行渐远,无比单调。时间一分分过去,无声地落入枯井。斯宾克刚点燃的雪茄,烟雾缭绕,在空气中飘荡了一会儿,被空调的通风口吸出去了。我看着墙上无数的题字照片,都是写给谢里·巴卢的,表达了他们对他永恒的爱。我想,挂在斯宾克的办公室,说明这些照片上的明星早就过气了。

第十八章

过了一会儿，斯宾克回来了，打手势示意我出去。我跟着他，沿着走廊往前走，穿过两扇门，进入一间接待室，里面有两名秘书。我们经过他们身边，走向另一个双扇门，这个门镶着厚重的黑色玻璃，嵌板上镂刻着银色的孔雀。我们走近时，门自动打开了。

我们走下三个铺着地毯的台阶，走进一间办公室，里面除了没有游泳池，其他东西一应俱全。办公室有两层楼高，四周都是大阳台，上面摆满书架。房间角落里摆放着一架施坦威演奏钢琴。房间里有很多玻璃制品，一套发白的木制家具，一张桌子，这张桌子有羽毛球场那么大，还有一些椅子和沙发。有个人躺在其中一张沙发上，没穿外套，衬衣敞开着，上面搭着一条夏尔凡①领带。在黑暗中，你倾听那呜呜的声响，就可以找到他了。他的眼睛和前额上盖着一块白毛巾，一位优雅的金发女郎坐在他身边的桌子旁，正从一盆冰水里拧出另一块白毛巾。

那个男子体形宽大，黑发卷曲，白毛巾下是一张结实有力的棕色脸庞。他的一只胳膊垂到地毯上，手指间夹着一支烟，飘出一缕烟雾。

---

① 夏尔凡（Charvet）：于1838年创立于巴黎，专为世界各地最挑剔的客户设计并生产精美高雅的衬衫或领带。

第十八章

金发女郎熟练地换了块毛巾。沙发上的男人呻吟着。斯宾克说:"这就是那小子,谢里。叫马洛。"

沙发上的男人咕噜道:"他想要什么?"

斯宾克说:"他不说。"

沙发上的男人说:"那你带他进来干什么?我累了。"

斯宾克说:"你知道的,谢里,有时候,非你出马不可。"

沙发上的男人说:"你刚才说他那好听的名字叫什么?"

斯宾克转向我:"你现在可以告诉我们,你想要干什么了吧。爽快点,马洛。"

我什么也没说。

过了一会儿,那个躺在沙发上的男人慢慢地抬起那只拿着香烟的手,疲倦地把香烟塞进嘴里吸着,那慵懒的样子就像待在破败城堡里的没落贵族。

"我跟你说话呢,小子。"斯宾克大声吼道。金发女郎又换了一次毛巾,谁也没看。房间里一片寂静,就像烟雾一样令人不舒服。"快点,臭小子,有话快说。"

我拿出一支骆驼牌香烟,点燃它,拿了把椅子,坐了下来。我伸出手,看了看,拇指每隔几秒钟就会缓慢地上下抽动。

此时,斯宾克愤怒地插话道:"谢里可没时间整天陪你玩。"

"那他今天剩下的时间做什么?"我听见自己在问,"坐在白缎沙发上,让人给他的脚指甲上镀金吗?"

金发女郎突然转过身来,盯着我看。斯宾克张大了嘴,眨巴眨巴眼睛。沙发上的男人缓缓地抬起一只手,抓到蒙着眼睛的毛巾角上。他掀开毛巾一角,用一只海豹棕的眼睛看着我,然后将毛巾轻轻放下。

"这里可不容你胡说八道。"斯宾克厉声说道。

我站起来，说："我忘带祈祷书了。连上帝工作都要收费呢，我今天才知道。"

有一分钟时间没人说话。金发女郎又换了一次毛巾。

沙发上那个脸上盖着毛巾的男人平静地说："宝贝儿们，都滚出去吧。这位新朋友留下。"

斯宾克恶狠狠地瞪了我一眼。金发女郎默默地离开了。

斯宾克说："我干脆把这个混蛋踢出去得了？"

毛巾下那个疲惫的声音说："我考虑很久了，别说了。滚出去。"

"好的，老板。"斯宾克说。他不情愿地走了。他在门口停了一下，对我发出无声的咆哮，然后消失了。

沙发上的男人听到关门声后，问道："要多少？"

"你什么都不想买。"

他把毛巾从头上扯下，扔到一边，慢慢坐了起来。他穿上放在地毯上的纯手工鹅卵石粗革皮鞋，一只手抚着前额。他看上去很累，但并不是沉迷酒色的样子。不知他从哪里又摸出一根烟，点燃，透过烟雾，愁眉苦脸地盯着地板。

"继续。"他说。

"我不明白你为什么要在我身上浪费精力，"我说，"但我相信你很聪明，知道自己什么也买不到。而且你也明白，还会有人买。"

巴卢拿起照片，这照片是斯宾克之前放在他旁边的一张长矮桌上的。他懒懒地伸出一只手。"被剪掉的那部分是关键，毫无疑问。"他说。

我从口袋里掏出信封，把剪下来的一角给了他，看着他把这两块拼在一起。"用放大镜，你可以看到标题。"我说。

"我桌子上有一个。请拿一下。"

我走过去，从他桌子上拿起放大镜。"巴卢先生，你习惯了别人伺候你吧,是不是?"

"我付钱的。"他透过放大镜看了看照片,叹了口气。"我好像看过那场拳击比赛。他们应该多照顾照顾那些孩子。"

"就像你对待你的客户一样。"我说。

他放下放大镜,往后一靠,冷静从容地盯着我。

"照片上的人是'舞者餐厅'老板,名叫斯蒂尔格雷夫。当然了,这个女孩是我的客户。"他朝椅子方向,做了一个模糊的手势。我坐在那把椅子上。"你想问什么,马洛先生?"

"你想要什么?"

"所有的照片和底片。所有相关的东西。"

"一万。"我说着,观察他的嘴。他的嘴角微微一笑,相当愉快。

"还需要再解释一下,是不是?我只看到两个人在公共场所吃午饭,对我客户的声誉几乎没有什么威胁。我想你也这样想的吧。"

我咧嘴笑了笑。"你什么也买不到,巴卢先生。我可以拿底片再洗一张照片,用照片再做一张底片。如果那张快照是证据的话,你永远都不会知道你是否已经毁掉所有照片。"

"对于敲诈者而言,这种游说方式并不高明。"他说,脸上仍然带着微笑。

"我总想知道,人们为什么要给敲诈者付钱。他们什么也买不到。然而,他们又付钱给敲诈者,有时一遍又一遍,周而复始。"

"今天的恐惧,"他说,"总是战胜对明天的恐惧。戏剧情感的一个基本事实是,部分大于整体。如果你在屏幕上看到一个魅力四射的明星处于非常危险的境地,你思维的一部分,也就是情感部分,会为她担心。尽管你的理性思维知道,她是电影明星,不会有什么糟糕的事发生。如果悬疑和害怕不能战胜理性,就没有什么戏剧性了。"

我说:"你说得应该很对。"然后我往周围轻吐了几口骆驼牌香烟的烟雾。

他眯起眼睛。"我要是真要买到什么东西,如果我付了你一大笔钱,但没有得到我要的东西,我会派人修理你,揍扁你。你出院的时候,如果还要报仇雪恨,你可以让警察抓我。"

"这事我遇到过,"我说,"我是私家侦探。我明白你的意思。你为什么要跟我说这些?"

他大笑起来,发出低沉愉快的笑声。"我是经纪人,伙计。我总觉得,卖家肯定会留一手。但我们不谈一万美元的事。她还没那么多钱。到目前为止,她一周只能赚一千美元。尽管如此,但我承认,她离这笔巨款很近了。"

"照片会让她彻底没戏,"我指着照片说,"没有大钱,没有带水下灯的游泳池,没有上等貂皮大衣,霓虹灯广告牌上没有她的名字,什么都没有。一切像尘土一样被吹走。"

他轻蔑地笑了。

"好吧,如果我把这个拿给城里的警察,会怎样呢?"我说。

他不笑了,眯缝起眼睛,非常平静地问道:

"他们凭什么会感兴趣呢?"

我站起来。"我觉得我们谈不成生意,巴卢先生。你是个大忙人。我自己走。"

他从沙发上站起来,伸了伸腰,他足有六英尺二英寸高,非常健壮。他走过来,站在我身边。他那褐色的眼睛里有点金色的斑点。"让我看看你是谁,伙计。"

他伸出手。我把打开的皮夹子扔在他手上。他看了看我的执照复印件,从里面掏出几样东西,看了看,又递给我。

"如果你真把你手里的照片给警察看,会怎么样?"

"我首先要把它和警方正在调查的事情联系起来,就是昨天下午

※ 第十八章 ※

凡内斯旅馆发生的事。这中间,女孩是关键——她不愿和我聊,所以我就来找你聊聊。"

"她昨晚告诉我了。"他叹了口气。

"告诉你多少?"我问。

"她说,一个叫马洛的私家侦探试图强迫她雇用他,理由是,有人看见她在市中心一家旅馆里,离谋杀案现场很近,这点对她很不利。"

"有多近?"我问道。

"她没说。"

"胡说。"

他从我身边走开,走到角落里一个高高的圆柱形罐子前,从众多又细又短的马六甲白藤杖里拿出一根,开始在地毯上走来走去,灵巧地把手杖从右脚的鞋子旁挥过。

我又坐了下来,灭了烟,深吸一口气。"这种情况只有好莱坞存在。"我咕哝道。

他利落地转过身来,瞥了我一眼。"请再说一遍。"

"我是说,一个明明很正常的人手里拿根猴杖,逛街似的在房间里踱来踱去。"

他点点头。"我这毛病是被米高梅电影公司[①]的一位制片人影响的。他是个很有魅力的家伙。别人都这么说。"他停下来,用手杖指着我。"你他妈的在耍我,马洛。你就是在耍我。太明显了。你想把我当铲子使,把你从困境中挖出来。"

"有道理。但是,如果我怕搅这趟浑水,什么也不做,那比起你客户的处境,我的处境根本不算什么。"

---

① 米高梅电影公司(MGM):美国好莱坞八大影业公司之一。

他静静地站了一会儿，然后扔掉拐杖，走到一个酒柜前，打开酒柜的两扇门，在两个高脚玻璃杯里倒了点酒，把一杯递给我，然后回去取上自己的那杯，坐在沙发上。

　　"阿马尼亚克酒，"他说，"如果你了解我，就知道我很欣赏你。这种酒很稀有。德国佬瓜分走大半，其余的归我们这些有头有脸的人。敬你。"

　　他举起杯子，闻了闻，抿了一小口。我把我的酒一口灌下去，尝起来像上好的法国白兰地。

　　巴卢看起来很震惊。"天哪，你小口喝，不要一口吞下去。"

　　"我全吞了，"我说，"对不起。她还告诉你，如果不堵上我的嘴，她会有大麻烦。"

　　他点点头。

　　"她有没有说怎么堵上我的嘴？"

　　"我的印象是，她喜欢用某种又重又钝的工具堵上别人的嘴。所以我尝试用威胁与贿赂相结合的方式。我们街上有个机构，专门保护影视圈的人。显然，他们没有吓倒你，贿赂也不够。"

　　"他们真把我吓坏了，"我说，"我他妈的差点抽出我的鲁格枪毙了他们。拿着点四五口径手枪的那个混蛋演技棒极了。至于钱不够多这事，就看怎么付给我了。"

　　他又喝了一小口他杯中的阿马尼亚克酒，指着面前那张拼接在一起的照片。

　　"我们刚说到你要把照片交给警察，然后呢？"

　　"我觉得我们还没说这么远。我们说到，她为什么要给你说这件事，而不给她男朋友说。我刚离开，他就来了。他自己有钥匙。"

　　"很显然，她还没说。"他皱起眉头，低头看着他的阿马尼亚克酒。

"我喜欢这酒味儿,"我说,"如果那家伙没有她的房门钥匙,我会更喜欢的。"

他难过地抬起头。"我也是。我们都有同感。但演艺圈一直都这样——所有演艺圈都这样。如果这些人没有过着紧张而混乱的生活,如果他们的情绪不能很好地驾驭他们,那么,他们就不可能抓住这稍纵即逝的情绪,把这种情绪印刻在几英尺的胶片上,或者展示在聚光灯下。"

"我不是在说她的情感生活,"我说,"她没必要和一个警方通缉的人混在一起吧。"

"你没有证据,马洛。"

我指着照片。"拍这张照片的那个人失踪了,找不到了。他很可能已经死了。住在那个地方的另外两个人也死了。其中一个,就在死前不久,还试图售卖这些照片。她亲自到他住的旅馆去取货。凶手也去取了。她没有拿到,凶手也没拿到。他们不知道藏在哪里了。"

"你找到了?"

"我运气好。我见过他没戴假发的样子。或许,这些都不是我所说的证据,你可以提出反对意见。不过何必呢?两个男子被杀,可能还有三个。她冒了很大的风险。为什么呢?她想要那张照片。不管她冒多大的险,只要能取回照片,也值了。那又是为什么呢?只是两个人在某天一起吃午饭而已。那天,莫·斯坦在富兰克林大道被枪杀。那天,一个叫斯蒂尔格雷夫的人进了监狱,因为警察得到小道消息,说他是克利夫兰市警局通缉的威皮·莫耶,这是警方记录上写的。但照片说明,他不在监狱。就在那一天,这张照片表明了他的身份。她清楚这一点。而且他还有她的房门钥匙。"

我停顿了一下,彼此凝视了一会儿。我说:

"你真不想让警察看到这张照片,对吗?不管是赢,是输,还是打成平手,她都会受到严惩。当一切都结束了,斯蒂尔格雷夫是不是莫耶,莫耶是不是杀了斯坦,或是找人杀了斯坦,或者只是在斯坦被杀的那天刚好溜出监狱,这该死的一切都不重要了。如果他逃过一劫,还是会有很多人认为这是一场交易。她脱不了干系。在公众心目中,她是黑帮老大的女友。她肯定会彻底完蛋,这可事关你的生意。"

巴卢沉默了一会儿,面无表情地盯着我。"你这次来的目的是什么?"他低声问道。

"很大程度上取决于你,巴卢先生。"

"你到底想要什么?"现在,他的声音变得尖细凶狠。

"我想从她那里得到,但一直得不到的东西。这种东西赋予我一种权利,一种维护她的利益的权利,我会努力,直到我确定再也无法继续为止。"

"通过隐瞒证据吗?"他咬牙切齿地问道。

"如果这算是证据的话。除非警察诬陷韦尔德小姐,否则他们找不出证据。或许我可以。他们才不会费心劳神地去做这些事呢,他们毫不在乎,可我在乎。"

"为什么?"

"可以这么说,这就是我谋生的方式。我也许还有别的动机,但这个理由足够了。"

"你要价多少?"

"你昨晚派人给我了。当时我没要,现在我接受了。另外,请附张签名信函,说明你雇我调查你的客户被人敲诈的案件。"

我拿着空杯子站起来,走过去把它放在桌子上。我弯下腰,听到一阵轻柔的嘶嘶声。我在桌子后面转了一圈,猛地拉开一个抽屉。一台钢丝录音机从一个带铰链的架子上滑了出来。马达还在运转,细钢丝正稳稳地从磁带轴一端移到另一端。我看着对面的巴卢。

第十八章

"你可以关掉了,把录音机带走,"他说,"我用这东西,你可不能怪我。"

我按下倒带按钮,钢丝倒回去,速度加快,导线转得太快,我都看不见了。机器发出一种尖锐的声音,就像两个娘娘腔调的男人在争夺一块丝绸。钢丝渐渐松了,机器停了下来。我取下录音带,放进口袋。

"你可能还有一个,"我说,"我只能冒次险了。"

"你很有把握,是不是,马洛?"

"希望如此。"

"请按一下桌边上的按钮,好吗?"

我按了一下。黑色的玻璃门打开了,一个皮肤黝黑的女孩走了进来,手里拿着速记本。

巴卢没有看她,开始口述。"致菲利普·马洛先生的信,写上他的地址。亲爱的马洛先生:本机构雇用你调查一起勒索我客户的案件,有关详情已口头告知。您的费用为每天100美元,外加500美元的定金,请在本函副本上予以确认……就这些。艾琳,请马上去办。"

我把我的地址给了那个女孩。她出去了。

我从口袋里拿出录音带,放回抽屉。

巴卢跷着二郎腿,晃动着他上面那只擦得闪亮的鞋尖,眼睛盯着它看。他用手捋了捋他那深色鬈发。

"总有一天,"他说,"我会犯我们这行人最怕犯的错误。我发现,我在和一个我可以信任的人做生意,但我他妈的又太聪明了,不能相信他。你最好留着这个。"他递给我剪成两半的照片。

五分钟后我离开了。我离玻璃门还有三英尺远时,门打开了。我从那两位秘书身旁走过,穿过走廊,经过斯宾克办公室那敞开的门。里面没有声音,但我能闻到他雪茄的味道。在接待室里,那群人还坐在那破旧的椅子上。海伦·格雷迪向我抛来妩媚迷人的微笑。范恩小姐也对我笑嘻嘻的。

我和老板谈了四十分钟。这让我看起来像脊椎按摩师墙上的挂图一样光芒四射。

第十九章

　　工作室的值班警察坐在四周用玻璃围住的半圆形办公桌前，放下电话，在便笺簿上草草记了几笔。他撕下那张便笺，从不足四分之三英寸宽的窄缝里塞出来，那个窄缝处的玻璃没有碰到他的桌面。他的声音从安在玻璃面板上的通话装置传出来，带有金属的声音。

　　"直走，一直走到走廊尽头，"他说，"你会在院子中间看到一个自动饮水器。乔治·威尔逊会在那里接你。"

　　我说："谢谢。这是防弹玻璃吗？"

　　"当然了。怎么了？"

　　"我只是好奇，"我说，"我从没听说过，有人会拿枪冲进电影公司。"

　　我身后有人在窃笑。我转过身，看见一个穿着休闲裤的女孩，耳后插着一朵红色康乃馨。她正咧着嘴笑。

　　"哦，老兄，如果枪能解决问题的话。"

　　我走到一扇橄榄绿的门前，那门没有把手。门上传来声音，让我推开门。推门进去，里面是一条橄榄绿的走廊，墙壁光秃秃的，尽头有一扇门。像个老鼠陷阱。如果你进去了，出现什么异常情况，他们仍然可以阻拦你。远处的门也发出同样的嗡嗡声和咔嗒声。我纳闷警察怎么知道我在那里。于是，我抬头一看，发现他的眼睛透过一面

※ 小妹妹 ※

倾斜的镜子盯着我看。我一碰门,镜子就变空白了。他们什么都考虑到了。

外面是铺着瓷砖的小庭院,中间有一个游泳池和一把大理石椅子。庭院中的向日葵花在正午艳阳的照耀下肆意绽放。饮水器在大理石座椅旁边。一个穿着考究的老头懒洋洋地躺在大理石椅子上,看着三只棕色的拳师犬将一些茶花秋海棠连根刨起。他神情专注平静,很是惬意。我走过去时,他没看我。其中最大的一只拳师犬走过来,在他腿边的大理石座位上撒了泡尿。他弯下腰,轻轻拍了拍那狗坚硬的短毛脑袋。

"你是威尔逊先生吗?"我问。

他抬头看着我,一脸茫然。那个中等大小的拳师犬也跑过来了,闻了闻,撒了泡尿。

"威尔逊?"他的声音懒洋洋的,有点拖沓,"哦,不。我不叫威尔逊。应该叫这个名字吗?"

"对不起。"我走到饮水器旁,用水流冲了冲脸。当我用手帕擦脸时,最小的拳师犬在大理石长凳上撒了泡尿。

那个不叫威尔逊的人充满爱意地说:"总是按顺序做。真是不可思议。"

"做什么?"我问。

"撒尿,"他说,"似乎是按辈分长幼来的。非常有序。第一个是梅茜,她是母亲。然后是麦克,比最小的乔克大一岁。一直是这样的顺序。在我的办公室也是这样。"

"在你的办公室?"我说,说这话简直愚蠢至极。

他扬起灰白的眉毛看着我,从嘴里拿出一支棕色雪茄,咬掉烟头,吐到游泳池里。

"这对鱼可没任何好处。"我说。

※ 第十九章 ※

他上下打量我一番。"我养拳师犬。去他妈的鱼。"

我想好莱坞就这样吧。我点燃一支烟,坐在长凳上。"在你的办公室,"我说,"每天都变着花样来,是不是?"

"就在桌角撒尿。一直这样。快把我那些秘书逼疯了。她们说尿进地毯里了。现在的女人怎么回事呀?我从没感到烦闷,很喜欢它们这样。你要是喜欢狗,它们撒尿,你也喜欢看。"

其中一只狗把一株盛开的海棠拖到瓷砖铺就的人行道中央。他捡起来,扔进了游泳池。

"我想,园丁该不高兴了,"他又坐下说,"哦,好吧,如果他们乐意,他们可以——"他突然停下,看着一个穿着黄色休闲裤的苗条女邮差,故意绕道而行,穿过院子。她瞟了他一眼,扭着屁股离开了。

"你知道我们这一行出什么问题了吗?"他问我。

"谁知道呢。"我说。

"性泛滥,"他说,"时间地点恰当倒也可以。但现在数不胜数,遍地都是呀,快淹到我们脖子这儿了,都快成粘蝇纸了。"他站了起来。"我们这里苍蝇也多。很高兴认识你,先生——"

"马洛,"我说,"恐怕你不认识我。"

"我谁也不认识,"他说,"记性越来越差了。遇见的人太多了。我叫奥本海默。"

"朱里斯·奥本海默?"

他点点头。"对。抽支雪茄。"他拿出一支给我。我晃了晃我的烟。他把雪茄扔进游泳池里,然后皱起眉头。"记性越来越差了。"他悲伤地说,"浪费了50美分。不该这么做。"

"你经营这个工作室。"我说。

他心不在焉地点点头。"那支雪茄应该留着的。省50美分,你会得到什么？"

"50美分。"我说，真不知道这家伙到底在说什么。

"在这一行，50美分可不是50美分。在这一行，省50美分，就等于5美元。"他停下来，向三只拳师犬打了个手势，它们便不刨东刨西了，而是看着他。"只是赚钱的话，"他说，"很简单。来吧，孩子们，回妓院去。"他叹了口气。"1500家剧院。"他补充道。

我肯定又是那副愚蠢的表情了。他朝院子摆摆手。"你只需要1500家剧院，拍该死的电影可比养纯种拳师犬容易得多。在这个世界上，唯独电影行业是一个你可以犯尽错误却还能赚钱的行业。"

"在这个世界上，肯定唯独这一行才能让三只狗在办公桌旁撒尿。"我说。

"你得拥有1500家剧院。"

"要这么说，起步很难呀。"我说。

他看起来很高兴。"是的，很难。"他的目光越过修剪整齐的绿色草坪，望向广场一侧的一座四层建筑。"所有办公室都在那边，"他说，"我从来不去那里。一直在重新装修。看到那些人在他们套房里放的东西我就恶心。那里有全天下最昂贵的天才，他们想要什么就给什么，想要多少钱就给多少钱。凭什么？根本没有原因。只是习惯。他们做什么或者怎么做都他妈的不重要。只要给我1500家剧院就行。"

"奥本海默先生，你不想让别人引用你的话吗？"

"你是干出版行当的？"

"不是。"

"太糟了。他妈的，我还真希望有人能把这种简单的生活真理写进报纸，"他停下来，哼了一声，"没人会印出来的。他们害怕。来吧，孩子们！"

梅茜，大的那只，走了过去，站在他旁边。中等大小的那只停下来毁掉另一株海棠，然后一路小跑，跑到梅茜身边。小乔克按序站成一行，随后，它突然灵机一动，向奥本海默的裤腿边抬起一条后腿。梅茜漫不经心地拦住了它。

"看到了吗？"奥本海默微笑着，"乔克试图改变撒尿顺序。梅茜不会容忍的。"他弯下腰，拍拍梅茜的头。它抬头爱慕地看着他。

"这狗的眼睛，"奥本海默沉思着说，"是全世界最让你难忘的东西。"

他沿着瓷砖小路朝行政大楼走去，三只拳师犬在他身边泰然自若地小跑着。

"马洛先生吗？"

我转过身来，看到一个高个男子已悄悄靠近我，他的头发是沙棕色的，鼻子像公共汽车上拉着吊环站立的人的胳膊肘。

"我叫乔治·威尔逊。很高兴认识你。我看到你和奥本海默先生认识。"

"一直在和他聊天。他告诉我如何做电影生意。看来只要1500家剧院就行了。"

"我已经在这里工作五年了，还从没跟他说过话。"

"只因为那些狗没尿到你身上。"

"也许你是对的。说吧，我能为你做些什么，马洛先生？"

"我想见梅维斯·韦尔德。"

"她在片场，正拍电影呢。"

"我能在片场见她一面吗？"

他看起来有点犹豫。"他们给你什么样的通行证了？"

"只是个通行证吧，我想。"我递给他看。他看了一遍。

"巴卢派你来的。他是她的经纪人，我想应该没问题。她在12号影棚。现在就想过去吗?"

"如果你有时间的话。"

"我是宣传员。我就是干这个的。"我们沿着瓷砖路朝两栋建筑物的拐角处走去。一条混凝土道路从这两栋楼中间穿过,通向后面的场地和摄影棚。

"你进巴卢办公室了?"威尔逊问道。

"刚从那儿过来。"

"很厉害的组织,我听说。我自己也想试试这行。这里面让人伤透了心。"

我们经过几个穿制服的警察,然后拐进两个影棚之间的一条狭窄小巷。一个信号旗在小巷中间来回摇摆,一扇标有12号的门上亮着红灯,红灯上方的铃声一直响个不停。威尔逊在门口停了下来。另一个坐在靠背椅上的警察向他点点头,看着我,面如死灰,就像水箱里的浮渣。

铃声和信号旗停了下来,红灯灭了。威尔逊拉开一扇沉重的门,我从他身边走进去。里面还有一扇门。从阳光下走进去,里面好像一个黑洞。慢慢地,我看到远处的角落里有光束。除此之外,巨大的影棚空空荡荡的。

我们向有光的地方走去。快靠近时,发现地上似乎被厚厚的黑色电缆覆盖着。那里有一排排的折叠椅,一堆化妆间门上写着名字。我们是从摄影棚后面进去的,所以只能看到木制的背景和两边的大屏幕。两台背投影机在两边嘶嘶作响。

一个声音喊道:"开拍。"铃声大作。两个屏幕上光波闪动,生动起来了。另一个比较平静的声音说:"请注意你的姿势,我们必须把这个小花絮拍好。好,开始。"

威尔逊突然停了下来,碰碰我的胳膊。演员们的声音不知从哪里冒出来了，既不响亮，也不清晰，喃喃低语，不知道在说什么。

其中一个屏幕突然一片空白。那个平静的语气没变，说："停。"

铃声再次响起，传来一阵走动的声音。威尔逊和我往前走，他在我耳边悄悄说："如果午饭前拍不好这一场的话，奈德·盖蒙就会打烂托伦斯的鼻子。"

"哦，托伦斯在这里？"迪克·托伦斯当时是一个二流明星，这在好莱坞演员中很常见，没有人真正想用，但很多人最终不得不用，因为找不到更好的。

"迪克，再拍一次好吗？"那个平静的声音问道。此时，我们已绕过布景拐角，看到了片场的真面目——游艇的尾端甲板。现场有两女三男。一名中年男子穿着运动服，懒洋洋地坐在甲板的椅子上。一个穿着白色衣服，红头发，看起来像游艇的艇长。第三个是业余的游艇爱好者，他戴着帅气的帽子，身穿镶金纽扣蓝夹克，休闲裤，脚穿白鞋子，举止傲慢，魅力四射。他就是托伦斯。其中一个年龄小点的女孩是个黑美人，叫苏珊·克劳里。另一个是梅维斯·韦尔德。她穿着一件湿漉漉的白色鲨鱼皮游泳衣，显然才刚上船。一名化妆师正在她的脸上、手臂上和金色头发的边缘喷水。

托伦斯没有回答。他突然转过身来，盯着摄像机。"你以为我不知道自己的台词？"

一个头发灰白、身穿灰衣服的人从阴暗的幕后走到灯下。他的黑眼睛充满怒气，但声音平和。

"除非你有意改词。"他说，眼睛盯着托伦斯。

"有可能，我不习惯在背投屏幕前演，因为那破东西在拍摄中间，胶片就用光了。"

"你这牢骚发得合理，"奈德·盖蒙说，"问题是，他只有212英尺的胶片，这是我的错。如果这场戏你能再快一点——"

"嗯，"托伦斯哼了一声，"如果我能再快一点就好了。也许你们该说服韦尔德小姐，让她快点爬上来，用时比造这破船的时间还短一点。"

梅维斯·韦尔德轻蔑地瞥了他一眼。

"韦尔德的时间卡得刚好，"盖蒙说，"她的表演也恰到好处。"

苏珊·克劳里优雅地耸了耸肩。"我觉得她可以稍微快点，奈德。是很好，但还可以更好。"

"亲爱的，如果更好的话，"梅维斯·韦尔德平静地对她说，"也许该有人会说太作了吧。你不希望这种情况出现在你的片子里，对吗？"

托伦斯大笑起来。苏珊·克劳里转过身来，瞪着他。"很好笑吗，十三先生？"

托伦斯的脸唰的一下变了，面若冰霜。"再说一遍？"他咬牙切齿地说。

"天哪，你的意思是，你不知道？"苏珊·克劳里惊奇地说，"他们叫你十三先生，因为你每演一个角色，意味着前面已有十二个人推掉了。"

"我明白了。"托伦斯冷冷地说，然后又大笑起来。他转向奈德·盖蒙。"好了，奈德。现在大家的怨气撒得差不多了，也许我们可以按你说的办了。"

奈德·盖蒙点点头。"小吵小闹是消除怨气的最好方式。好了，开工。"

他回到摄影机旁。助手大喊一声"开拍"，整场戏顺利完成，没出半点差错。

"停，"盖蒙说，"就这样。大家吃午饭。"

演员们走下一段粗糙的木台阶，向威尔逊点点头。梅维斯·韦尔德最后一个下来,已经穿上一件毛布长袍和一双沙滩凉鞋。她一看见我,突然停住了。威尔逊走上前去。

"你好,乔治,"梅维斯·韦尔德说,眼睛盯着我,"找我有事吗?"

"马洛先生想和你说几句话,可以吗?"

"马洛先生?"

威尔逊用犀利的目光扫我一眼。"刚从巴卢的办公室过来。我以为你认识他。"

"我可能见过他,"她还在盯着我看,"什么事?"

我没说话。

过了一会儿,她说:"谢谢你,乔治。到我的化妆间,马洛先生。"

她转身,绕到离布景较远的那边,靠墙立着一间绿白相间的化妆间,门上的名字是韦尔德小姐。走到门口,她转过身来,仔细看了看四周,然后她那可爱的蓝眼睛盯着我的脸看。

"说吧,马洛先生。"

"你还记得我吗?"

"记得。"

"我们是接着上次的话题说呢,还是重新开始?"

"有人批准你来这里的。谁?为什么?你总得解释一下吧。"

"我现在为你工作。定金付过了,收据在巴卢那里。"

"想得很周到啊。假如我不想让你为我工作呢?不管你的工作是什么。"

"好吧,别自以为是了。"我说。我从口袋里掏出"舞者餐厅"的照片,递到她面前。她凝视我很久,然后垂下眼睛。随后,她看了看自己和斯蒂尔格雷夫在雅间的合影。她看着照片,神情严肃,一动不动。然后,她缓缓地抬起头来,捋了捋她脸侧面那湿漉漉的鬈发。她微微打了个寒战。她伸出手,拿起这张照片,盯着看。她的眼睛又抬起来了，很慢，很慢。

"那又怎样？"她问。

"我有底片和其他一些照片。如果你当初有更多的时间，知道在哪里找，你就已经拿到它们了。或者他还活着，把照片卖给你。"

"我有点冷，"她说，"我得吃点午饭。"她把照片递给我。

"你有点冷，你得吃点午饭。"我说。

我觉得她的喉咙抽动了一下。但是光线不太好，没看清。她微微一笑，一副百无聊赖的贵族范儿。

"我不明白这一切的意义何在。"她说。

"你在游艇上花的时间太多了。你的意思是，我认识你，我也认识斯蒂尔格雷夫，那这照片有什么大不了的，竟会有人为此送我一个钻石狗项圈，是吗？"

"是的，"她说，"那究竟怎么回事？"

"我不知道，"我说，"不过，如果真相可以让你甩掉这副公爵夫人的冷酷样的话，我愿找出真相。在此期间，你还是很冷吧，你还得吃点午饭。"

"你等了好久了，"她平静地说，"你没什么好卖的。也许，你的小命还值几个钱。"

"我还真愿意贱卖我的小命，因为我爱那副墨镜，那顶草蓝帽子，还有那只高跟鞋在我头上留下的伤疤。"

她的嘴抽动一下，好像要笑。但她的眼睛里没有一丝笑意。

"更不用说脸上挨的三巴掌了，"她说，"再见，马洛先生。你来晚了。太晚。太晚了。"

"对我——还是对你？"她把手往后一伸，打开了化妆间的门。

"我觉得对我们俩都是。"她快步走了进去，没关门。

"进来，关上门。"她的声音从化妆间传来。

第十九章

我走进去，关上门。这里并不是为明星定制的豪华化妆间，只是能用而已。一张破旧的沙发，一把简便椅子，一个小梳妆台，上面带着镜子和两盏灯，梳妆台前放着一把直背椅，一个托盘，托盘上放着一杯咖啡。

梅维斯·韦尔德伸手，给一个圆形的电热器插上电，然后抓起一条毛巾，揉了揉她那湿漉漉的发梢。我坐在沙发上等着。

"给我一支烟。"她把毛巾扔到一边。当我为她点烟的时候，她的眼睛凑近我的脸。"我们在游艇上即兴表演的那个小场景怎么样？"

"贱。"

"我们都是贱人。有些比其他人多些笑容，仅此而已。演艺圈嘛。有些东西很低贱，一直都这样。有段时间，演员得从后门进去，现在大多数演员依旧如此。巨大的压力，巨大的紧迫感，同行间勾心斗角，换来这些令人恶心的场景，毫无意义。"

"胡说八道。"我说。

她伸出手，指尖从我的脸颊滑下，像滚烫的熨斗一样。"你赚了多少钱，马洛？"

"一天40块，外加花费。那是要价。我只拿25块，有时更少。"我想到了欧法梅那破旧的20块。

她的指尖又从我的脸颊滑下，我没有搂她。她从我身边走开，坐在椅子上，拉紧睡袍。电热器使小房间暖和起来了。

"每天25美元。"她疑惑地说。

"孤独可怜的美元啊。"

"它们很孤独吗？"

"像灯塔一样孤独。"

她跷着二郎腿，灯光下，她那苍白的皮肤映射的微光似乎充满了整个房间。

"问吧。"她说,她没刻意遮住她的大腿。

"谁是斯蒂尔格雷夫?"

"一个我认识多年的男人。也是我喜欢的。他有钱,开着一两个餐厅。他从哪里来——我不知道。"

"但你很了解他。"

"你怎么不问我是不是和他上过床呢?"

"我不会问这种问题的。"

她笑了起来,弹掉烟灰。"冈萨雷斯小姐很乐意告诉你这些。

"她又黑又可爱,还充满激情。而且非常、非常友好。"

"像邮箱一样专一,"我说,"去他的。还是说斯蒂尔格雷夫吧——他有没有遇到过什么麻烦?"

"谁没有遇过麻烦呢?"

"和警察。"

她的眼睛睁大,显得有些过于天真。她的笑声听起来也有些过于清脆。"别开玩笑了。他身价好几百万美元呢。"

"他怎么挣到的?"

"我怎么知道?"

"好吧。你不知道。烟快烧到你的指头了。"我探过身去,从她手里拿走烟头。她的手朝上平放在她那赤裸的腿上。我用指尖碰了碰她的手掌。她抽身离开,把那只手攥成拳头。

"别这样。"她厉声说。

"怎么了?我小时候常对女孩子这样。"

"我知道,"她呼吸有点急促,"这让我觉得自己很年轻,很天真,有点淘气。但我不再年轻,不再天真了。"

"你真的对斯蒂尔格雷夫不了解?"

"我真希望你做出决定,到底是要逼供还是要和我上床。"

"我从没动过这些歪心思。"我说。

一阵沉默后,她说:"我真得吃点东西了,马洛。我下午还要工作。你不希望我晕倒在片场吧?"

"只有大明星才会这样,"我站起来,"好吧,我走了。别忘了我在为你工作。如果我真认为你杀了人,我就不会为你效力了。但你当时在场。你冒了很大的险,因为有一样东西你非常想拿到。"

不知她从什么地方摸出照片,咬着嘴唇,盯着它看。她的头一动不动,只是抬起眼睛。

"不可能是这个东西。"

"那样东西他藏得很好,找不到。但它到底有什么用呢?你和一个叫斯蒂尔格雷夫的人坐在'舞者餐厅'的雅间。里面也没什么。"

"什么也没有。"她说。

"所以,肯定事关斯蒂尔格雷夫——或者是日期的事。"

她的眼睛又猛地向下看那张照片。"看不出什么日期,"她快速地说,"就算这意味着什么。除非剪掉的那块——"

"在这里,"我把剪掉的那块给了她,"但你需要放大镜。把它拿给斯蒂尔格雷夫看看。问问他,这个是否意味着什么。也可以问问巴卢。"

我朝化妆间的门口走去。"日期无法做手脚,别自欺欺人了,"我回过头说,"斯蒂尔格雷夫可不这么认为。"

"这证据不堪一击,马洛。"

"真的吗?"我回头看着她,没有笑,"你真这么想?不,你不会的。你去了那里。那人被谋杀了。你有枪。他是个有名的骗子。我发现了一些东西,警察可不想让我拿出来。因为那东西会引发一系列的麻烦事,多得就像海里的盐。只要警察发现不了,我的执照就保得住。只要别人发现不了,我脖子后面就不会刺入冰锥。你还会说我们这行报酬高吗?"

她坐在那里看着我,一只手放在膝盖上,紧紧地捏着膝盖。另一只手放在椅子扶手上,手指挨个动来动去,显得很不安。

我只需转动门把手,走出去。但我不知道,这么做为什么就那么难。

第二十章

和往常一样,我办公室外的走廊里人来人往。我打开门,走进那间安静的小接待室,里面充满霉味,给人感觉像掉进了枯竭二十年的井里,无法回来了。空气中弥漫着灰尘的味道,像一篇枯燥无味的足球比赛采访。

我打开里面的门,里面同样死气沉沉,木板上也堆满灰尘,我一心想过安逸生活的梦已经破灭。我打开窗户,打开收音机。声音开得太大了,我将它调到正常音量。这时,听到电话在响,感觉已经响了一阵子了。我摘下帽子,拿起听筒。

她也该给我打电话了。她平静简短地说:"这次我是认真的。"

"继续。"

"我之前撒了谎。我现在没说谎。我真的有奥林的消息。"

"继续。"

"你还是不相信我。从你的声音,我听得出来。"

"你从我的声音什么也听不出来。我是侦探。怎么得到他的消息的?"

"他从湾城打来电话了。"

"等等。"我把听筒放在污迹斑斑的棕色记事簿上,点燃烟斗,不慌不忙。听谎言总是要有耐心的。我又拿起话筒。

"这套我们都玩过了，"我说，"你年纪轻轻，但很健忘。我想祖格史密斯医生不喜欢你这样吧。"

"请别笑话我了，我是认真的。他收到了我的信，他是去邮局要的。他知道我住在什么地方，什么时候来的，于是打来电话。他住在一个他认识的医生那里，帮医生做点事。我告诉过你，他学了两年医。"

"医生有名字吗？"

"有。一个有趣的名字。文森特·拉加迪医生。"

"等等。门口有人。"

我小心翼翼地放下电话。或许是我太脆弱了。或许听筒是用玻璃做的。我拿出一块手帕，擦了擦一直紧握电话的手掌。我站起来，走到壁橱前，对着残缺的镜子看着我的脸。我一脸紧张。生活节奏太快了。

文森特·拉加迪医生，怀俄明州大街965号。安乐园斜对面。角落的框架结构房子。安静。周边环境不错。死者克劳森的朋友。也许吧。或许他不这么认为。但有可能。

我回到电话机旁，强作镇定地说："怎么拼写？"

她轻松而准确地拼了出来。"没什么事儿了，是吗？"我说，"感谢上苍，一切平安——在堪萨斯州曼哈顿他们就这么说的吧。"

"别取笑我了。奥林有大麻烦，几个——"她的声音微微颤抖，呼吸急促，"几个黑帮的人在追他。"

"别傻了，欧法梅。湾城没有黑帮，那都是电影里演的。拉加迪医生的电话号码是多少？"

她给我说了电话号码。号码正确。我不敢说这些拼图碎片开始归位了，但至少它们看起来是有关联的。这就是我找到的或要得到的。

"请过去看看他，帮帮他。他不敢离开那所房子。毕竟我付钱给你了。"

"我还给你了。"

"但我又给你了。"

"你好像给的是其他东西,我不那么想要的东西。"

一阵沉默。

"好了,"我说,"好了。如果我一直坐视不管的话,早就摊上大麻烦了。"

"为什么?"

"只说谎,不说实话。麻烦总会找上门的。我可不像有些人那么走运。"

"可我没撒谎,菲利普。我真没撒谎。我要发疯了。"

"深呼吸,然后发疯,这样我就能听到了。"

"他们会杀了他的。"她轻声地说。

"那文森特·拉加迪医生在做什么?"

"他当然不知道了。求你了,求你立马就去。我这里有地址。请等一下。"

微弱的铃声响起,那是走廊尽头传来的,声音不大,但你还是可以听到的。不管有什么声响,你还是能听到的。

"电话簿上应该可以找到他,"我说,"很巧的是,我有一本湾城的电话簿。四点左右给我打电话。或者五点。最好五点打。"

我快速挂断电话,站起来,关掉收音机,收音机里播的,我一句也没听。我又关上窗户,打开书桌抽屉,拿出鲁格枪,别在身上。我戴好帽子,出去的时候,又看了一眼镜子里的那张脸。

我的样子看起来像是下定决心要开车跳崖。

第二十一章

　　安乐园举行的葬礼刚结束。一辆灰色的大灵车正在侧门等候。街道两边的汽车被堵得水泄不通,文森特·拉加迪医生的诊所旁有三辆黑色轿车,排成一排。人们肃穆地从殡仪馆大厅走下来,走到街角,上了他们的车。我停在不远处,等待着。汽车没有动。随后,三个人陪着一位蒙着厚纱、全身黑衣的女人走了出来。他们把她搀扶到一辆大型豪华轿车上。殡仪馆的老板穿梭其间,手势动作高雅,像肖邦音乐的尾声一样优美流畅。那张灰白的脸拉得很长,长得足以绕他的脖子两圈。

　　临时帮忙抬棺木的人把棺木从侧门抬出,专业人士接过棺木,平稳地放进灵车后部,好像棺木很轻,还没有一盘黄油卷饼重。鲜花在棺木上堆成小山。玻璃门关上了,整条街上的车都启动了。

　　过了一会儿,马路空空荡荡的,只剩马路对面的一辆轿车。殡仪馆老板返回去数钱,在途中闻了闻路边的玫瑰。他面带灿烂的笑容,钻进他那雅致的殖民时期风格的大门,世界再次变得寂静、空荡。留下的那辆轿车没有动。我开着车向前走,然后调头,开到它后面。司机身穿蓝色哔叽套装,头戴亮闪闪的尖顶软帽。他在做晨报上的填字游戏。我戴了一副透明反光太阳镜,从他身边走过,走向拉加迪医生的住处。他没有抬头。我走到前面几码远的地方,摘下眼镜,假装用手绢擦拭。我从其中一个镜片中看到他。他还是没抬头,只顾做填字游戏。我把镜框戴回鼻梁上,绕到拉加迪医生住所的前门处。

大门的牌子上写着:按铃进门。我按了门铃,但门没打开。我等了等。我又按了铃。又等。里面一片寂静。随后,门慢慢地打开一道缝,一个身穿白大褂,脸庞瘦削,面无表情的人看着我。

"抱歉。医生今天不看病。"她对着我的反光墨镜眨了眨眼睛。她不喜欢墨镜。她的舌头在嘴里不安地动来动去。

"我在找奎斯特先生,一个叫奥林·P. 奎斯特的人。"

"谁?"她的眼中露出几分惊慌。

"奎斯特,Q 是 Quintessential 里的 Q,U 是 Uninhibited 里的 U,E 是 Extrasensory 里的 E,S 是 Subliminal 里的 S,T 是 Toots 里的 T。五个字母拼在一起,就是要'找的那位兄弟'。①"

她看着我,好像我刚从海底爬上来,胳膊下还夹着一条淹死的美人鱼。

"对不起。拉加迪医生不在——"

她被一双看不见的手推开了,一个黑黑瘦瘦、满脸焦虑的男人站在半开的门口。

"我是拉加迪医生,请问有什么事吗?"

我递给他一张名片。他看了看名片,又看了看我。他的脸色苍白,一脸愁苦,好像即将大祸临头。

"我们通过电话,"我说,"因为一个叫克劳森的人。"

"请进,"他快速说,"我不记得了,但进来吧。"

我走了进去。房间里很暗,窗帘是拉上的,窗户是关着的。天又黑又冷。

---

① 奎斯特(Quest)有"寻找"的意思。以上五个英文词语依次意为"典型的""不羁的""超感觉的""潜意识的""亲密的人",均属于高级词汇。

※ 小妹妹 ※

　　护士在一张小桌后面坐了下来。这是一间普通客厅，里面摆放着浅色油漆木器，从这所房子的年代判断，这些木器曾是深色的。一个方形拱门把客厅和餐厅隔开。有几把简便椅和一张放着杂志的桌子，这房子看起来像在私人住宅行医的医生接待室。

　　护士面前桌子上的电话响了。她吓了一跳，手伸了出去，但又停了下来。她盯着电话。过了一会儿，电话不响了。

　　"你刚才说叫什么名字？"拉加迪医生轻声问我。

　　"奥林·奎斯特。他妹妹告诉我，他在为你做事，医生。我找了他好几天了。昨晚，他给她打电话了。她说，就从你这里打的。"

　　"这里没有叫这个名字的人，"拉加迪医生礼貌地说，"从来没有。"

　　"你压根儿不认识他？"

　　"我从未听说过他。"

　　"我不明白他为什么要对他妹妹这么说。"

　　护士偷偷地擦了擦眼睛。桌上的电话响了，又吓了她一跳。"别接。"拉加迪医生头也不回地说。

　　电话铃响时，我们等待着。电话铃响时，每个人都等待着。过了一会儿，不响了。

　　"你为什么不回家呢，沃森小姐？这里没你什么事儿了。"

　　"谢谢你，医生。"她一动不动地坐在那里，低头看着桌子。她紧紧地闭上眼睛，又睁开。她绝望地摇了摇头。

　　拉加迪医生转向我。"到我办公室去，好吗？"

　　我们穿过另一扇通向走廊的门。我如履薄冰。这所房子充满了不祥的兆头。他打开一扇门，把我领进一个房间，这房间以前肯定是卧室，但里面没什么东西可以说明这是卧室。这是一间紧凑的医生办公室。门开着，呈现出检查室的一角。角落里的消毒器在工作。里面煮着很多针头。

"针头很多呀。"我说，我向来脑子转得快。

"坐下，马洛先生。"

他走到桌子后，坐下，拿起一把细长的裁纸刀。

他悲伤的眼睛定定地看着我。"不，我不认识任何叫奥林·奎斯特的人，马洛先生。我无法想象，为什么这个人说他在我家里。"

"躲呀。"我说。

他扬起眉毛。"躲什么？"

"躲一些可能想在他脖子后面插冰锥的人。因为他拿着小徕卡相机拍照速度太快了。人家要保护隐私，他偏给人家拍。或者别的什么，比如兜售大麻，他太滑头了。我是在打哑谜吗？"

"是你打发警察来这里的。"他冷冷地说。

我什么也没说。

"是你打电话来，报告克劳森死讯的。"

我还是没说话。

"是你给我打电话，问我是否认识克劳森。我说我不认识。"

"但你没说实话。"

"我没义务告诉你吧，马洛先生。"

我点点头，拿出一支烟，点燃。拉加迪医生瞥了一眼手表，转过椅子，关掉了消毒器。我看着针头。很多针头。以前在湾城，我和一个煮针头的家伙打过交道。

"什么地方做的？"我问他，"游艇港吗？"他拿起那把看起来很邪恶的裁纸刀，刀柄是银色的，形状像一个裸体女人。他往大拇指指肚刺了一下，一滴黑血冒了出来。他放到嘴里舔了舔。"我喜欢血的味道。"他轻声说。

远处传来一阵声音，是前门开关的声音。我们都仔细听着。我们听到屋前台阶上的脚步声。我们仔细听着。

"沃森小姐回家了,"拉加迪医生说,"屋里只有我们俩了。"他又思索一下,又舔了舔大拇指。他小心翼翼地把刀放在记事簿上。"啊,关于游艇港的问题,"他补充说,"毫无疑问,你觉得那里离墨西哥很近。大麻很容易就——"

对于大麻,我没想那么多。我又盯着针头看。他顺着我的目光看过去,耸了耸肩。

我说:"为什么有这么多?"

"关你什么事?"

"不关我的事。"

"但好像你很希望你的问题能得到回答。"

"我只是随便聊聊,"我说,"等待事情发生。这房子即将有事发生,这事正从角落里斜睨我呢。"

拉加迪医生舔掉拇指上的另一滴血珠。

我端详着他,但无法窥探到他灵魂的深处。他安静、阴郁、闭塞,生活中的一切痛苦都呈现在他的双眼里。但是他依然温文尔雅。

"我给你说说针头的事吧。"我说。

"请讲。"他又拿起那把又长又细的刀。

"别这样,"我大声说,"它让我浑身起鸡皮疙瘩,像摸蛇一样。"

他又轻轻放下刀,笑了。"我们似乎在兜圈子。"他说。

"言归正传。谈针头。几年前,我这里有个案子,我到这里来,认识了一个叫阿尔莫的医生,他就住在阿尔泰街。他的行医习惯很有趣,他晚上会带一大箱皮下注射针出门——都是要用的,装满满一箱子。他的治疗方法很特别。醉鬼,富有的瘾君子——他们的数量远比人们想象的要多;生活过度刺激,无法放松的人;失眠患者——所有神经兮兮无法冷静下来的人。这些人都必须靠小药丸和手臂皮下注射渡过难关。得有人帮他们渡过难关。那段时间,所有的难关会再次出现。这对医生来说,可是好买卖。阿尔莫是他们的医生。现在说没关系。他大约在一年前死了。死于他自己的药。"

"你觉得我可能继承了他的做法吗?"

"有人会的。只要有病人,就会有医生。"

他看上去比之前更疲惫了。"我认为你是蠢驴,我的朋友。我不认识阿尔莫医生。我也没做过你说的那种事。至于针头——我给你说清楚——它们在当今的医疗行业反复使用,通常用于注射维生素等无害的药物。针头会变钝,变钝了,扎起来很疼。因此,一天之内,一个人可能会用一打或更多。没有一针是毒品。"

他慢慢抬起头,用一种坚定轻蔑的目光盯着我。

"我可能错了,"我说,"昨天在克劳森的住处闻到大麻的味道,看到他拨你的电话号码——还叫你的名字——所有这些可能使我判断错误。"

"我与吸毒者打过交道,"他说,"哪个医生没和他们打过交道呢?完全是浪费时间。"

"有时他们会被治愈。"

"可以切断他们的毒品。最终,在经历了巨大的痛苦之后,他们可以不吸。那可不是治愈他们了,我的朋友。那也不是消除了迫使他们吸毒的神经或情感上的问题。这使他们成为呆滞消极的人,坐在阳光下,转动拇指,死于无聊和空虚。"

"第一次听说这个理论呀,医生。"

"你挑的话题。我说完了。我起另一个话题。你可能已经注意到了这所房子里的某种紧张氛围。你还戴着那愚蠢的墨镜。你可以摘掉了,你戴上它,看起来一点儿也不像加里·格兰特[①]。"

---

① 加里·格兰特(Cary Grant):美国著名演员。

我摘掉墨镜,我都忘了这回事儿了。

"警察来过了,马洛先生。马格拉山中尉,他正在调查克劳森的死因。他见到你将会很高兴。我给他打电话好吗?我相信他会来的。"

"去吧,给他打电话,"我说,"我只是在去自杀的路上,顺便在这里稍做停留而已。"

他的手伸向电话,但又被那把裁纸刀吸引过来。他又拿起刀,似乎不能让它独自放着。

"你可以用它杀人。"我说。

"很容易。"他微微一笑。

"颈后一英寸半,枕骨下面正中间。"

"冰锥效果更好,"他说,"尤其是短点儿的,锉得很锋利的那种,不会打弯。如果你没刺中脊髓,伤害不大。"

"还得懂点医学知识?"我掏出一盒皱巴巴的骆驼牌香烟,撕掉包装,抽出一支。

他一直面带微笑。很轻微,很悲伤。那不是一个人在害怕时的微笑。"有帮助,"他轻声说,"不过,任何一个心灵手巧的人都能在十分钟内掌握这项技术。"

"奥林·奎斯特学了几年医。"我说。

"我说过了,我不认识叫这个名字的人。"

"哦,我知道你认识。我不太相信你说的话。"

他耸了耸肩。但他的眼睛像刚才一样,还是盯着刀。

"我们像一对夫妇或情侣,"我说,"我们只是坐在这里,隔着桌子拉家常,好像我们没有半点烦心事。因为我们两个天黑前都要进监狱。"

他又扬起眉毛。我接着说:

"你,因为克劳森知道你的名字。你可能是最后和他通过电话的

第二十一章

人。我,一直在做私家侦探摆脱不掉的工作。隐藏证据,隐瞒信息,发现尸体,没有恭敬地向这些可爱清廉的湾城警察报告。哦,我完蛋了,彻底完蛋了。但是,今天下午空气中弥漫着一股浓烈的香水味。我好像不在乎。可以说我坠入爱河了。我好像就是不在乎。"

"你醉了吧。"他慢慢地说。

"只有香奈儿5号香水,香吻,白皙透亮的美腿,挑逗的深蓝眼睛,这些烂漫的东西才使我沉醉。"

他看起来比以前更悲伤了。"女人能让男人变得软弱,不是吗?"他说。

"克劳森。"

"一个不可救药的酒鬼。你可能知道他们的情况。他们喝啊喝,不吃东西。维生素缺乏会逐渐使他们精神错乱。只有一种办法可以帮他们,"他转过身来,看着消毒器,"除了针头,还是针头。它让我觉得自己很卑鄙。我堂堂一个索邦大学的毕业生,只能在这样一个肮脏的小镇,给这帮龌龊的小人看病。"

"为什么?"

"因为几年前在另一个城市发生的事。别问太多,马洛先生。"

"他直呼你的名字。"

"这是某个阶层人的习惯。尤其是曾经当过演员的,还有以前那些骗子。"

"哦,"我说,"就这些吗?"

"就这些。"

"那么,来这里的警察没有因为克劳森的事给你带来麻烦吧。你只害怕在别处发生的另一件事吧。也许是爱吧。"

"爱?"他缓缓地吐出这个字,细细品味。讲完后,他脸上一丝苦笑,就像一声枪响后空气中弥漫的火药味。他耸了耸肩,把桌上的一个烟盒从文件托盘后面推到我这边。

"那就不是爱了,"我说,"我试着解读你的心思。你毕业于索邦大学,在一个既不起眼又令人讨厌的小镇上做着不起眼的小行当。我很清楚。怎么回事呢?你和克劳森这样的人在一起干什么呢?有什么见不得人的事吗,医生?麻醉品、堕胎?或者你在某个炎热的东部城市帮黑帮的人看病?"

"比如哪个城市?"他微笑着。

"比如说克利夫兰市。"

"胡扯,我的朋友。"他的声音冷若冰霜。

"我是扯远了,"我说,"但像我这种脑子不够用的人,往往会把自己知道的东西拼在一起。一般都是错的,但这是我的职业病。如果你想听的话,我继续说。"

"洗耳恭听。"他又拿起刀子,轻轻地刺了刺桌子上的记事簿。

"你认识克劳森。克劳森被冰锥刺死,作案手法相当高明。当时我在楼上的房子里,和一个叫希克斯的骗子聊天。希克斯撕掉了一页登记簿,上面有奥林·奎斯特的名字,然后迅速搬走。那天下午晚些时候,希克斯在洛杉矶被冰锥刺死。他的房间被人搜过。有个女人曾到他那里买什么东西。她没有拿到。我有更多的时间去找这东西。我拿到了。假设一:克劳森和希克斯被同一人杀害,但不一定是出于同一原因。希克斯被杀,是因为他硬抢了别人赚钱的买卖,还把别人挤出局。克劳森被杀,是因为他酒后胡说八道,可能知道谁有可能杀希克斯。到目前为止,还合理吧?"

"我不感兴趣。"拉加迪医生说。

"但你在听。我想这绝对是出于礼貌。好吧。我发现了什么呢?一张影后和克利夫兰市前黑帮老大在某个特殊日子的合影。这天,克利夫兰市前黑帮老大本应待在监狱里;也是这一天,克利夫兰前黑帮老大曾经的同伙在洛杉矶富兰克林大道被枪杀。他为什么会坐牢？因为有人密报他的真实身份。不管你怎么说洛城警察的坏话，他们可下定决心要把那些东部来的黑帮头子赶出城去。谁是密报人呢？正是他们抓的那个家伙。因为他以前的同伙很难缠，非除不可，坐牢可是最好的不在场证明。"

"胡说，"拉加迪医生疲倦地笑了笑，"简直是胡说八道。"

"当然。事情越来越糟。警察无法证明任何关于前黑帮老大的事。克利夫兰警察对此不感兴趣。洛杉矶警察把他放了。但如果他们看到那张照片，他们是不会放他走的。因此，照片就成了强有力的敲诈证据，首先针对克利夫兰前黑帮头子，如果他真是黑帮头子的话；其次对影后不利，因为她在公共场合和他在一起。好人可以通过那张照片大赚一笔。希克斯不够好。另一种情况。假设二：奥林·奎斯特，我要找的那小子，拍了那张照片。用康泰克斯相机或徕卡相机拍的，没有闪光灯，当事人不知道自己被拍。奎斯特有一台徕卡相机，他喜欢干这种事。在这件事上，他的商业动机更大。问题来了，他怎么得到这个拍照机会的？答案是，影后是他的妹妹。她会让他走上前去和她说话。他失业了，需要钱。很有可能，她给了他一些钱，条件是，让他离她远远的。她不想和她的家人有任何瓜葛。医生，这还是胡说八道吗？"

他神情忧郁地盯着我。"我不知道，"他慢慢地说，"有点意思了。可你为什么要把这个危险的故事讲给我听呢？"

他从盒子里拿出一支烟，漫不经心地扔给我一支。我抓住烟，看了一番。埃及人，椭圆形的，粗粗的，对我来说，劲儿太大。我没有点燃，只是坐在那里，将烟夹在手指间，看着他忧郁的黑眼睛。他点燃自己的烟，吞云吐雾，神情紧张。

"我现在就可以把你和克劳森联系起来，"我说，"你认识克劳森。

工作原因,你说的。我告诉他,我是侦探。他马上就想给你打电话。他烂醉如泥,没法跟你说话。我记住电话号码,后来告诉你他死了。为什么?如果你坦坦荡荡的,你会报警。你却没有。为什么呢?你认识克劳森,你还可能认识他的一些房客。不过这些我都没有证据。另一种情况。假设三:你认识希克斯或奥林·奎斯特,或者他们两个你都认识。洛杉矶警察不能或没有确定克利夫兰前老大的身份——我说他的新名字吧,叫他斯蒂尔格雷夫。但是肯定有人可以确定他的身份——如果那张照片值得杀人灭口的话。你在克利夫兰市行过医吗,医生?"

"当然没有。"他的声音似乎是从很远的地方传来的。他的目光深邃。他的嘴唇微张,勉强能塞进一支烟。他一动不动。

我说:"电话局那边的电话簿,有满满一屋子。全国各地的都有。我查过你。"

"你在市中心写字楼里有间套房,"我说,"而现在,你在一个海滨小镇上,偷偷摸摸地行医。你本想改名字,但为了保住执照,你不能改。总要有人策划这件事,医生。克劳森是个无赖,希克斯是个蠢货,奥林·奎斯特卑鄙无耻。但他们都可以被利用。你不能直接和斯蒂尔格雷夫联系,否则活不到第二天早上刷牙的时候。你得借助卒子——死不足惜的卒子。怎么样,讲得如何?"

他微微一笑,向后靠在椅子上,叹了口气。"假设四呢,马洛先生,"他几乎是窃窃私语,"你这个大白痴。"

我咧嘴一笑,伸手拿根火柴,点燃他给的那支粗粗的埃及烟。

"还有,"我说,"奥林的妹妹给我打电话,告诉我,他在你家里。我承认,就凭这点,不具有说服力,但似乎都针对你。"我平静地吸着烟。

他看着我。他的脸似乎膨胀了,变得越来越模糊了,向远处移动,然后又回来。我感到胸闷。我的反应迟钝了,像乌龟在奔跑。

"怎么回事?"我听见自己在喃喃自语。

我把手放在椅子扶手上,把自己撑了起来。"我很傻,不是吗?"我说,嘴里还叼着烟,吸着烟。"很傻"这个词用得不到位。必须创造一个新词。

我从椅子上站起来,双脚像卡在两桶水泥里。我说话时,我的声音好像是从棉絮里传出来的。

我松开椅子扶手,伸手去拿烟。好几次没抓到,后来才摸到。它感觉不像烟,感觉就像大象的后腿。有锋利的指甲,刺进我的手里。我晃了晃手,大象把它的腿移开了。

一个模糊巨大的身影在我面前晃来晃去,一头骡子一脚踢在我的胸口。我坐在地板上。

"一点点氰化钾,"感觉一个声音从跨大西洋的电话那头传来,"不会要命,连危险也谈不上。仅仅是放松……"

我挣扎着从地板上站起来。你应该找个时间试试。但先找人把地板钉牢。这块地板一直打转。过了一会儿,才稍稍稳了一点。我选定四十五度角站定。我控制住自己,开始往某个地方走。地平线上有一个东西,可能是拿破仑的坟墓吧。这个目标很好。我朝它走去。我的心脏突突突地跳,又快又重,我无法呼吸,就像踢足球时喘不过气来一样。你觉得你的呼吸永远不会回来。永远,永远,永远不会。

随后,它不再是拿破仑的坟墓。那是一艘激流上的木筏。上面有个人。我在什么地方见过。不错的家伙。我们相处得不错。我朝他走去,肩膀撞在墙上,我转了一圈。我伸手想抓住什么东西。除了地毯什么也没有。我怎么蹲下去抓到它呢?问也没用。这是秘密。每次你问问题,他们就把地板推到你面前。好吧,我开始沿着地毯爬。我用的是我原来的手和膝盖,但又感觉不像。我爬向一堵黑暗的木墙,或者应该是黑色的大理石。又是拿破仑的墓。我对拿破仑做过什么？他为什么要不断地把坟墓推给我呢？

"我想喝水。"我说。

我等人回应。没有人回应。没有人说话。也许我还没说。也许这只是我脑子里的一个想法。氰化钾。当你爬过隧道的时候，这个词还真让人担忧。不会致命的，他说。好吧，这只是玩笑。你可以称之为半致命的。菲利普·马洛，三十八岁，名声不佳的私家侦探，昨晚，他背着一架大钢琴爬过巴罗纳排水管时被警方逮捕。在大学高地警局受审时，马洛宣称他要把大钢琴送给库特贝拉尔的印度君王。当被问及为何要穿马刺时，马洛表示，客户的机密是神圣的。马洛正在接受调查。霍恩赛德警长表示，目前不便透露更多信息。当被问及钢琴是否调准时，霍恩赛德警长说，他在钢琴上用三十五秒弹了一首华尔兹舞曲，据他所知，钢琴里没有琴弦。他暗示，里面有别的东西。霍恩赛德警长突然说，将在十二小时内向新闻界发表一份完整的声明。据人们猜测，马洛试图掩埋一具尸体。

一张脸从黑暗中向我逼近。我改变了方向，朝那张脸走去。但当时已是傍晚了。夕阳西下。天很快黑了。没有脸。没有墙，没有桌子。然后地板也没有了。什么也没有。

我也压根不在那里。

第二十二章

一只大黑猩猩用它的大黑爪捂住我的脸,试图将爪子推到我的脖子后。我反推回去。站在弱势群体一方是我的专长。随后,我意识到,它试图阻止我睁开眼睛。

我还是决定睁开眼睛。别人都这么做了,我为什么不呢?我用尽全身力气,非常缓慢地,保持背部挺直,弯曲大腿和膝盖,把胳膊当绳子,抬起我那无比沉重的眼皮。

我躺在地板上,望着天花板,我的案子有时需要将我置身于此。我摇摇头。我的肺部发僵,嘴发干。这个房间就是拉加迪医生的咨询室。同样的椅子,同样的桌子,同样的墙和窗户。周围一片寂静。

我坐在地板上,用手撑住身体,摇摇头,感觉晕头转向,感觉自己是从大约五千英尺的地方掉下来的。然后,我努力使自己缓过神来。我眨眨眼。同样的地板,同样的桌子,同样的墙壁。但拉加迪医生不在。

我舔了舔嘴唇,发出一种含糊不清的声音,没有人注意到。我站起来。我像个托钵僧一样头晕目眩,像台破洗衣机一样虚弱不堪,像只獾的肚子一样耷拉着,像只山雀一样胆小恐惧,还没有装着假肢的芭蕾舞演员有出息呢。

我跟跟跄跄走到桌子后,一屁股坐在拉加迪的椅子上,在他的柜子里翻找可以提神的药。但什么也没找到。我又站起来,感觉自己重得就像一头死象。我摇摇晃晃走过去,环顾四周,仔细看了看白晃晃的白色陈列柜,那里应该有应急药品。最后,仿佛经过了四年长途跋涉之后,我终于抓到了大约六盎司的酒精。我打开瓶盖闻了闻。粮食酒。和标签上写的一样。现在我得喝一杯,再喝些水。好人应该能找到这些。我穿过门向检验室走去。空气中弥漫着烂桃子的味道。我撞到门框上,停下来又看了看。

就在那时,我意识到有脚步声从大厅传来。我疲倦地靠在墙上听着。

脚步声缓慢,拖沓,每两步间有很长时间的停顿。起初,脚步声听起来鬼鬼祟祟的。后来,听起来非常非常累,像一位尝试多次,最后终于坐在扶手椅上的老人。我们两个都是如此。随后,不知什么原因,我想到了远在堪萨斯州曼哈顿的欧法梅的父亲,他坐在门廊,静静地向他的摇椅移去,手里拿着冰冷的烟斗,坐下来,看着面前的草坪,好好过把烟瘾——无需火柴,无需烟草,也不会弄脏客厅的地毯。我给他放好椅子。在门廊尽头茂密的树荫下,我扶他坐下。他抬起头来,感谢我,非常和蔼。他向后靠在椅背上时,手指甲刮在椅子扶手上。

有指甲的刮擦声,但不是刮在椅子扶手上的声音。这是真实的声音,这声音就在附近,在一扇紧闭的门外,这扇门从检查室通向走廊。微弱的刮擦声,可能是一只小猫想要进来。好吧,马洛,你一向喜爱动物。去把小猫放进来。我起身。我借助检查床末端的吊环和干净的毛巾站起来。刮擦声已经停止了。可怜的小猫在外面,想进来。一滴眼泪在我的眼睛里打转,顺着我满是皱纹的脸颊流了下来。我松开检查床,向门口顺利走了四码的距离。我的心怦怦直跳。但肺部憋闷,好像被封存了好几年。我深吸一口气,抓住门把手,打开门。就在最后一刻，我突然想到去拿枪。我只是想到，但没有拿。我就是这样一个人，突然有了想法，就反复琢磨。我本应该松开门把手的，但这对我来说可不简单。我拧了拧门把手，门打开了。

他那白蜡般的四根手指紧紧抠在门框上。他的眼睛深陷，足有八分之一英寸深，呈淡灰蓝色，睁得大大的。他的双眼看向我，但没有看到我。我们的脸相距几英寸。我们的呼吸在半空中相融。我的呼吸急促刺耳，他的呼吸却遥远低回，没有响声。血从他嘴里冒出来，顺着下巴往下流。我顺着血流低头看。血慢慢地从他的裤腿流出来，流到鞋子上，又从鞋子里不慌不忙地流到地板上。血已流成一个小池塘了。

我看不出他哪里中了枪。他的牙齿咔嗒咔嗒地响，我以为他要说话了，或者想说话了。但那是他发出的唯一声音。他的呼吸停止了。他的下巴松弛了。接着嘎嘎声响起。当然，这绝不是拨浪鼓的声音。这一点也不像拨浪鼓。

橡胶鞋跟踩在地毯和门框之间的油毡上，吱吱作响。苍白的手指从门框上滑下。那人的上身开始抽动。他的双腿撑不住了，开始打弯。他的躯干摇摇晃晃，像在波涛中游泳的人，向我扑来。

与此同时，他的另一只手臂，之前看不见的那只手臂，像触电一样，挥来挥去，似乎不受任何东西的控制。那只手滑落在我的左肩胛骨上。除了我手里拿着的那瓶酒，还有什么东西重重地摔在地板上，撞在墙脚上嘎嘎作响。

我咬紧牙关，张开双脚，一把抱住他。他有五个男人那么重。我退后一步，想把他扶起来。这就像试图扶起倒下的树。我和他一起摔倒了。他的头撞到地板上，我没扶住。我没有足够的力气去阻止他摔倒。我把他放平，抽出身。我跪在地上，弯腰去听。嘎嘎声停止了。寂静了很久。接着是一声无声的叹息，非常安静，非常慵懒，不慌不忙。又是一阵寂静。接着又是一声更慢的叹息，慵懒而平静，像夏日的微风拂过摇曳的玫瑰。

他的面容及面容背后都发生了变化，在这个令人困惑和难以理解的时刻，那种说不清道不明的变化。他的脸慢慢舒展开来，回到纯真状态。现在这张脸隐约露出一丝喜悦，嘴角调皮地上扬。所有这些都很愚蠢，因为就算我神志不清，我他妈的也非常清楚，奥林·P. 奎斯特绝不是这样的孩子。

远处传来警报声。我跪着听着。警报声渐渐远去。我站起来，走过去，从侧窗往外看。在安乐园，另一场葬礼正在举行。街上又挤满了汽车。人们沿着小路慢慢地走过玫瑰树。男人们手里拿着帽子，很慢很慢地走到殖民时期风格的小门廊前。

我放下窗帘，走过去，拿起那瓶酒，用手帕擦了擦，放在一边。我不再对酒感兴趣了。我再次弯下腰，肩胛骨之间的刺痛提醒我，还有别的东西要捡起来。一个装有白色圆形木柄的东西，紧靠在贴墙板上。一把漂亮的冰锥，刀刃锋利，约三英寸。我拿着它对着灯光，看着刀尖。上面可能有我的血迹，也可能没有。我轻轻用手在刀尖周围摸摸，没有血。刀尖非常尖锐。

我又用手帕擦了擦，弯下腰，把冰锥放在他右手的手掌上。那手蜡白蜡白的，搭在地毯的细毛上。一看就是事先安排的。我摇摇他的胳膊，让冰锥从他的手上滚落到地板上。我想翻看他的口袋，可一只更无情的手早就这么做了。

一阵恐慌袭来，我摸了摸口袋。什么也没丢。就连我胳膊下夹的那把鲁格手枪也在。我拽出来，闻了闻。没有开过火，其实我不用看就知道。被鲁格枪击中后，你是不会到处走动的。

我跨过门口那摊深红色的血，顺着走廊望去。房子里依然寂静无声，好像在等待什么。我顺着血迹，来到一间布置得像书房一样的房

第二十二章

间。房间里有一张两用沙发，一张桌子，几本书，几本医学杂志，还有一个烟灰缸，里面有五个粗粗的椭圆形烟蒂。两用沙发腿旁有个金属质地的东西，亮闪闪的，原来是用过的点三二口径自动手枪的弹壳。我在桌子底下又发现了一个。我把它们装在口袋里。

我走出去，上了楼。上面有两间卧室，都有人住。其中一间没有任何衣物。烟灰缸里有许多拉加迪医生抽的那种椭圆形烟蒂。另一个房间里放着奥林·奎斯特简陋的衣橱，他的备用西装和大衣整齐地挂在衣橱里，衬衫、袜子和内衣也整齐地放在衣橱的抽屉里。在后面的衬衫下面，我找到了一架F2镜头的徕卡相机。

我把这些东西放回原处，回到楼下那个死人躺着的房间，他已对这些琐事不关心了。出于本能，我又擦了擦那几个门把手。我在前屋的电话机旁犹豫了一下，没有碰它就离开了。我还能四处走动，这就很好地说明了善良的拉加迪医生没有杀人。

人行道上，人群缓缓前行，走向街对面殡仪馆那矮小的殖民时期风格的门廊。房间里，风琴哀奏。

我拐过房角，开车离开了。我慢慢地开着车，深吸一口气，但还是觉得氧气不足。湾城离海洋大约四英里。我在最后一家杂货店前停了下来。是时候再打一次匿名电话了。来抬尸体吧，伙计们。我是谁？一个幸运儿，一直帮你们找尸体。我很低调。不想留名。

我看了看杂货店，通过正面的玻璃板往里看，一个戴斜框眼镜的女孩正在看杂志。她看起来有点像欧法梅·奎斯特。有什么东西堵住了我的喉咙。

我松开离合器往前开。不管合不合法，她有权最先知道消息。我早已不在乎什么法律了。

第二十三章

我手里拿着钥匙,在办公室门口停了下来。然后,我悄悄地走到另一扇门前,那扇门总是开着的,我站在那里,侧耳倾听。她可能已经在里面等了,斜框眼镜后面的那双眼睛闪闪发亮,湿润的小嘴渴望被亲吻。我要告诉她一件事,这事比她想象的更棘手。过一会儿,她会走,我再也不会见到她了。

我什么也没听到。我返回去,打开另一扇门,捡起地上的邮件,拿过去,扔在桌子上。里面没什么对我有用的信息。我丢下邮件,走过去拧另一扇门的把手,过了好一会儿,我才打开,往外看了看。寂静一片,空无一人。我的脚边躺着一张折好的纸,它是从门底下被推进来的。我捡起来,打开看。

"请打我公寓电话。非常紧急。我必须见你。"签名是 D。

我拨通了伯希庄园的电话,找冈萨雷斯小姐。请问您是哪位?请稍等,马洛先生。嘟,嘟,嘟,嘟。

"喂?"

"今天下午口音有点重。"

"啊,是你呀,阿米哥。我在你那有趣的小办公室等了好久。你能过来和我谈谈吗?"

"不行。我在等电话。"

"那……我可以过去吗？"

"到底怎么回事？"

"我在电话里什么也不能谈，阿米哥。"

"过来吧。"

我坐在那里，等着电话铃响，但没响。我向窗外望去。大街上人声鼎沸，隔壁咖啡店厨房里的通风机里飘出特价餐的气味。时间一分分过去了，我弓背趴在桌子上，一只手托着下巴，盯着墙根深黄色的石膏，眼前浮现出一个垂死之人模糊的身影，那人手里拿着一把短冰锥，我感觉到冰锥的尖端刺痛着我的肩胛骨。好莱坞捧红无名小卒的本事太厉害了。一个本该为卡车司机熨烫衬衫的邋遢少妇，可以被好莱坞打造成魅力四射的女王；一个老气横秋，本应手拎饭盒去做工的毛头小子，可以被好莱坞塑造成目光炯炯、笑容灿灿、浑身散发着魅力的男子汉大英雄。好莱坞也可以把只能看懂漫画书的得克萨斯车模打造成国际知名的交际花，六次嫁给六个不同的百万富翁，最后变得世故颓废，觉得勾引一个汗衫湿透的家具搬运工的想法才够刺激。

那么，通过远程控制，好莱坞甚至可以操控一个小地方的伪君子，就像奥林·奎斯特这样的，在短短几个月时间里，把他这样的卑鄙小人打造成一个顶级连环冰锥杀手。

过了十来分钟，她来了。我听到门开了又关的声音，我走到接待室，她就在那里，典型的美国栀子花气质。她直勾勾地盯着我，眼睛深邃，忧郁，没有笑容。

她一袭黑衣，和上次晚上来时穿的一样。但这次穿的是一套量身定做的套装，头上斜戴一顶宽边黑色草编帽，白色丝绸衬衫的领子翻在她上衣的衣领上，她棕色的喉颈光滑柔软，她的红唇像崭新的消防车一样红艳。

"我等了很久，"她说，"我还没吃午饭呢。"

"我吃了，"我说，"氰化物。令人心旷神怡。我的脸色看上去不那么难看了吧。"

"我今天早上没心情说笑，阿米哥。"

"你不用说笑，"我说，"我自娱自乐，演了个双簧，满地打滚。我们进去吧。"

我们走进我的私人会客厅，坐了下来。

"你总穿黑色衣服吗？"我问。

"是的。我脱掉衣服的时候会更令人兴奋。"

"你非得像个妓女一样说话吗？"

"你对妓女不太了解，阿米哥。她们总是很令人仰慕。当然，除了廉价的那种。"

"哦，"我说，"谢谢你告诉我。有什么急事要谈呢？和你上床不急。哪天都可以。"

"你心情不好。"

"是的。我心情不好。"

她从她的包里拿出一支长长的棕色香烟，小心翼翼地塞进金色的小镊子里。她等着我为她点燃。我没点，于是她自己用一个金色的打火机点燃了烟。

她戴着一副黑色的长筒手套，手指夹着烟，她那深邃的黑眼睛盯着我，没有一丝笑意。

"想和我上床吗？"

"谁都求之不得。但现在我们不谈这个。"

"我认为正事儿和性事儿从来不会分得那么清楚，"她平静地说，"你不能羞辱我。性是我用来捉住傻瓜的网。这些傻瓜中有一些很有用，很慷慨。偶尔有一个是很危险的。"

她停了下来，若有所思。

第二十三章

我说:"你是在等我说,让我透露那个人是谁吗——好吧,我知道他是谁。"

"你能证明吗?"

"很可能证明不了。警察也不能证明。"

"警察,"她轻蔑地说,"他们可不会把他们知道的一切全都告诉我们,也不总是去证明他们能证明的一切。我想你应该知道,去年二月他在监狱里关了十天。"

"是的。"

"他没有获得保释,难道你不觉得奇怪吗?"

"我不知道他们以什么罪名指控他的。如果有重要证人的话——"

"你不觉得他能把指控变成——变成可获得保释的东西吗,如果他真想这么做的话?"

"我没想太多,"我撒了个谎,"我不认识那个人。"

"你从来没跟他说过话?"她随意问道,有点太显得随意了。

我没有回答。

她笑了一声。"昨晚,阿米哥,我就在梅维斯·韦尔德公寓外,我当时坐在街对面的一辆车里。"

"我可能碰到他了。是那个人吗?"

"你别想骗我。"

"好吧。韦尔德小姐对我态度恶劣。我伤心地离开了。随后,我遇见了这个意大利人,他手里拿着钥匙。我把钥匙从他手里抢过来,扔到灌木丛后面。然后我道歉,又捡回来还给他。这家伙看起来还不错。"

"非常——不错,"她拖长声音说,"他以前也是我的男朋友。"

我哼了一声。

"太奇怪了,但我对你的情感生活不感兴趣,冈萨雷斯小姐。我

·161·

想你的情人撒遍各地吧——从斯坦到斯蒂尔格雷夫。"

"斯坦?"她轻声问,"斯坦是谁?"

"克利夫兰市的热门人物,去年二月在你的公寓前遭枪击。他在那里有一套公寓。我以为你认识他。"

她发出一阵银铃般的笑声。"阿米哥,有些人我不认识。就连住在伯希庄园的一些人也不认识。"

"有报道称,他在离伯希庄园两个街区的地方被枪杀,"我说,"我更喜欢枪击案发生在正前方。你透过窗户望去,正好可以看到凶手逃跑,就在路灯下,他转过身来,灯光正好照在他的脸上,如果那人不是该死的斯蒂尔格雷夫,那就见鬼了。他长着橡胶鼻,戴着高帽子,上面有鸽子图案,靠这些你一眼就可以认出他。"

她没有笑。

"你更喜欢那样。"她低语道。

"那样的话,我们可以赚更多的钱。"

"可是斯蒂尔格雷夫在监狱里,"她笑着说,"即使他不在监狱——即使,打个比方啊,我恰巧和查尔莫斯医生很要好,他在监狱做医生,在我们谈得正起劲时,他告诉我,他给斯蒂尔格雷夫一个通行证,去看牙医的通行证——当然有狱警跟着,但狱警通情达理——就在斯坦遭枪击当天——即使这一切恰好都是真的,利用这些信息敲诈斯蒂尔格雷夫,难道不是很糟糕吗?"

"我讨厌说大话,"我说,"但我不怕斯蒂尔格雷夫——就是来一打他那样的我也不怕。"

"但我怕,阿米哥。在这个国家,谋杀案目击者的处境太危险了。不,我们不会敲诈斯蒂尔格雷夫。我们不会说任何关于斯坦先生的事,我可能认识他,也可能不认识。梅维斯·韦尔德是有名的黑帮老大的密友,他们一起出现在公共场合,这就足够了。"

"我们必须证明他是个有名的黑帮老大。"我说。

"我们证明不了吗?"

"怎么证明?"

她失望地努努嘴。"我敢肯定,过去几天你一直在做这事儿吧。"

"何以见得?"

"我自有理由。"

"既然你保密,对我就毫无意义了。"

她把棕色烟头扔在我的烟灰缸里。我俯过身去,用铅笔头把它压灭。她用一根戴着长手套的手指轻轻碰了碰我的手,笑意盈盈。她向后一靠,跷起二郎腿,她的眼睛含情脉脉。对她来说,真是好久没调情了。

"'爱'这个字太无聊了,"她若有所思地说,"令我惊讶的是,在爱的诗歌中,英语语言如此丰富,竟接受这样一个软弱无力的词。它没有生命,没有共鸣。在我看来,这就像穿着百褶裙的小女孩,带着天真无邪的微笑,说话时羞羞答答,但内衣很不得体。"

我什么也没说。她一下改变了语速,又变得一本正经起来。

"从现在起,梅维斯的一部电影片酬是 75000 美元,最终能达到 15 万美元。她开始走红,势不可挡呀。除非爆出一桩丑闻。"

"那么,应该有人告诉她斯蒂尔格雷夫是谁了,"我说,"你怎么不告诉她呢?再说了,假如我们真的掌握了所有证据,我们在敲诈韦尔德时,斯蒂尔格雷夫在干什么呢?"

"他非知道不可吗?我想她不会告诉他的。事实上,我认为她不会再和他有任何瓜葛了。但这对我们来说并不重要——如果我们有证据的话。如果她知道我们有证据的话。"

她那只戴着黑手套的手移向她的黑包,停下来,轻轻地拍着桌子边缘,然后又缩回去,放在她的膝盖上。她没有看着包。我也没有。

我站起来。"我可能碰巧要为韦尔德小姐效力。想过吗?"

她笑了笑。

"如果这样的话,"我说,"你不觉得你他妈的该滚出我的办公室吗?"

她把手放在椅子扶手上,站起身来,仍然面带微笑。她还没来得及转身,我一把抢过她的包。她瞪着我,"呸"了一声。

我打开包,在里面翻找,找到一个白色信封,看上去有点眼熟。我把在"舞者餐厅"拍的照片抖出来,那两半照片拼在一起,粘在一张纸上了。

我合上包,扔给她。

她现在牙齿紧咬嘴唇,一声不吭。

"有意思,"我说着,用手指敲了敲照片上的数字,"如果不假,这是斯蒂尔格雷夫吧?"

那银铃般的笑声又冒出来了。"你真可笑,阿米哥。你真的很可笑。我真不知道上天造人时还会造出你这样的人。"

"战前存货,"我说,"我们这样的人越来越稀缺了。你从哪儿弄来的?"

"从梅维斯·韦尔德放在化妆间的钱包里拿的。当时她在片场。"

"她知道吗?"

"不知道。"

"我纳闷,她是从哪儿弄的。"

"从你那里。"

"胡说八道,"我扬起眉毛,"我从哪儿弄?"

她那只戴着手套的手伸到桌子对面,她的声音很冷。"请还给我。"

"我要还给梅维斯·韦尔德。我讨厌对你说这些,冈萨雷斯小姐,但我永远不会成为一个敲诈者。我还没有这么迷人的品格。"

第二十三章

"还给我!"她厉声说道,"如果你不还——"

她突然停下来。我等她说完。她光滑的脸上浮现出轻蔑的神情。

"好吧,"她说,"这是我的错,我以为你很聪明,看得出,你又是一个愚蠢的私家侦探。这寒酸的破办公室,"她戴着黑手套的手朝办公室摆了摆,"还有这里穷酸的破生活——我想知道,你是个什么样的大白痴。"

"没错。"我说。

她慢慢转身向门口走去。我绕过桌子走过去,她让我给她开门。

她慢慢走了出去。她这样子绝不是商学院学来的。

她头也不回地走了。她走路的样子很美。

门"砰"的一声撞到气动门掣上,好像过了好久,门才咔嗒一声轻轻关上了。我站在那里看着发生的一切,好像我从来没见过这样的事。然后,我转身朝我的办公桌走去,此时,电话响了。

我拿起话筒接电话。是克里斯蒂·弗伦奇。"马洛?我们想见你,在总部。"

"马上?"

"越快越好。"他说着,挂了电话。

我从记事簿下面抽出那张拼贴好的照片,走过去把它和其他物品一起放进保险柜。我戴上帽子,关上窗户。没什么可等的了。我看了看手表上秒针的绿色针尖。离五点钟还早呢。那个秒针在表盘上一圈又一圈地转着,像一个挨家挨户上门推销的推销员。指针指在4点10分。你会想,她这会儿该打电话了吧。我脱下外套,解开肩带,把它和抽屉里的鲁格手枪锁在一起。警察不喜欢你在他们的地盘上带枪,即使你有权带枪。他们喜欢你进去时态度谦恭,手托帽子,压低嗓门,彬彬有礼,眼神无辜。

我又看了看表,听了听。今天下午大楼似乎很安静。过了一会儿，还是很安静，再过一会儿，那个黑灰头发的女人会拖着脚步沿走廊走来，拧拧门把手。

我穿上外套，锁好会客室的门，关掉门铃，来到走廊。那时电话响了。我猛冲进去，差点弄断门上的铰链。没错，是她的声音，但带有一种我从未听过的腔调。一种冷静镇定的语调，不单调、不空洞、不沉闷，甚至不孩子气。这是一个我不认识却很熟悉的女孩的声音。她只说三个字，我就知道怎么回事了。

"我之所以给你打电话，是因为你让我打给你的，"她说，"但你什么也不必告诉我了。我去了那里。"

我双手握着电话。

"你去那里了，"我说，"是的，我听说了，然后呢？"

"我——借了一辆车，"她说，"我把车停在街对面。车很多，你绝不会注意到我。那里有一家殡仪馆。我没跟你进去。你出来时，我跟着你，可我根本不熟悉下面的街道。我跟丢了。所以我又回去了。"

"你回去做什么？"

"我也不知道。当你从房子里出来的时候，我觉得你看起来有点怪。也许这只是我的感觉。他毕竟是我哥哥，仅此而已。所以我回去按了门铃。没人开门。我也觉得很奇怪。也许我有心灵感应还是别的什么。突然间，我感觉自己非进那所房子不可。我不知道该怎么进去，但我非进去不可。"

"我也有同感。"我说，这是我的声音，但感觉舌头不听自己使唤。

"我报了警，告诉他们我听到了枪声，"她说，"警察来了，其中一个从窗户翻进屋子。后来，他让另一个进去。过了一会儿，他们让我进去了。再后来，他们不放我走。我只好告诉他们所有的事情，告诉他们他是谁，我在枪声这事上撒了谎，但我害怕奥林出什么事。我也只好把你供出来了。"

"没关系,"我说,"我本打算自己告诉他们的,有机会再给你说一声。"

"这对你来说有点尴尬,是不是?"

"是的。"

"他们会逮捕你或把你怎样吗?"

"他们可能会吧。"

"你把他丢在地上。他死了。你也是迫不得已吧,我猜。"

"我有我的理由,"我说,"听起来不是那么令人信服,但我有理由。这对他来说毫无区别。"

"哦,你有你的理由,"她说,"你很聪明。你做事总是有理由的。好吧,我想你得把你的理由告诉警察吧。"

"不一定。"

"哦,不,你会的,"那个声音说道,声音里透着一种我无法解释的喜悦,"你当然会说。他们会让你说的。"

"我们别争这事了,"我说,"干我这行的,都会尽其所能保护自己的客户。有时做得有点过。我就是这么做的,把自己置身于危险的境地。但并不完全为了你。"

"你把他丢在地上,他死了,"她说,"我不在乎他们对你做了什么。如果他们要把你关进监狱,我想,我希望他们这样做。我敢打赌,你一定会非常勇敢。"

"当然,"我说,"总是面带欢乐的笑容。你看见他手里拿的是什么吗?"

"他手里什么也没有。"

"嗯,就在他手边。"

"什么也没有。什么也没有。什么样的东西?"

·167·

"很好,"我说,"听你这么说,我很高兴。好了,再见。我现在要去警局。他们想见我。祝你好运,要是我再也见不到你的话。"

　　"好运气你最好还是自己留着吧,"她说,"你可能需要。我不需要。"

　　"我已经为你尽力了,"我说,"除非,一开始你给我提供更多的信息。"

　　我话还没说完,她就挂断了电话。

　　我轻轻地把话筒放在架子上,好像它是一个婴儿。我拿出手帕,擦了擦手掌。我走到脸盆前,洗了洗手和脸。我把冷水泼在脸上,用毛巾使劲擦干,然后对着镜子看。

　　"你开车掉下悬崖了。"我对着自己的脸说。

第二十四章

房子中间是一张长长的黄色橡木桌。它的边缘凹凸不平，上面有香烟烧过的痕迹。桌子后面是一扇窗户，点状的玻璃上罩着铁丝网。桌子上杂乱地堆着一摞文件，桌后坐着一个警探，他是弗雷德·贝弗斯中尉。桌子尽头，一个高大魁梧的男人仰靠在扶手椅上，两个椅腿翘起。对我来说，他的脸似曾相识，好像以前在报纸上见过。他的下巴长得像公园的长椅。他的牙齿咬着木工铅笔的笔头。他靠在那里，好像醒着，还有呼吸。

桌子另一边有两张带拉盖的桌子，还有一扇窗户。其中一张拉盖桌子背对窗户。一个橙色头发的女人正在桌子旁边的打字机上打报告。另一张桌子靠窗而放，克里斯蒂·弗伦奇坐在一张斜背转椅上，双脚搭在桌子一角。窗户开着，他望向窗外，可以看到警局停车场和一个广告牌的背面。

"坐那儿。"贝弗斯指着椅子说。

我坐在他对面那把没有扶手的橡木直椅上。这椅子很旧，即使很新的时候也并不好看。

"这是湾城警局的摩西·马格拉山中尉，"贝弗斯说，"他和我们一样，没多喜欢你。"

摩西·马格拉山中尉从嘴里取出铅笔，看了看圆乎乎的八角形铅

※ 小妹妹 ※

笔头上的牙印。然后他又看看我。他仔细打量着我，审视着我，分析着我，判断我是哪类人。他什么也没说，又把铅笔放回嘴里。

贝弗斯说："也许我是个怪人，但对我来说，你还没有乌龟性感。"他侧转身对着角落里打字的女人说："米莉。"

她从打字机旁绕到一个速记本旁。"姓名，菲利普·马洛，"贝弗斯说，"仔细点，名字结尾有'e'。许可证号码是什么？"

他回头看着我。我告诉了他。橙发女人写着，没有抬头。要说她长着一张会让时钟停止的脸，那是对她的侮辱。那张脸可以阻止一匹脱缰的马。

"如果现在心情好，"贝弗斯告诉我，"你可以从头开始讲，把昨天漏说的信息都交代出来。不要遗漏，如实说来。我们有足够的材料核实你所说的。"

"你想让我发表声明吗？"

"一个非常完整的声明，"贝弗斯说，"是不是很有趣呢？"

"这份声明是自愿的，不是强制的？"

"是。是这样的。"贝弗斯咧嘴一笑。

马格拉山定定地看了我一会儿。橙发女人转向打字机。还没她什么事儿。凭借三十年的工作经验，她可以准确把握时机。

马格拉山从他的口袋里掏出一只笨重破旧的猪皮手套，戴在右手上，活动着手指。

"那是干什么用的？"贝弗斯问他。

"我常咬指甲，"马格拉山说，"很有趣吧。只咬我右手的指甲。"他慢慢地抬起眼睛盯着我看。"有些更主动些，"他漫不经心地说，"对着他们的肾脏来几下，他们就实话实说了。我还认识一些不那么主动的，被收拾得主动交代后，隔十五分钟就得去趟厕所，这样持续好几周呢。好像憋不住尿了。"

·170·

"想想吧。"贝弗斯满脸惊讶。

"还有些家伙声音沙哑,说话含糊不清,"马格拉山继续说道,"就像脖子受到攻击,被打得头晕眼花的拳击手。"

马格拉山看着我。好像该我上场了。

"还有一种人根本不上厕所,"我说,"他们很配合。就这样在椅子上连续坐三十个小时,然后跌倒,脾脏破裂或膀胱破裂。他们太配合了。天亮后提审,尿排空了,你发现他们死在一个黑暗的角落里。也许他们早该去看医生,但你不能把一切都算准了,是不是,中尉?"

"在湾城,我们算得很准,"他说,"只要我们算的话。"

他咬牙切齿,下颚两边的肌肉凸起,恶狠狠地瞪着我。

"我可以和你做笔不错的生意,"他盯着我说,"很不错的。"

"我相信你可以,中尉。我在湾城一直过得很开心——在我清醒的时候。"

"我会让你保持清醒,很久很久,宝贝。我说到做到。我会亲自关照你的。"

克里斯蒂·弗伦奇慢慢地转转头,打了个哈欠。"你们湾城的警察怎么这么强硬?"他问道,"你们是在盐水里泡的还是别的什么里泡的?"

贝弗斯吐了吐舌头,舌尖露了出来,顺着嘴唇舔了舔。

"我们一直都很强硬,"马格拉山说,没有看他,"我们喜欢强硬。碰上这样的小丑我们更起劲。"他转过身来对着我。"那么,你就是那个打电话报告克劳森案件的小甜心了。你手边刚好有公用电话,对不对,小甜心?"

我什么也没说。

"我在和你说话呢,亲爱的,"马格拉山说,"我问你问题了,亲爱的。我问你答。明白吗，亲爱的？"

"继续说，你自己回答，"克里斯蒂·弗伦奇说，"也许你不喜欢这个答案，也许你他妈的会非常强硬，非得用那只手套把自己敲晕不可。等着瞧吧。"

马格拉山挺直身子。两颊隐隐露出两块五角硬币大小的红斑。

"我来这里是为了合作，"他一字一顿地对弗伦奇说，"那些伎俩，我可以回家领教。从我老婆那里。在这里，我可不希望有人对我耍花招。"

"你会得到合作的，"弗伦奇说，"只是不要再盗用三十年代电影里的那些陈词滥调了。"他把椅子转了一圈，看着我。"我们从头开始，假装我们刚刚开始调查。我知道你所有的观点。我不做评判。关键是，你是想说出来，还是作为重要证人被扣押起来？"

"问吧，"我说，"如果你不喜欢这些答案，可以把我扣起来。如果你把我扣起来，我就可以打电话了。"

"没错，"弗伦奇说，"如果我们扣你的话。但我们不是非得这么做不可。我们在巡回审判时带着你。这可能需要好多天呢。"

"还有罐装玉米牛肉杂碎可以吃。"贝弗斯兴高采烈地说。

"严格来讲，这是不合法的，"弗伦奇说，"但我们一直都这么做。或许，就像你做了不该做的事情一样。你能说，在这种情况下，你是依法办事吗？"

"不能。"

马格拉山从喉咙发出一声低沉的声音："哈！"

我望着对面的橙发皇后，她又转向她的笔记本，一声不吭，十分冷漠。

"你要保护一个客户。"弗伦奇说。

"也许吧。"

"你是说你确实有个客户。她出卖了你。"

我什么也没说。

"叫欧法梅·奎斯特。"弗伦奇看着我说。

"问你的问题。"我说。

"爱达荷街那边发生什么事了?"

"我去那儿找她哥哥。他已经搬走了,她说,她到这里看他。她很担心。那个经理,克劳森,醉得胡言乱语不省人事。我看了登记簿,发现另一个人搬进了奎斯特的房间。我和这个人谈过。他没告诉我任何有用的信息。"弗伦奇伸手摸索,从桌子上拿起一支铅笔,在牙齿上敲了敲。

"你再见过这个人吗?"

"是的。我告诉他我是谁。当我返回楼下时,克劳森死了。有人从登记簿上撕下了一页,那页上有奎斯特的信息。我报了警。"

"你没有逗留吗?"

"我对克劳森的死一无所知。"

"但你没有逗留。"弗伦奇重复道。马格拉山从喉咙里恶狠狠地吼了一声,把铅笔扔到房间另一头。我看着它弹在墙上,地板上,然后停了下来。

"没错。"我说。

"在湾城,"马格拉山说,"我们可以为此杀了你。"

"在湾城,你可能会因为我打了一条蓝领带而杀了我。"我说。

他站起来。贝弗斯斜眼看着他说:"让克里斯蒂来处理这件事。还有下半场呢。"

"我们可以为此吊销你的执照。"弗伦奇直截了当地对我说。

"就当我已经破产了,"我说,"我从来就没喜欢过这一行。"

"所以你回到你的办公室。然后呢?"

"我向客户报告。然后一个人打电话给我,让我到凡内斯旅馆去。他就是我在爱达荷街说过话的那个人,但是名字改了。"

"你原本就该告诉我们这些的,是不是?"

"如果我告诉你们,我就得把一切都告诉你们。这就违反了我受雇于人的工作条例。"

弗伦奇点点头,敲了敲铅笔,慢吞吞地说:"出现一起谋杀案,这样的条例就该废除。两起谋杀案,双倍废除。两起谋杀案,作案手法相同,三倍废除。看来你的处境不妙呀,马洛。你的处境一点也不妙呀。"

"在客户那里就更不妙了,"我说,"从今以后。"

"今天出什么事了?"

"她告诉我,她哥哥从这个医生家里给她打过电话,就是拉加迪医生。她哥哥有危险,我得急忙赶过去帮他。我匆忙赶到那里。拉加迪医生和他的护士已经关了诊所。他们看起来很害怕。警察也在那里。"我看着马格拉山。

"又是他打来的电话。"马格拉山吼道。

"这次不是我打的。"我说。

"好吧,接着说。"弗伦奇停顿了一下,说道。

"拉加迪一口否认,他根本不认识奥林·奎斯特。他把护士打发回家,然后递给我一支掺了麻醉剂的香烟,有那么一会儿,我不省人事。等我醒来时,发现房子里只有我一个人。随后,又来了一个人,奥林·奎斯特,或者说只剩一口气的他,正在抓门。门一开,他一头栽进来,死了。他用尽最后一点力气用冰锥刺我。"我动了动肩膀。两肩之间的地方有点僵硬,有点疼,仅此而已。弗伦奇盯着马格拉山。马格拉山摇摇头,但弗伦奇继续看着他。贝弗斯开始低声吹口哨。起初我没听清吹的是什么,后来我听出来了,吹的是《老摩西死了》。

弗伦奇转过头,慢悠悠地说:"尸体旁没有发现冰锥。"

"我把它放在它最初掉下来的地方了。"我说。

马格拉山说:"看来我还得戴上手套。"他用手指抻了抻手套。"这有个说胡话的大骗子,骗子可不是我。"

"好了,"弗伦奇说,"好了。我们别弄得跟演戏一样。就算这小子手里确实有冰锥,但也不能证明那冰锥就是他的。"

"锉过的,"我说,"很短。从手柄到刀尖有三英寸。五金店买来的可不是这样的。"

"他为什么要刺你?"贝弗斯问道,嘲讽地笑着,"你是他的友军。你受他妹妹之托去那里,是为了保护他的安全。"

"我只是挡住了他的光的某种东西,"我说,"一个移动的东西,可能是一个男人,可能是个会伤害他的人。他站在那里,奄奄一息。我以前从未见过他。他是否见过我,我不知道。"

"本来可以成就一段美好友谊的。"贝弗斯叹声说道。

"当然了,除了冰锥。"

"他手拿冰锥,试图刺我,这其中大有深意吧。"

"比如说?"

"在他所处的情况下,他的行为出于本能。他没有发明新手法。他往我肩胛骨之间一刺,那是一个垂死之人最后的微弱挣扎。如果他健康的话,也许会刺向不同部位,刺得更深。"

马格拉山说:"我们还要和这只猴子周旋多久?你跟他说话的方式感觉他是个人。让我用我的方式和他好好谈谈。"

"警长不喜欢这样做。"弗伦奇懒懒地说。

"去他妈的警长。"

"警长不喜欢小镇上的警察说'去他妈的'。"弗伦奇说。

马格拉山咬牙切齿,下巴绷得太紧,出现一道白痕。他眯起眼睛,怒气冲冲,用鼻子深吸一口气。

"感谢配合,"他说着站了起来,"我走了。"他转过桌角,停在我旁边。他伸出左手,抬起我的下巴。

"再见,亲爱的。我的地盘见。"

他用手套口在我脸上打了两下。纽扣刺得我很疼。我抬起手,揉了揉下唇。

弗伦奇说:"看在上帝的分上,马格拉山,坐下来,让这家伙说说他的想法。别碰他。"

马格拉山回头看着他说:"你以为你能使唤我吗?"

弗伦奇耸了耸肩。过了一会儿,马格拉山用他的大手抹了抹嘴,又踱回他的椅子。弗伦奇说:"给我们说说你的想法,马洛。"

"首先,克劳森可能在抽大麻,"我说,"我在他的公寓里闻到了大麻的味道。我到厨房时,一个强壮的家伙正在数钱。他有一把枪,还有一把削尖了的鼠尾锉,他想用这两样东西对付我。我从他手里夺过来这两样东西后,他走了。他是跑腿的,送信去了。克劳森醉得一塌糊涂,你无法相信他。他们组织中的人可不喜欢这样的人。那个跑腿的以为我是警探。那些人不想让克劳森被抓起来。从他嘴里套话,太容易了。只要他们察觉到房子有警察,克劳森就得消失。"

弗伦奇看着马格拉山。"听明白了吗?"

"这样的事有可能发生。"马格拉山不屑地说。

弗伦奇说:"就算是这样,这和奥林·奎斯特有什么关系呢?"

"谁都有可能抽大麻,"我说,"如果你感到郁闷孤独,心情沮丧,或是失业了,大麻或许会非常吸引你。当你吸食时,你思想扭曲,麻木不仁。大麻以不同的方式影响着不同的人。它会使有些人变成恶棍,使有些人变得没心没肺。假设奎斯特给别人下了套,并威胁要报警。很可能这三起谋杀案都与大麻团伙有关。"

"这与奎斯特手持锉短的冰锥不相符。"贝弗斯说。

我说:"根据这位中尉所说,奎斯特身上没有冰锥,所以觉得肯定是我想象出来的。不管怎么说,冰锥可能是他捡来的。这可能是拉加迪医生家的标配。他身上有什么线索吗?"

他摇摇头,"还没有。"

"他没有杀我,也许他没有杀任何人。"我说。

"奎斯特告诉他妹妹——据她说——他在为拉加迪医生工作,但有几个匪徒在追他。"

"这个拉加迪,"弗伦奇说着,用笔尖戳了戳他的记事簿,"你怎么看他?"

"他以前在克利夫兰市行医。很有可能在市中心。他躲在湾城一定有他的理由。"

"克利夫兰市,嗯?"弗伦奇慢吞吞地说,望着天花板的一角。贝弗斯低头看着他的文件。马格拉山说:

"也许是个堕胎医生。我盯他一段时间了。"

"哪只眼盯的?"贝弗斯温和地问他。

马格拉山脸唰的一下红了。

弗伦奇说:"可能是他没盯爱达荷大街的那只眼睛。"

马格拉山猛地站了起来。"你们这些家伙都他妈的自以为很聪明,是吧,知道我们只是小镇警察,你们就觉得很好玩,是吧。我们同时做两份工作。同样,我喜欢从大麻角度入手。这可能会大大减少我的工作量。我正在调查此事。"

他大踏步走到门口,离开了。弗伦奇看着他的背影。贝弗斯也看着他的背影。当门关上时,他们对视了一下。

"我敢打赌,他们今晚还会搜的。"贝弗斯说。

弗伦奇点点头。

贝弗斯说:"他们会搜洗衣房上面的公寓。他们会到海滩去,抓三四个流浪汉,把他们藏在公寓里,等搜捕结束之后,排队让记者拍照。"

弗伦奇说:"弗雷德,你的话太多了。"

贝弗斯咧嘴一笑,不说话了。弗伦奇对我说:"你猜猜,他们会在凡内斯旅馆的那个房间找什么?"

"装满大麻的手提箱的认领单。"

"不错,"弗伦奇说,"再猜猜,它会藏在哪里?"

"我想过了。我在湾城和希克斯交谈时,他没戴假发。男人不会在自己家戴假发。但他在凡内斯旅馆的床上却戴假发。也许不是他自己戴的。"

弗伦奇说:"所以呢?"

我说:"所以,这是藏认领单的好地方。"

弗伦奇说:"用一块透明胶带把它固定住。这个主意不错。"

一阵沉默。橙发皇后继续打字。我看了看我的指甲,怎么这么脏。等了一会儿,弗伦奇慢吞吞地说:

"别以为你是清白的,马洛。我很纳闷儿,为什么拉加迪医生会对你提到克利夫兰?"

"我不厌其烦地去找他。如果医生想继续行医,就不能改名字。冰锥让人想起威皮·莫耶。威皮·莫耶混迹于克利夫兰市。桑尼·莫·斯坦也在那里混。的确,冰锥刺杀手法各不相同,但都是冰锥。你自己也说过,这些混混可能都学过。而这些团伙背后,总少不了医生帮忙。"

"胡说八道,"弗伦奇说,"这些没什么关系吧。"

"要是我把这些事联系在一起,对我有好处吗?"

"你能吗?"

"我可以试试。"

弗伦奇叹口气。"奎斯特姑娘没什么事,"他说,"我和她远在堪萨斯的母亲谈过。她的确是来这里找她哥哥的。她也的确雇你来做这件事。她对你的评价还不错。在一定程度上,她确实怀疑她哥哥卷入了麻烦事中。你从这笔交易中捞到钱了吗?"

"什么也没捞到,"我说,"我把钱还给她了。她没多少钱。"

"这么说,你不用缴税了。"贝弗斯说。

弗伦奇说:"就这样吧。下一步就看地方检察官的了。我了解恩迪科特,从周二到他确定怎么办这事得一周时间。"他朝门做了个手势。

我站起来。"我不离开这个镇就可以了吗?"我问。

他们没搭理我。

我站在那里看着他们。我两肩之间的冰锥伤口一阵刺痛,周围的肌肉僵硬。被马格拉山那破猪皮手套抽过的半边脸和嘴也一阵刺痛。我好像身处深水之中,周围漆黑一片,模糊不清,嘴里一股咸味。

他们只是坐在那里,看着我。橙发皇后敲着打字机。警察的谈话对她来说毫无乐趣,就像舞蹈导演看到美腿一样。他们那淡定从容、饱经风霜的脸,是历经风雨、身强体健的人才拥有的脸庞。他们的眼睛像往常一样,凝重无光,像冰冷的水。他们嘴巴紧抿,眼角满是皱纹,凝视的眼神坚韧空洞,既不凶残,也谈不上仁慈。他们穿的制服呆板统一,毫无风格,带着一种轻蔑的神气。这些人生活穷酸,却以他们的权力为荣。他们总在寻找机会让你感觉到这种权力,屈服于这种权力,变着法地利用这种权力。他们咧嘴笑着,看着你局促不安的样子。他们看上去无情但非无义,冷酷而非总是刻薄。你能指望他们什么呢?文明对他们来说,毫无意义。他们看到的只是失败、肮脏、人渣、变态和恶心事。

※ 小妹妹 ※

"你还站那儿干什么?"贝弗斯厉声问道,"你想让我们给你一个大大的香吻吗?无言以对了,是吧?太糟糕了。"他的声音渐渐弱下来,变成低沉的嗡嗡声。他皱起眉头,从桌上拿起一支铅笔。他的手指一用力,把铅笔掰成两半,放在手掌上。

"我们在给你争取时间,"他轻描淡写地说,脸上的笑容消失了,"出去把事情摆平。你他妈的以为我们放你走是为了什么?马格拉山给你机会了。好好把握。"

我抬起手,揉了揉嘴唇。嘴里牙齿还真不少。

贝弗斯低头看着桌子,拿起一张报纸读起来。克里斯蒂·弗伦奇坐在椅子上转过身来,把脚搭在桌子上,透过窗户,盯着外面的停车场。橙发皇后不敲字了。房间里一下安静了,像一块掉下来的蛋糕。

我走了出来,离开这片寂静,好像从水里钻出来一样。

第二十五章

办公室又是空的。没有长腿黑美人,没有戴斜框眼镜的女孩,没有长着匪徒眼睛、穿着整洁、皮肤黝黑的男人。

我在书桌旁坐下,看着灯光渐渐暗淡。马路上,回家的嘈杂声消失了。窗外,街道两旁的霓虹灯招牌开始闪烁。有事要完成,但我不知道是什么。管它呢,反正没用。我收拾书桌,听到一只水桶拖过走廊瓷砖发出刺啦啦的声音。我把文件收在抽屉里,摆正笔筒,拿出抹布,擦了擦玻璃,又擦了擦电话。电话在昏暗的光线中,漆黑光滑。今晚电话不会响的。再没有人给我打电话了。现在不会,此刻不会。或许永远不会。

我折起沾满灰尘的抹布,靠在椅背上,静静地坐着,不抽烟,也不思考。我是个空白的人,没有脸面,没有意图,没有个性,几乎连名字也没有。我不想吃,也不想喝。我就是昨天的那一页日历,被揉成一团,扔在废纸篓的最下面。

我把电话拽到身边,拨通了梅维斯·韦尔德的电话。电话响了又响。响了九次。打了很多遍了,马洛。我想她家没人吧。没人会为了你待在家里。我挂了电话。你现在要打给谁呢?你想听到哪个朋友的声音?没有。一个也没有。

那就请让电话响吧。让谁给我打个电话,把我拉回人类世界吧。

警察也行。马格拉山也可以。不必有人喜欢我。我只想离开这个冰冷的星球。

电话响了。

"阿米哥，"她说，"有麻烦。大麻烦。她想见你。她喜欢你。她觉得你是个诚实的人。"

"哪里？"我问。这不是一个真正的问题，只是我发出的声音。我猛吸冰冷的烟斗，把头靠在手上，对着电话发愣。无论如何，这是一个可以交谈的声音。

"你会来吗？"

"今晚我愿意陪一只生病的鹦鹉。去哪里？"

"我来找你。十五分钟后到你楼下。要到我们去的地方可不容易。"

"怎么回来，"我问道，"还是我们不用操心？"

但她已经挂了电话。

到楼下杂货店的餐台前，我还有点时间，喝了两杯咖啡，吃了一块三明治，夹在里面的奶酪已经融化了，还有两片假熏肉，就像枯井底部淤泥中的死鱼。

我准是疯了。我还挺喜欢吃这玩意儿。

第二十六章

这是一辆黑色的水星敞篷车,车顶很轻,已经收上去了。当我靠近车门,多洛丽丝·冈萨雷斯小姐沿着皮椅滑向我。

"你来开车,阿米哥。我真不喜欢开车。"

杂货店的灯光照在她的脸上。她又换了件衣服,除了火红的衬衫外,还是一身黑。她穿着一条宽松的长裤和一件像男士休闲夹克一样宽松的外套。

我倚靠在车门上。"她为什么不给我打电话?"

"她没法打。她没有你的电话号码,也没时间给你打。"

"为什么?"

"她好像是趁某人离开房间的那一小会儿,打给我的。"

"从哪里打给你的?"

"我不知道那条街的名字。但我能找到房子。所以我来了,请上车,我们抓紧时间。"

"也许,"我说,"也许我不能上车,年纪大了,关节炎犯了,我得当心点。"

"光耍嘴皮子,"她说,"真是个怪人。"

"能耍就要耍,"我说,"普通人只有一个脑袋——有时还被过度使用。'有时'通常就是这样开始的。"

※ 小妹妹 ※

"今晚你愿意和我上床吗？"她轻声问。

"又是一个伤脑筋的问题。可能不会。"

"你不愿浪费你的时间。我可不是那种整过容的金发美女，皮肤粗得都可以划火柴了。那些都是以前的洗衣女工，长着干瘪的大手、尖利的膝盖、难看的乳房。"

"就半小时，"我说，"咱们把性放在一边。这东西很美妙，像巧克力圣代。但有时候吧，你宁可割喉也不想干这事。我想，或许我最好先割为敬。"

我绕到另一边，坐在方向盘后，启动了汽车。

"我们向西走，"她说，"穿过比弗利山庄，再往前走。"

我踩下离合器，转过街角，向南面的日落大道驶去。多洛丽丝拿出一支长长的棕色香烟。

"你带枪了吗？"她问。

"没有。要枪干什么？"我的左臂内侧紧紧压着套在肩带上的鲁格枪。

"也许不带更好。"她把香烟塞进金色的镊子里，用金色的打火机点燃。映在她脸上的光似乎被她那深邃的黑眼睛吞没了。

在日落大道上，我向西一拐，一下子淹没在三个赛车道上，这些司机疯狂地开着车，不知道要去哪里，也不知道要干什么。

"韦尔德小姐出什么事儿了？"

"我不知道。她只说，有麻烦，她很害怕，她需要你。"

"你应该把故事编得更好一点。"

她没有回答。我停下来等交通信号灯，扭头看着她。她在黑暗中轻声哭泣。

"我不会伤害梅维斯·韦尔德一根毫毛的，"她说，"我不指望你能相信我。"

"话说回来,"我说,"也许你不编故事会更好。"

她开始沿着座位向我滑过来。

"坐在你的位置,"我说,"我得开车。"

"你不想让我的头靠在你的肩膀上吗?"

"开车呢,不行。"

我停在费尔法克斯路的绿灯前,让一个男人先左转。后面响起刺耳的喇叭声。当我再次发动车的时候,紧跟在我后面的那辆车猛地开了出来,与我的车并排,一个穿运动衫的胖子喊道:

"去买个吊床睡!"

他继续向前开,车猛地插到前面,我只好刹车。

"我以前很喜欢这个地方,"我就是随便说说,没想太多,"很久以前,威尔希尔大街两旁种着树。贝弗利山庄还是一个乡村小镇。韦斯特伍德是一座光秃秃的小山,地价只要1100美元,但没人买。那时,好莱坞还是城边上一些框架房。洛杉矶也只是广袤、干燥、阳光灿烂的地方,那里的房子很难看,也没有什么格调,但人们的生活祥和宁静。以前那里的社会风气很好,就是他们现在倡导的那种风气。人们过去常睡在走廊上。自认为有知识的那些人过去常称它为美国的雅典。虽没那么好,但也不是霓虹灯照耀下的贫民窟。"

我们穿过谢纳加大道,驶入日落大道的弯道。"舞者餐厅"发出耀眼的光芒。露台上挤满了人。停车场上的车就像蚂蚁爬在一片熟透的水果上。

"现在我们有斯蒂尔格雷夫这样的人经营餐馆,也有像刚才那个把我的车挤出去的胖家伙。我们有大把的钱,有神枪手,有抽佣金的工人,有一掷千金的公子哥,还有来自纽约、芝加哥、底特律和克利夫兰的流氓无赖。我们有他们经营的豪华餐厅和夜总会,他们开的旅馆和公寓,里面住着坑蒙拐骗的各色男女。在这个没有人情味的大城市，奢侈品交易，娘娘腔的室内装潢师，乌合之众无处不在，就像一次性纸杯那样，无层次可言。在这阔绰的乡野，亲爱的老爹脱下鞋子，坐在落地窗前看体育新闻，他觉得自己是上等人，因为他有一个可以停放三辆车的车库。老妈坐在她的公主梳妆台前涂脂抹粉，试图遮住她那下垂的眼袋。大三小青年夹着电话，给一群高中女生打电话，她们操着蹩脚英语，化妆包里还带着避孕用品。"

"大城市都一样，阿米哥。"

"真正的城市应该有别的东西，乌烟瘴气下掩盖着一些独特、有正气的东西。洛杉矶拥有好莱坞——但也恨它。洛杉矶他妈的应该觉得自己幸运才对，因为没有好莱坞，它不过是一个邮购城市，呈现在目录上的所有东西，你在别处可以买到更好的。"

"你今晚很刻薄啊，阿米哥。"

"我遇到麻烦了。我开这破车，让你坐旁边，就是因为我遇到了很多麻烦事，再多一点，就是雪上加霜了。"

"你做错事了？"她问道，沿着座位向我靠近。

"嗯，收尸而已，"我说，"看你怎么想了。警察不喜欢我们这些外行做。他们有自己的一套。"

"他们会把你怎样？"

"他们可能会把我赶出城，我一点也不在乎。别把我压得太紧。我得用这只手换挡。"

她气冲冲地移开了。"我觉得你这个人很难相处，"她说，"洛斯特峡谷路，右转。"

过了一会儿，我们路过了大学。现在城里所有的灯都亮了，像一张巨大的地毯，从坡上延伸到南边，一直延伸到很远的地方。头顶一架即将降落的飞机嗡嗡作响，两盏信号灯一明一暗，互相交替。在洛斯特峡谷路，我右转，绕过通往贝尔机场的大门。道路蜿蜒而上。路上车很多,车的前灯照着蜿蜒的白色混凝土路面,发出刺眼的光。一阵微风吹过,飘来野鼠尾草的清香、桉树的刺鼻味,还有尘土的气息。山坡上的窗户闪闪发光。我们路过一座白色的两层楼高的蒙特利大房子,那房子肯定花了七万美元,房子前面有一块镂空的照明招牌:"凯恩·泰瑞斯"。

"下一个路口右转。"多洛丽丝说。

我拐了个弯。路越来越陡,越来越窄。墙后有房子和大片的灌木丛,但你什么也看不见。随后,我们开到岔路口,那里停着一辆警车,亮着红色警灯;岔路口右边停着两辆车,呈直角摆放。手电筒上下挥舞着。我放慢车速,与警车并排停下。两个警察坐在里面抽烟。他们没有动。

"发生什么事了?"

"阿米哥,我什么也不知道。"她的声音低沉,说话躲躲闪闪。她可能有点害怕。我不知道她怕什么。

一个拿着手电筒的高个子男人绕到车的一侧,用手电筒照了照我,然后放低手电筒。

"今晚这条路不能走,"他说,"要去什么特殊的地方吗?"

我踩下刹车,伸手拿起多洛丽丝从小储备箱里拿出来的手电筒。我啪的一声打开手电筒,照着那个高个子男人。他穿着一条看起来很昂贵的休闲裤,一件口袋上印有姓名首字母的运动衫,脖子上围着一条圆点花纹围巾,戴着一副角质框架眼镜。他的鬈发乌黑发亮,看起来像好莱坞明星。

我说:"给我个理由,还是你自己定的法律?"

"法律在那边,如果你想和他们谈谈的话,"他的声音里带着轻蔑,"我们只是普通公民。我们就住在附近。这是一个住宅区。住宅区就得有住宅区的样。"

一个拿着猎枪的男人从暗处走出来,站在那个高个子旁边。他把枪夹在左臂弯,枪口朝下。但他看上去并不像拿它唬唬人的样子。

"我没别的意思,"我说,"我没有其他打算。我们只是想去一个地方。"

"什么地方?"高个男人冷冷地问。

我转向多洛丽丝。"什么地方?"

"山上的一座白房子,在最上面。"她说。

"你们去上面做什么?"高个子男人问。

"住在那里的人是我的朋友。"她大声说。

他朝她脸上照了照。"有几分姿色,"他说,"但我们不喜欢你的朋友。我们不喜欢那些在社区开赌场的家伙。"

"什么赌场,我怎么不知道。"多洛丽丝厉声对他说。

"警察也不知道,"高个子男人说,"他们可不想查。你的朋友叫什么名字,亲爱的?"

"关你屁事。"多洛丽丝朝他啐了一口。

"回家织袜子去吧,亲爱的。"高个子男人说。他转向我。

"这条路今晚不能走,"他说,"现在你知道为什么了吧。"

"你觉得你能封住这条路吗?"我问他。

"你恐怕改变不了我们的计划。你应该看看我们的税单。我们要求自行执法时,这几个巡逻车里的猴子——市政厅里还有很多他们这样的——会不管不问的。"

我打开车门闩,甩开门。他退后一步,让我下车。我走向巡逻车。车里的两个警察懒洋洋地靠在车上。他们的喇叭音量开得很低,只听得见嘟囔声。其中一人有节奏地嚼着口香糖。

"如何打开路障,让市民通过?"我问他。

"没接到命令,老兄。我们来这里是维护治安的。有人闹事,我们解决。"

"他们说上面有赌场。"

"他们说的。"警察说。

"你不相信他们?"

"我懒得信,老兄。"他说着向我身后啐了一口。

"假如我到上面有急事要办呢?"

他面无表情地看着我,打了个哈欠。

"非常感谢,老兄。"我说。

我回到水星车旁,拿出钱包,递给那个高个子男人一张卡片。他用手电筒照在上面,说:"那又怎样?"

他啪的一声关上手电筒,静静地站着。他的脸开始在黑暗中显出苍白的轮廓。

"我在办事。对我来说,是很重要的事。让我过去,也许明天你们就不需要这个路障了。"

"口气够大呀,伙计。"

"我有钱去光顾私人赌博俱乐部吗?"

"也许她有,"他瞟了一眼多洛丽丝,"她可能是带你来保护她的。"他转向拿枪的人。"你觉得呢?"

"给让个道吧。就他们两个人,而且都清醒。"

高个子又啪的一声打开手电筒,来回晃动。一辆汽车发动了。一辆拦路车向后倒在路肩上。我上了车,发动了车,从两车中间穿过,通过后视镜看到那辆拦路车停回原位,关掉了远光灯。

"这是进出这里唯一的路吗?"

"他们觉得是唯一的路,阿米哥。其实还有一条路,但那是一条穿过庄园的私人道路。我们得绕着山谷走一圈。"

"我们差点就过不来了,"我告诉她,"不过没什么大麻烦。"

"我就知道你会找到办法的,阿米哥。"

"什么东西臭烘烘的,"我恶狠狠地说,"不是野丁香。"

"真是疑神疑鬼。你难道不想吻我吗?"

"你这风骚劲儿应该在路障那块使点儿。那个高个子看起来很寂寞。你本可以把他带到灌木丛里去的。"

她用手背打我的嘴。"你这个狗娘养的,"她漫不经心地说,"下一路口左转,如果你愿意。"

我们爬上山坡,道路突然没有了,眼前变成了一个宽阔的黑色圆圈,周围镶着一圈白色涂料刷的石头。正前方有一道铁丝栅栏,里面有一扇宽门,门上挂着一个牌子:"私人道路,非请莫入"。大门开着,门柱上拴着一根松松垮垮的链子,上面挂着一把锁。我开车绕着一丛白夹竹桃转了一圈,来到停车场。停车场上有一幢低矮的白色长房子,屋顶铺着瓷砖,屋角有一个可停放四辆车的车库,上面是一个围起来的阳台。宽大的车库门都锁着。房子里没有灯光。一轮明月高高挂在天空,在白色的灰泥墙上洒下淡淡的蓝光。一些较低的窗户拉上了百叶窗。四个装满垃圾的箱子在台阶下排成一排。一个大垃圾桶倒了,里面空无一物。还有两个铁桶,里面装着纸。

房子里没有声音,没有生命的气息。我停车,关灯,熄火,坐着没动。多洛丽丝在角落里动来动去。座位似乎在摇晃。我伸过手去,摸到了她。她浑身颤抖。

"怎么了?"

"请出……出去。"她说,好像她的牙齿在打战。

"你呢?"

她打开她那边的门,跳了出来。我从我这边的门下车,让门开着,钥匙插在锁里。她绕到车后面,当她靠近我,触摸我之前,我几乎能感觉到她还在发抖。随后,她靠在我身上,大腿紧贴我的大腿,胸紧靠我的胸。她的胳膊搂着我的脖子。

"我怎么这么蠢,"她轻声说,"他会为此杀了我的——就像他杀了斯坦一样。吻我。"

我吻了她。她的嘴唇又热又干。"他在里面吗?"

"是的。"

"还有谁?"

"除了梅维斯,没其他人。他也会杀了她的。"

"听着——"

"再亲我,我活不了多久了,阿米哥。惹他这种人——活不了多久。"

我推开她,但是很轻。

她退后一步,一下举起右手。现在,她手里有一把枪。

我看着枪。月亮照耀下,枪发出暗淡的光。她举平枪,现在手也不抖了。"如果我扣下扳机,就会证明,我是一个值得交的朋友。"她说。

"下面的人会听到枪声。"

她摇摇头。"不,中间有座小山。我想他们不会听到的,阿米哥。"

我想她扣动扳机时枪会跳起来。如果在这恰当的时机,我倒下去——

我身手没那么好。我什么也没说。我的舌头在嘴里动弹不得。

她又慢吞吞地说,声音轻柔疲惫:"杀斯坦那次没什么。我本来就想亲手杀了他的,很开心。那个杂种。死没什么大不了的,杀人也没什么大不了的。但是为了引诱人们去死——"她突然哭了,应该是呜咽起来,"阿米哥,我也说不清为什么喜欢你。我应该过了懵懵懂懂的年龄。梅维斯把他从我身边抢走了,但我不想让他杀了她。世界上到处都是有钱人。"

"他看起来不错呀。"我说,仍然看着她握着枪的那只手。现在她拿枪的手一点也不抖了。

她轻蔑地笑了。"当然不错。所以,到现在他还是他。你以为你够狠,阿米哥。与斯蒂尔格雷夫相比,你就是个软桃子。"她放下枪,现在是我一跃而起的时候了。我还是不擅长这么做。

"他杀了十几个人了,"她说,"杀人时都面带微笑。我认识他很久了。我在克利夫兰就认识他。"

"用冰锥杀人?"我问。

"如果我给你枪,你会为我杀了他吗?"

"如果我答应你,你相信吗?"

"相信。"山下传来了汽车的声音,但听起来像来自火星一样遥远,像巴西丛林里猴子的叽叽喳喳声一样,毫无意义。这与我无关。

"如果必须这样做的话,我会杀了他。"我舔着嘴唇说。

我身体微微前倾,双膝弯曲,准备再次一跃而起。

"晚安,阿米哥。我穿黑色衣服,因为我美丽、邪恶、迷茫。"

她把枪递给我。我拿过来。我就站在那里,手里拿着枪。又是一阵沉默,我们俩谁也没有动。然后,她笑了笑,摇了摇头,跳进车里。她发动马达,砰的一声关上门。她让发动机空转,坐在里面看着我。现在,她的脸上挂着微笑。

"我演得不错,不是吗?"她轻声说。

然后,汽车猛地向后倒退,轮胎在沥青路面上摩擦发出刺耳的声音。车灯亮起。汽车拐了个弯,经过夹竹桃丛。左拐车灯亮起,车驶进了私人道路。灯光在树丛中渐渐消失,车的声音也渐渐消失在树蛙拉长的叫声中。树蛙的叫声停止了,有那么一会儿,什么声音也没有了。除了那疲惫的月亮,什么光也没有。

我从枪里取出弹匣,里面有七个弹孔。枪膛里还有一个弹孔。少了两颗子弹。我闻了闻枪口。开过火。开过两次，也许吧。

我又把弹匣推回原处，把枪放在我的手掌上。它带一个白骨柄，点三二口径。

奥林·奎斯特中了两枪。我在地板上捡到的两颗弹壳是点三二口径的。

昨天下午，在凡内斯旅馆 332 房间里，一个用毛巾遮住脸的金发女孩用枪指着我，拿的就是白柄点三二口径的自动手枪。

这些事情你有时候会想得太多，也有可能想得不够。

第二十七章

我穿着橡胶底鞋，走到车库，有两扇大门，我试着打开其中一扇。门没有把手，所以肯定是开关操控的。我用小手电筒在门框上照了照，但是没有看到开关。

我离开大门，蹑手蹑脚地走到垃圾桶处。木制台阶通向侧门入口。我想，门不会为了我方便进出而开着。门廊下面还有一扇门。这扇门开着，里面漆黑一片，散发着桉树的气味。我走进去关上门，又打开小手电筒。角落里还有一个楼梯，楼梯旁边有楼层间运送食物和餐具的升降机。操作这玩意儿可不简单，我可没法弄。我沿着楼梯往上走。

远处，有什么东西在嗡嗡响。我停下来。嗡嗡声停止了。我继续往前走。嗡嗡声没有了。我走到一扇没有把手的门前，大门紧闭。又是个小机关。

不过，我找到了这个门的开关。这是一个长方形的移动板，嵌在门框里。许多脏兮兮的手按过的。我按了一下，门咔嚓响了一声，门闩移开了。我轻轻推开门，就像年轻实习生第一次接生孩子一样。

里面有个走廊。透过百叶窗，月光照在炉子白白的一角，也照到炉顶上的镀铬烤盘。厨房大得足以上舞蹈课了。一个敞开的拱门通向一个管家的储藏室，储藏室是用瓷砖贴的。里面有一个水槽，一个巨大的冰柜嵌在墙里，还有很多自制饮料的电器。你可以选择自己喜欢的酒，按下按钮，四天后，这酒会出现在豪华客厅那光滑的桌子上，喝上一杯，使你神清气爽。

储藏室的另一边有个双开式弹簧门。弹簧门后面是一间漆黑的餐厅，餐厅一端敞开，连着一间玻璃围成的客厅，月光像水冲开大坝的防洪闸一样倾泻而入。

地毯铺就的大厅通向别处。从另一扇平拱门进入，楼梯盘旋而上，通往更黑暗的地方，但在玻璃砖和不锈钢的交会处，闪闪发亮。

最后，我来到貌似客厅的地方。这里挂着窗帘，里面很黑，但让人感觉地方很大。屋里一片漆黑，我吸吸鼻子，一股气味萦绕在房间，这味道表明有人不久前来过这里。我屏住呼吸，侧耳聆听。老虎可能在黑暗中看着我。或是拿着机关枪的人，平脚站立，张着嘴巴，轻声呼吸，在黑暗中看着我。或者什么都没有，没有人，是我在这鬼地方想得太多。

我侧身移到墙边，摸索着找电灯开关。总有一个电灯开关吧。人人家里都有电灯开关。通常在进门右手边。你走进黑暗的房间，就想开灯。好吧，在正常的地方，正常的高度，你会找到电灯开关的。这个房间没有。这个房子有所不同。他们处理门和灯的方式都很奇怪。这次的小机关指不定又是什么奇思妙想呢，比如你得从 A 调唱到高音 C，或者踩到地毯下的扁平按钮，或者你只需要讲话，说声"亮灯"，麦克风拾取这个音，把这个声音振动转成低功耗电子脉冲，变压器将其增强至足够电压，打开水银开关。

那晚我有通灵能力。我是一个希望在黑暗中有人陪伴的人，愿意为此付出高昂的代价。我胳膊下的鲁格手枪，我手里的点三二口径手枪使我异常坚强。双枪马洛，氰化物熏陶下的孩子。

我张大嘴巴，大声喊：

"你好。这里有人需要侦探吗?"

没有回应,就连回声也没有。我的声音淹没在寂静中,就像一个疲惫的脑袋枕在天鹅羽绒枕头上。

随后,琥珀色的灯光在飞檐后慢慢亮起,环绕着这个巨大的房间。它慢慢亮起,好像是由剧院里的变阻器控制的。厚重的杏黄色窗帘遮住了窗户。

墙壁也是杏黄色的。另一端,是一间酒吧,斜对面的一边,通向男管家的储藏室。有一个凹室,里面有小桌子和带软垫的椅子。里面摆放着落地灯、软椅、双人座椅,还有起居室里一些常见的用具,地板中央有几张用布包着的长桌。

路障那里的那些家伙还是知道些什么的。但赌场已经颓败了。房间里没有生气,几乎是空的。但也不完全是空的。

一位身穿浅咖色裘皮大衣的金发女郎倚着古董椅站着,她的双手插在上衣口袋里。她的头发蓬松,随意散开。她的脸不是惨白的,因为灯光不是白色的。

"你好,又见面了,"她冷冷地说,"我还是觉得你来得太晚了。"

"干什么太晚了?"

我向她走去,走动起来总是令人愉快的,即使在这个时候,即使在这个异常安静的房子里。

"你还挺可爱的,"她说,"我之前不觉得你可爱。你找到了进来的办法。你——"她的声音咔嗒一声消失了,哽在喉咙里。

"我需要喝一杯,"她停顿了好一会儿说,"否则我会晕倒的。"

"外套真漂亮。"我说。我走到她跟前,伸手摸了摸衣服,她没有动,她的嘴唇来回抿着,微微颤抖着。

"岩貂,"她低声说,"四万美元。租的。为了拍电影。"

"这也是电影的一部分场景吗?"我指了指房间。

"对我来说，这部片子是我的息影作品。我——我确实需要一杯酒。如果我想走——"那清晰的声音慢慢消失了。她的眼睑上下颤动。

"继续演，晕过去，"我说，"你倒地，我马上接住你。"

她的脸上尽力挤出一个笑容。她紧闭双唇，挣扎着站稳。

"为什么说我来得太晚了？"我问，"干什么太晚了？"

"来得太晚了，没吃枪子儿。"

"胡说，我整晚都盼着呢。冈萨雷斯小姐带我来的。"

"我知道。"

我伸出手，又摸了摸她的貂皮。虽然是租来的，但四万美元的东西摸起来还是不错。

"多洛丽丝一定会非常失望的。"她说，嘴角微微泛白。

"不会。"

"她把你推入险境——就像她对斯坦那样。"

"她可能已经开始行动了。但她改变了主意。"

她笑了。那是一种傻傻的、声嘶力竭的笑，就像孩子在游戏室的茶话会上那种无视旁人的笑。

"你对姑娘们还真有一套，"她低声说，"你到底是怎么做到的，散发魅力？香烟里掺杂迷魂药了？不可能是你的穿着、你的钱或你的个性。这些你统统没有。你不年轻，也不英俊。你已过了最好的年龄，而且——"

她说话的语速越来越快，就像调速器坏了似的。到最后，她还在喋喋不休。她停下来时，一声无力的叹息在寂静中飘荡，她跪倒在地，直直地倒在我的怀里。

如果这是一场戏，简直太完美了。也许我的九个口袋里都有枪，它们对我的用处就像生日蛋糕上的九支粉色小蜡烛。

※ 小妹妹 ※

但是什么都没发生。没有大汉手拿自动手枪窥视我。没有斯蒂尔格雷夫对我露出那种阴冷的杀手微笑。我身后也没有窸窸窣窣的脚步声。

她像条湿毛巾一样软塌塌地搭在我的怀里,没有奥林·奎斯特那么重,靠得也没那么死,但还是有点分量的,压得我的膝关节疼。当我把她的头从我的胸口推开时,她的双眼紧闭。她的呼吸微弱,微张的嘴唇有点发青。

我右手托住她的弯膝处,把她抱到一张金色长沙发上,让她平躺在上面。我起身向吧台走去。吧台角落里有个电话,但我找不到入口,无法进去拿酒。我只好从吧台上翻过去。我拿起一个很可能装有酒的瓶子,上面有一个银蓝相间的标签,还有五颗星。软木塞被拧松了。我把黑黑的、辛辣的白兰地倒进了不配套的玻璃杯,带着酒瓶又从吧台上跳出来。

她还是躺在那里,和我刚离开时一样,但眼睛睁开了。

"你能拿住杯子吗?"

她可以的,得需要一点帮助。她喝了白兰地,把杯沿紧压在嘴唇上,好像要压住嘴唇,不让它发抖。我看见她往杯子里呼气,杯子变模糊了。她的嘴角慢慢露出了笑容。

"今晚很冷。"她说。

她把腿搭在沙发边,把脚放在地板上。

"再来一杯。"她说着,把杯子递给我,我又倒了一杯。"你的杯子呢?"

"我不喝。就是没酒,我也情绪高涨。"

喝下第二杯酒,她打了个寒战。但是她嘴角的青色消失了,她的嘴唇不再像红灯一样刺眼了,她眼角的细纹也不那么明显了。

"谁使你情绪高涨?"

"哦,很多女人搂住我的脖子,晕倒在我身上,向我索吻,等等啊。对我这样一个没有游艇,蓬头垢面的侦探来说,这几天可真够受的。"

"没有游艇,"她说,"我不喜欢,我从小生活优渥。"

"是的,"我说,"你是叼着凯迪拉克出生的。我都能猜到你的出生地。"

她眯起眼睛。"你能吗?"

"你不会觉得这是机密吧?"

"我……我……"她打住话头,做了个无奈的手势,"我今晚什么台词也想不出来了。"

"这是彩色电影的对话,"我说,"你怎么无动于衷。"

"我们像不像两个疯子在说话?"

"我们可以变得理智点。斯蒂尔格雷夫在哪里?"

她只是看着我。她把空杯子递给我,我接过杯子,随手放下,但眼睛一直盯着她。她的眼睛也一直盯着我。就这样,似乎过了好久好久。

"他在这里,"她终于开口说道,语速慢得好像她得一个词一个词编出来似的,"我可以抽支烟吗?"

"烟鬼。"我说。我拿出两根烟,叼在嘴里,将它们点燃。我探过身去,把一支塞进她红宝石般的唇间。

"没有比这更老套的了吧,"她说,"或许除了蝴蝶之吻[①]吧。"

"谈性是一件美妙的事情,"我说,"当你不想回答问题的时候。"

她吐着烟雾,眨眨眼睛,然后抬手调整香烟位置。这么多年过去

---

① 蝴蝶之吻指一个人用睫毛拍打另一个人的睫毛的行为,首次出现在1891年卡门·西尔瓦的小说《艾德林·沃恩:危险之路》中。可能是频繁出现在大众媒体上的缘故,该短语在20世纪后期开始流行,还有以此为名的电影和歌曲。

了，我把烟放在女孩嘴巴里时，还是无法放在让她们满意的位置。

她摇摇头，蓬松的头发甩在她的脸颊上，看我对此有多大的反应。现在她的脸不那么苍白了。她的脸颊泛着红晕。但是她的眼睛里隐藏着什么，在观望，在等待。

"你真的很好，"她说，当时我并没有做什么令人感动的事，"在你们这群人中。"

我没什么反应。

"但我真不知道你是什么样的人，不是吗？"她突然大笑起来，一滴眼泪流了出来，从她的脸颊滑落，"据我所知，你可能对任何人都很好。"她松松地叼着香烟，把手放到嘴里咬了一口。"我怎么了？我醉了吗？"

"你在拖延时间，"我说，"但我不确定，你是给某人争取时间让他到这里来，还是让他离开这里。也可能是喝白兰地的原因。你是个小女孩，你想躲进妈妈的围裙哭。"

"别提我妈妈，"她说，"我宁愿对着水桶哭。"

"言归正传。斯蒂尔格雷夫在哪里？"

"不管他在哪儿，你都该高兴。他要杀了你。或者他觉得他早该杀了你。"

"你想在这里干掉我，是不是？你那么喜欢他吗？"

她吹了吹手背上的烟灰。一片吹进我的眼睛，我眨了眨眼。

"我肯定喜欢过他，"她说，"曾经。"她把手放在膝盖上，摊开手指，研究着指甲。她慢慢抬起眼睛，头一动不动。"好像是很久很久以前的事了，我遇到一个善良安静的人。他在公共场合举止优雅，他不会在小酒馆拈花惹草。是的，我喜欢他。我很喜欢他。"

她把手举到嘴边，咬了一下指关节。然后，她又把这只手伸进貂皮大衣的口袋里，掏出一把白色手柄的自动手枪，与我手里那把一样。

"最后，我只能用这个来喜欢他了。"她说。

我走过去，把枪从她手里拿过来，闻了闻枪口。没错。两把枪都开过火。

"你不打算像电影里那样，用手帕把它包起来吗？"

我把枪放到我的另一个口袋里，这样的话，枪上就会粘些有趣的东西，像烟草屑呀，贝弗利山庄市政厅东南坡上独有的种子啦。这可能会让警局的检验师开心一阵子。

第二十八章

我咬着嘴唇,盯着她看了一会儿。她看着我。我没有看到她脸上有什么表情变化。然后,我开始环视房间。我掀起一个长桌上的防尘布。布下面是一个轮盘赌的布局,但没有轮盘。桌子底下什么也没有。

"看看那把木兰花图案的椅子。"她说。

她没有朝椅子看,所以我只能自己找。真没想到,我花了好久才找到。那是一把高靠背椅,上面盖着印花棉布,放在以前,如果你缩在椅子上烤火,这种椅子可以用来挡风。

椅子背对着我。我轻轻地、慢慢地走过去。它几乎是对着墙的。我从吧台折回来时也没看到他,这简直太可笑了。他靠在椅子角上,头向后仰着。他翻领上别着红白相间的康乃馨,看上去很新鲜,就像卖花姑娘刚给别上去的。他的眼睛半睁着,和其他死尸的眼睛没什么两样。他的眼睛盯着天花板角落里的一个点。子弹穿过他双排扣夹克的外口袋。凶手朝他的心脏位置开的枪。

我摸了摸他的脸颊,还是热的。我举起他的手,然后松开,他的手软弱无力。我伸手去摸他的颈部大动脉,血液不流动了。他的衣服上也没什么血迹。我用手帕擦擦手,又站了一会儿,低头看着他那张安静的小脸。我做过的或没做过的事,不管是错的还是对的——一切都没用了。

我走回去，坐在她旁边，揉捏我的膝盖。

"你让我怎么办？"她问，"他杀了我哥哥。"

"你哥哥不是天使。"

"他不必要了他的命呀。"

"有人非杀不可——下手要快。"

她的眼睛一下子睁得大大的。

我说："你不想想，为什么斯蒂尔格雷夫从来不跟踪我，为什么他昨天让你去凡内斯旅馆，而他自己不去？你难道从没想过，为什么像他这样有人脉、有阅历的人，从没想过拿回那些照片，不管用何种手段？"

她没有回答。

"你知道这些照片存在多久了吗？"我问。

"好几周了，快两个月了。那次我们俩共进午餐之后——之后的几天，我收到一封邮件，里面有张照片。"

"在斯坦被杀后。"

"是的。"

"你认为是斯蒂尔格雷夫杀了斯坦吗？"

"没有。我哪会想到呢？直到今晚，我才想到。"

"你拿到照片后发生了什么？"

"我哥哥奥林打电话给我，说他失业了，身无分文。他想要钱。他对照片只字未提，也没必要提。其实，要拍到照片，只有一次机会。"

"他怎么知道你的电话号码的？"

"电话号码？你怎么知道的？"

"买的。"

"唔——"她用手做了一个含糊不清的动作,"为什么不叫警察来了结这事呢?"

"等等。然后呢?还有其他照片吗?"

"每星期一张。我把照片给他看了,"她指了指那张印花高背椅,"他很不高兴。我没有告诉他奥林的事。"

"他肯定知道了。他的同伙会发现的。"

"我也是这么想的。"

"但他没有找到奥林藏身的地方,"我说,"否则,他不会等这么久。你什么时候告诉斯蒂尔格雷夫的?"

她把目光从我身上移开。她的手指揉着胳膊。"今天。"她闷声说道。

"为什么选今天?"

她的喉咙似乎被呛了一下。"求你了,"她说,"别再问我一大堆没用的问题了。不要折磨我了。你也没办法。我打电话给多洛丽丝时,我还以为你能做点什么。现在看来,你什么也做不了。"

我说:"好吧。有件事你好像不明白。斯蒂尔格雷夫知道,拍这张照片的人想要钱——很多钱。他知道,敲诈者迟早会暴露自己的。这正是斯蒂尔格雷夫等待的。他根本不在乎照片,他只在乎你。"

"当然,他证明了。"她无力地说。

"用他自己的方式。"我说。

她的声音像冰川一样平静。"他杀了我哥哥。他亲口告诉我的。这个歹徒终于原形毕露了。你在好莱坞遇到各种可笑的人,包括我,是不是?"

"你曾经喜欢过他。"我冷冷地说。

她的脸唰的一下红了。

"我不喜欢任何人,"她说,"我不会再喜欢别人了。"她朝高背椅瞥了一眼。"昨晚我不再喜欢他了。他向我打听你的事，你是谁等等。我告诉他了。我告诉他，我必须承认，那个人躺在那里死去的时候，我就在凡内斯旅馆。"

"你想过报警吗？"

"我想着告诉朱里斯·奥本海默。他知道如何处理。"

"就算他不知道，他养的狗也应该知道。"我说。

她没有笑。我也没有笑。

"如果奥本海默处理不了，我的电影生涯就完蛋了，"她又漫不经心地补充道，"现在，我彻底完蛋了。"

我拿出一支香烟，点燃。我给她一支。她不想抽。我一点也不着急。时间对我不重要，任何事情对我都不重要。我精疲力尽了。

"你说得太快了，"过了一会儿，我说，"你到凡内斯旅馆的时候，还不知道斯蒂尔格雷夫是威皮·莫耶吧。"

"不知道。"

"那你去那儿干什么？"

"买回那些照片。"

"这说不通的。那时，那些照片对你没有任何意义，只说明你在和他吃午饭。"

她盯着我，使劲眨巴眨巴眼睛，然后睁得大大的。"我不想哭，"她说，"我说了我不知道。但那次他在监狱的时候，我打听了他的事，他不愿让人知道的事。我知道他曾经做过非法买卖，我猜的。但没想过他会杀人。"

我说："嗯哼。"我站起来，绕着高背椅走了一圈。她的眼睛慢慢移动，注视着我。我俯身看斯蒂尔格雷夫的尸体，在他的左臂下摸了摸。枪套里有把枪。我没有碰。我走回去，还是坐在她对面。

"解决这事得花不少钱。"我说。

她第一次笑了。淡淡的微笑，但确实在笑。"我没多少钱，"她说，"所以这个行不通。"

"奥本海默有钱。对他来说，你现在值好几百万。"

"他不会冒这个险的。现在想插进电影业的人太多了。他能承担这个损失，六个月后就会忘记。"

"你说过要去找他的。"

"我说过，一旦有麻烦了，我就去找他，前提是我没犯什么事儿。但现在我已经犯事儿了。"

"巴卢呢？对他来说，你很值钱。"

"我对任何人都一文不值。算了吧，马洛。你是好意，但我了解这些人。"

"所以，你打算把这事交给我，"我说，"这应该就是你打发人来找我的原因吧。"

"没错，"她说，"亲爱的，你来搞定。不收费。"她的声音脆生生的。

我走过去，挨着她坐在长沙发上。我抓住她的胳膊，把她的手从貂皮口袋里拉出来，握在我的手里。虽说是貂皮，但那只手却是冰凉的。

她转过头来，直视着我。她轻轻摇了摇头。"相信我，亲爱的，我不值——就是和我上床也不值。"

我把那只手翻过来，把手指摊开。手指僵硬，有些抗拒。我把它们一个一个地扳开，抚平了她的手掌。

"告诉我你为什么带着枪。"

"枪？"

"不用想。直接告诉我。你真想杀他吗？"

"为什么不想呢，亲爱的？我以为我对他很重要。我想我有点自负了。他骗了我。对斯蒂尔格雷夫来说,在这个世界上,他把谁都不当回事儿。所以,梅维斯·韦尔德家族的人也不会把他当回事了。"

她推开我,淡淡一笑。"我不该把那把枪给你。如果我杀了你,也许我还能自证清白。"

我把枪掏出来,递向她。她接过枪,猛地站了起来,用枪指着我,她唇间又露出那浅浅的、疲惫的笑。她的手指紧扣在扳机上。

"打高点,"我说,"我穿着防弹内衣呢。"

她把枪放了下来,站在那里盯着我看了一会儿,然后把枪扔到长沙发上。

"我想我不喜欢这个剧本,"她说,"我不喜欢这些台词。这不是我的风格,你明白我的意思吧。"

她笑了,低头看着地板。她的鞋尖在地毯上来回移动。"我们聊得很愉快,亲爱的。电话在吧台最边上。"

"谢谢,你记得多洛丽丝的电话号码吗?"

"关多洛丽丝什么事儿?"

我没有回答,她告诉了我电话号码。我走到房间角落吧台的位置,拨了个电话。和以前一样。晚上好,伯希庄园,请问哪位要找冈萨雷斯小姐。请稍等,嘟——嘟——嘟。然后一个撩人的声音说:"喂?"

"我是马洛。你真的想置我于死地吗?"

我几乎能听到她喘息的声音。不完全可以。你在电话里听不太清。有时候你认为你可以听到。

"阿米哥,我听到你的声音真的很高兴,"她说,"我非常非常高兴。"

"'是'还是'不是'?"

"我……我不知道。如果真是这样,我感到很难过。我非常喜欢你。"

"我这里遇到点小麻烦。"

"他——"长时间的沉默,这是公寓电话,所以她小心翼翼地问,"他在那里吗?"

"嗯——怎么说呢。他在,但他不在了。"

这次我真的听到了她的呼吸声。一个长吸气声,就像口哨声。

"谁还在那里?"

"没有人。就剩我和这个烂摊子。我想问你点事,非常重要的事。给我说实话。你今晚给我的东西是从哪儿弄来的?"

"怎么了,从他那里。他给我的。"

"什么时候?"

"今晚早些时候。怎么了?"

"多早?"

"大约六点钟吧,我想。"

"他为什么给你?"

"他让我留着。他总带着一把。"

"要你留着干吗?"

"他没说,阿米哥。他这个人,做事就这样,不说清楚。"

"没有注意到什么不对劲的地方,他给你的东西?"

"怎么了——没有,我没有注意。"

"你有,你注意到了。你注意到枪已经开过火了,有燃烧的弹药味。"

"但我没有——"

"是的,你注意到了。事情是这样的。你很纳闷。你不想留着它。你没留。你还给他了。反正你就是不喜欢身边带着枪。"

沉默了很长时间。最后她说:"当然了。但他为什么要我拿着枪?

我的意思是,如果像你说的那样的话。"

"他没有告诉你为什么。他只想扔给你一把枪,而你没拿。记得吗?"

"我必须要这么说吗?"

"没错。"

"我这样做安全吗?"

"你什么时候考虑过安全了?"

她轻声笑了。"阿米哥,你很了解我嘛。"

"晚安。"我说。

"等一下,你还没告诉我出什么事了。"

"我没给你打过电话。"

我挂了电话,转过身来。

梅维斯·韦尔德站在房子中间看着我。

"你的车在这儿吗?"我问。

"在。"

"走吧。"

"做什么?"

"回家。一切结束了。"

"你逃不了干系的。"她轻声说。

"你是我的客户。"

"我不能让你这么做。我杀了他。你为什么要搅这趟浑水?"

"别磨蹭了。你离开时,走后门。别走多洛丽丝带我来的那条路。"

她直直地盯着我的眼睛,用紧张的声音重复道:"但……是我杀了他。"

"你说什么,我没听见。"

她紧咬下唇,狠狠地咬着。她似乎喘不过气来。她僵直地站在那里。我走近她,用手指尖碰了碰她的脸颊。我使劲按了一下,看到白色的斑点变成了红色。

"如果你想知道我的动机,"我说,"我告诉你,和你无关。我得感谢那帮蠢货。在这场游戏中,我要手段了。他们知道。我也知道。我只是给他们一个机会,让他们显摆显摆那点能耐。"

"好像谁都得给他们这样的机会。"她说着,突然转身走了。我看着她走向拱门,等她回头看。但她一直往前走,没有回头。过了好久,我听到一阵嗡嗡嗡的声音。然后,一个东西砰的一声——车库的门开了。远处,一辆汽车发动了。车空转了几下,停顿一下后,嗡嗡声再次响起。

嗡嗡声停止时,汽车马达的声音渐渐消失在远方。我现在什么也听不到了。房子里的寂静紧紧包围着我,就像梅维斯·韦尔德身上披的那件貂皮大衣一样。

我把酒杯和白兰地拿到吧台,跳了过去。我在一个小水池里冲洗了杯子,把瓶子放回架子。这次我在电话对面发现了机关,我打开门,走到斯蒂尔格雷夫跟前。

我拿出多洛丽丝给我的那支枪,擦了擦,把他那只软弱无力的小手绕在枪托上,让他握着,然后松开。枪砰的一声掉在地毯上。这个姿势看起来很自然。我没想过指纹的事。他早该学过不要把指纹留在任何枪上了。

还剩三把枪。我拿出他枪套里的武器,裹在毛巾里,放在柜台下面吧台架子上。鲁格手枪我没碰。另一把白柄自动手枪留在我手里。我要判断开枪距离应该离他有多远。超过了灼伤距离,但可能只超过一点点。我站在离他三英尺远的地方,往他身上开了两枪。子弹平静地钻进墙里。我把椅子拖来拖去,直到它对着房间。我把小自动手枪放在一张轮盘赌桌的防尘布上。我摸了摸他脖子一侧的大块肌肉,通常这个地方最先变硬。我不知道它是否已经开始变硬,但是他的皮肤比之前凉了很多。

现在可没有太多的时间摆弄这个了。

我走到电话旁,拨通了洛杉矶警局的电话。我要求接线员把电话转接给克里斯蒂·弗伦奇。凶杀组的人说,他已经回家了,问我有什么事,我说这是他等的一个私人电话。他们很不情愿地把他家里的电话号码给了我,不是因为他们在乎这事,而是因为他们从来不愿给别人任何东西。

我拨通了电话,一个女人接了电话,尖声叫着他的名字。他的声音听起来很平和。

"我是马洛。你在干什么呢?"

"给我的孩子读滑稽故事。他要上床睡觉了。什么事?"

"你昨天在凡内斯旅馆说过,如果有人能给你提供威皮·莫耶的线索,就是可交的朋友,你还记得吗?"

"是的。"

"我需要朋友。"

他听起来不太感兴趣。"你抓住他什么把柄了?"

"我猜,他们是同一个人。斯蒂尔格雷夫。"

"你太自以为是了吧,伙计。我们就是这么想的,才把他关进监狱。你这信息不值钱。"

"你得到了小道消息。这是他自编自演的。所以斯坦被干掉的那天晚上,你知道他在什么地方。"

"你瞎编什么呀,有证据吗?"他紧张起来了。

"如果有人拿着狱医的通行证从监狱出来,你能证明吗?"

一阵沉默。我听到一个孩子的抱怨声和一个女人对孩子说话的声音。

"这种事发生过,"弗伦奇沉重地说,"我不知道。这个要求很严格。他们会派狱警看守他。他买通狱警了吗?"

"我也这么推断的。"

"放放再说吧。还有别的事吗?"

"我在斯蒂尔伍德高地。我在一栋大房子里,他们在这里设了一个赌场,当地居民不喜欢这个。"

"看过新闻。斯蒂尔格雷夫在那里吗?"

"他在这里。只有我和他在这里。"

又是一阵沉默。那孩子大叫起来,我应该听到了一记耳光。那孩子叫得更大声了。弗伦奇对着什么人大喊一声。

"让他接电话。"弗伦奇最后说。

"你今晚可够蠢的,克里斯蒂。我为什么要给你打电话来着?"

"哦,"他说,"真是蠢呀。地址是什么?"

"我不知道。但它在斯蒂尔伍德高地塔路的尽头,电话号码是哈尔戴尔 9-5033。我等你。"

他又重复了一遍电话号码,慢慢地说:"这次你会等着,哈啊?"

"总会有这么一次的。"

咔嗒一声,我挂了电话。

我穿过房子,找到灯开关,打开灯,从楼梯顶的后门走了出去。车场有照明灯。我打开灯,走下台阶,沿着夹竹桃丛走着。那扇私密大门像之前一样开着,我把它关上,挂上链子,咔嗒一声锁上了挂锁。我走回去,走得很慢,抬头望着月亮,嗅着夜晚的空气,听着树蛙和蟋蟀的叫声。我走进房子,找到前门,把灯打开。前面有一个很大的停车位和一个长满玫瑰的圆形草坪。但你必须绕到房子后面才能出去。

第二十八章

除了穿过相邻场地的车道外,这地方是个死胡同。我不知道谁住在隔壁。透过树林,我可以看到一所大房子的灯光。里面也许住着某个好莱坞大佬,也可能是某个湿吻奇才,也有可能是色情片主角。

我回到屋里,摸了摸刚才开过火的枪。枪凉了。斯蒂尔格雷夫先生开始显出一副决心不再醒来的样子。

没有听到警笛声。终于有车的声音向山上传来。我出去迎接它,迎接我,迎接我美丽的梦想。

第二十九章

他们进来了,还是那副架势,自大,粗鲁,一声不吭,目光警觉,小心谨慎,充满怀疑。

"好地方,"弗伦奇说,"人在哪儿?"

"在里面。"贝弗斯不等我回答就说。

他们不慌不忙地走过去,站在他面前,俯视他,神情严肃。

"死了,是不是?"贝弗斯开口问道,又开始装腔作势了。

弗伦奇弯下腰,用拇指和食指捏住扳机,拿起地板上的枪。他向旁边瞟了一眼,突然收紧了下巴。贝弗斯把一支铅笔插进枪管里,挑起了另一支白柄枪。

"我希望指纹都还在。"贝弗斯说。他闻了闻。"哦,是的,这个宝贝开过火了。你的那把呢,克里斯蒂?"

"开过火,"弗伦奇说,他又闻了闻,"但不是刚才开的。"他从口袋里掏出一个小手电,往黑枪的枪管里照了照。"好几个小时前开的火。"

"是在湾城,在怀俄明街的一所房子里。"我说。

他们齐刷刷地转头看我。

"你猜的?"弗伦奇慢慢问道。

"是的。"

第二十九章

他走到盖着桌布的桌子前,把枪放在上面,离另一把枪有一定距离。"最好马上给它们贴上标签,弗伦奇。这是一对枪。我们分别在上面做上标注。"

贝弗斯点点头,在口袋里翻了翻,掏出两个捆绑标签。这些东西,警察都是随身携带的。

弗伦奇走到我身边。"别让大家猜了,你知道什么,交代吧。"

"今晚,我认识的一个女孩打电话给我,说我的一个客户在这里有危险——危险来自他。"我抬抬下巴,指着椅子上的那个死人。"这个女孩开车带我到这里。我们经过了路障。很多人看到我们俩了。她把我扔在房子后面就回家了。"

"叫什么名字?"弗伦奇问道。

"多洛丽丝·冈萨雷斯,住在伯希庄园。位于富兰克林大道。她是演电影的。"

"哦——哦。"贝弗斯翻了翻眼睛说。

"谁是你的客户?同一个人吗?"弗伦奇问道。

"不是,是另一个人。"

"有名字吗?"

"还没有。"

他们铁着脸,严厉地盯着我。弗伦奇的下巴一下收紧了。他的下颚骨两侧肌肉鼓了起来。

"新规矩,嗯?"他轻声说。

我说:"公布客户信息,得达成协议。地区检察官愿意这么做才行。"

贝弗斯说:"马洛,你不了解检察官。检察官公布信息,就像我吃嫩豌豆一样简单。"

弗伦奇说:"不管怎样,我们不会让你承担任何责任。"

"她没有名字。"我说。

"小子,我们要找到答案,方法多得很,"贝弗斯说,"那为什么还要这样,弄得大家都麻烦?"

"我不会公开的,"我说,"除非真的提起诉讼。"

"你逃不掉的,马洛。"

"该死,"我说,"这个人杀了奥林·奎斯特。你把那把枪拿到市中心,核查一下射击奎斯特的子弹。在把我逼上绝路之前,你们就行行好吧。"

"我不会诬陷你的。"弗伦奇说。

我什么也没说。他瞪着我,眼里充满了仇恨。他的嘴唇慢慢地动着,闷声说:"他中弹的时候,你在这里吗?"

"不在。"

"谁在?"

"他在。"我望着斯蒂尔格雷夫的尸体说。

"还有谁?"

"我不对你撒谎,"我说,"我不想说的事情,就不会告诉你——除了我说过的那些。他中弹的时候,我不知道谁在这里。"

"你到这里的时候,谁在?"

我没有回答。他慢慢地转过头,对贝弗斯说:"给他戴上手铐。铐后面。"

贝弗斯犹豫了一下。然后,他从左后裤子口袋里拿出一副手铐,走到我面前。"把手背在后面。"他说话时,声音略显尴尬。

我照他说的做了。他咔的一声扣上手铐。弗伦奇慢慢走过来,站在我面前。他眯着眼睛,眼睛周围的皮肤因疲劳而发灰。

"我要做一个小演讲,"他说,"你不会喜欢的。"

我什么也没说。

弗伦奇说:"我们的处境是这样的,宝贝。我们是警察,就是招人恨。你好像还嫌我们的麻烦事不够多,我们还得对付你。你好像还嫌我们被那些家伙摆布得不够:什么办公室小头头啦,市政厅的那帮家伙,白班、夜班管事儿的,商会的。还有我们那市长大人,坐在精装的办公室指手画脚,他那办公室足有我们凶杀组三间破房子的四倍大。我们去年不就是在那三间破房子里处理114起凶杀案的,那破房子里椅子不够,所有值班员无法同时坐下来。我们一辈子都在翻腾别人的脏内衣,闻别人的臭烂牙。我们爬上黑暗的楼梯去追捕身手敏捷的持枪混混,有时我们还爬不上去。我们的妻子在无数个夜晚等我们吃晚饭。晚上我们回不了家,真要回去了,累了个半死,吃不下,睡不着,就连报纸上关于我们的流言蜚语也没心情看。所以,我们躺在廉价街道上的廉价房子里,整夜睡不着觉,听着街道上的醉汉打打闹闹。我们迷迷糊糊刚要入睡,电话响了,我们站起来,又开始行动。我们做的任何事都不对,永远不对。没有一次是对的。他们说,如果犯人招供,那是屈打成招。一些不择手段的律师在法庭上叫我们盖世太保。当我们说错话时,他们就对我们嗤之以鼻。如果我们犯个错,他们会把我们扔进贫民窟执勤。我们凉爽的夏夜是这样度过的:把酒鬼从臭水沟里捞出来,被妓女大声叫骂,从穿着组特装①的混蛋手里夺刀。这一切还不够吗,我们还得对付你。"

　　他停下来,吸一口气。他的脸上亮晶晶的,好像是汗珠。他上身前倾。

　　"我们还得对付你,"他重复道,"我们还得对付那些骗子,他们持有私家执照,隐瞒信息,躲在角落里,搅得乌烟瘴气,让我们不得安宁。我们还得对付你,你隐瞒证据,伪造现场,这鬼把戏连个傻

---

① 组特装(zoot suit)是一种男士服装,特点是上衣宽而长,裤腰高,裤口窄,常为嬉皮士所穿,以显示其反叛情绪。

孩子都骗不了。我叫你该死的臭不要脸的双面偷窥者,你不介意吧,宝贝?"

"你想让我介意吗?"我问他。

他直起身子。"我希望你介意,"他说,"很介意才好。"

"你说的有些是真的,"我说,"但不是所有的。任何一个私家侦探都想和警察合作。有时候要搞明白谁在制定比赛规则有点难。有时他不信任警察,是有理由的。有时他只是不小心陷入困境,不得不使点手段。他一般更想重新开始一笔生意。他只想谋个生路。"

"你的执照被吊销了,"弗伦奇说,"现在,这个问题不会再困扰你了。"

"吊不吊销,发证委员说了算。你说了不算。"

贝弗斯平静地说:"我们继续吧,克里斯蒂。这个可以再等等。"

"我在继续呀,"弗伦奇说,"用我的方式。这家伙还不识趣。我在等他识趣。挺能说的呀。别告诉我你已黔驴技穷了,马洛。"

"你到底想让我说什么?"我问他。

"猜猜看。"他说。

"你今晚是食人怪,"我说,"你想把我撕成两半。但你得找个借口。要我给你这个借口,对吗?"

"可能用得上。"他咬牙切齿地说。

"如果你是我,你会怎么做?"我问他。

"我无法想象自己会如此卑鄙。"

他舔了舔上嘴唇,右手耷拉在身边。他不知不觉地握紧又松开手指。

"放松,克里斯蒂,"贝弗斯说,"消消气。"

弗伦奇没有动。贝弗斯走过来,站在我们中间。弗伦奇说:"走开,弗雷德。"

"不。"

弗伦奇紧握拳头,砰的一拳打在他的下巴上。贝弗斯跌跌撞撞退过来,把我撞到一边。他的膝盖晃动,弯腰咳嗽起来。他身体弯曲着,慢慢摇了摇头。过了一会儿,他咕噜了一声,直起腰来。他转过身来看着我,咧嘴一笑。

"这是一种新的严刑拷问方式,"他说,"警察激烈互殴,疑犯旁观,害怕痛苦,如实招供。"

他摸了摸下巴,已经肿了。他咧嘴一笑,但眼睛仍然有点模糊。弗伦奇站在那里一动不动,一声不吭。

贝弗斯拿出一包烟,抖出一支,递给弗伦奇。弗伦奇看看香烟,看看贝弗斯。

"干了十七年了,"他说,"连我妻子都恨我。"

他抬起张开的手,轻轻拍了拍贝弗斯的脸颊。贝弗斯一直咧嘴笑着。

弗伦奇说:"我打的是你吗,弗雷德?"

贝弗斯说:"没人打我,克里斯蒂。我不记得有人打过我。"

弗伦奇说:"打开手铐,带他上车。他被捕了。如果你觉得有必要,把他铐在栏杆上。"

"好的。"贝弗斯走到我身后。手铐松了。"走吧,宝贝。"贝弗斯说。

我狠狠地盯着弗伦奇。他看着我,好像我就是墙纸。他好像压根儿没看我。

我走出拱门,走出房子。

第三十章

我根本不知道他叫什么名字,是警察吧,有点太矮,有点太瘦了。但他肯定是警察,不仅因为他在那里,还因为他靠在桌子上拿牌时,我可以看到他腋下的皮枪套和一把警用点三八口径手枪的枪托。

他话不多,但声音很好听,很柔和。他的笑容温暖了整个房间。

"好牌。"我说,透过牌看着他。

我们在玩双坎菲尔德①。应该说,他在玩。我就待在那里,看着他,看着他那双小巧干净的手伸到桌子另一边,摸一张牌,然后优雅地拿起来,放在某个地方。此时,他微嗷嘴唇,随便吹着口哨,口哨低沉柔和,就像一个新引擎还不确定自己的性能。

他微笑着,把红9放在黑10上。

"你业余时间做什么?"我问他。

"弹钢琴比较多,"他说,"我有一架七英尺长的施坦威钢琴。主要弹莫扎特和巴赫的曲子。我有点老派。大多数人觉得这种曲子很无聊,但我不这么认为。"

"好牌。"我说着,把一张牌放在别的地方。

"莫扎特的一些曲子还是很难的,这点挺令人吃惊,"他说,"当

---

① 双坎菲尔德(double Canfield):一种纸牌游戏。

曲子被演绎得很好时,听起来很简单。"

"谁弹得好?"我问。

"施纳贝尔[①]。"

"鲁宾斯坦[②]弹得怎么样?"

他摇摇头。"太沉重。太情绪化。莫扎特就是音乐。表演者无需诠释。"

"我敢打赌,当你有忏悔之心时,你的理解更深,"我说,"喜欢这个工作吗?"

他移开另一张牌,轻轻弯曲手指。他的指甲很亮,但很短。可以看出,他喜欢做些小动作,喜欢用手做一些不引人注目的小动作,这些动作没有什么特别的含义,却像天鹅一样光滑、流畅、轻盈。他的手指带给他的感觉是,精致的事情应该细致地做,但并不是虚弱无力。莫扎特,好吧。我看得出来。

大约 5 点 30 分了,透过纱窗望去,天空渐渐亮了起来。角落里的拉盖书桌被盖上了。这个房间,我昨天下午来过。桌子尽头,那支方形的木匠铅笔躺在那里,湾城的马格拉山警官把铅笔扔到墙角后,有人捡起来放回原地了。克里斯蒂·弗伦奇坐过的那张扁平的桌子上散落着烟灰。一个旧雪茄烟蒂粘在玻璃烟灰缸的最边上。头顶垂下的电线上有一盏灯,一只飞蛾绕着灯盘旋。灯上有绿白相间的玻璃罩,这种罩子在乡村旅馆还能见到。

"累了吗?"他问。

"精疲力竭。"

"你不该卷入这些乱七八糟的事情中。我看没有任何意义。"

"枪杀一个人没有意义吗?"

---

① 施纳贝尔(Schnabel):美国钢琴家、教师、作曲家。
② 鲁宾斯坦(Rubinstein):俄罗斯犹太裔音乐家、作曲家、钢琴家。

他露出温暖的微笑。"你从来没有杀过人。"

"为什么这么说？"

"靠常识，以及和形形色色的人共处一室积累下来的经验。"

"我想，你确实喜欢这份工作。"我说。

"这是夜间工作。给我时间练习练习。我从事这工作已经十二年了。看到很多有趣的人出出进进。"

就在此时，他掏出另一张王牌，把我们几乎都堵死了。

"很多人招供了吗？"

"我不管招供的事，"他说，"我就是营造营造气氛。"

"为什么要透露这点秘密呢？"

他靠在椅背上，用牌的边缘轻敲桌子边。还是满脸笑容。"我什么也没透露。我们调查你很久了。"

"那他们抓我干什么？"

他不愿回答这个问题。他看了看墙上的表。"我想我们现在得弄点吃的了。"他起身向门口走去。他把门拉开一半，轻声对外面的人说话。然后他又回来，坐下来，看着我们的牌局。

"没办法了，"他说，"还有三张，我们又到死局了。从你开始，再来一局，好吗？"

"不好。我不打牌。我下棋。"

他立马抬头看着我。"你为什么不早说呢？我也宁愿下棋。"

"我宁愿喝一些滚烫的黑咖啡，那苦涩的滋味仿佛罪恶一般的黑咖啡。"

"马上就有。但我不能保证你能喝得惯。"

"妈的，我什么没尝过……好吧，如果我没开枪打死他，是谁干的？"

"我猜这就是他们恼火的地方。"

"他被毙了,他们应该高兴才对。"

"可能吧,"他说,"但他们不喜欢他被毙的方式。"

"我个人认为,这是你见过的干得最利落的活儿。"

他静静地看着我,手里捏着纸牌,合在一起,顺好并轻翻纸牌,使正面朝下,然后迅速地把它们分成两沓。他手中的牌像流水倾泻一样,让人眼花。

"如果你开枪的速度够快。"我开口道。

牌洗完了。不知不觉,一支枪出现在牌所在的位置。他的右手轻拿着枪,指着房间远处的角落。枪消失了,牌又洗起来了。

"你在这里真是大材小用,"我说,"你应该去拉斯维加斯。"

他拿起其中的一沓,轻快地洗牌,切牌,然后给了我黑桃 K 为首的同花顺。

"我弹施坦威钢琴更安全。"他说。

门开了,一个穿制服的男人端着一个托盘走了进来。

我们吃了些罐装碎牛肉,喝了热咖啡,但咖啡很淡。那时已经是早晨了。

8 点 15 分,克里斯蒂·弗伦奇走了进来,站在那里,帽子戴在脑后,眼睛下有黑眼圈。

我看看他,又看看桌子对面的那个小个子男人。他已经走了。牌也不见了。那里什么也没有,只有一把椅子,被端端正正地推到桌子底下,我们吃完早餐的盘子都堆在托盘上。一时间,我有一种毛骨悚然的感觉。

克里斯蒂·弗伦奇绕着桌子走了一圈,猛地拉出一把椅子,坐下,手托下巴。他摘下帽子,把头发弄得乱七八糟。他用严厉而忧郁的眼睛盯着我。我又回到了警察的地盘。

第三十一章

"检察官想见你,九点,"他说,"之后,我想你就可以回家了。也就是说,如果他不拘捕你的话。抱歉,让你在那把椅子上坐了一晚上。"

"没关系,"我说,"我需要锻炼。"

"是啊,现在又满血复活了。"他说。他忧郁地盯着托盘上的盘子。

"抓到拉加迪了吗?"我问他。

"还没有。不过,他是医生,"他的目光转向我,"他在克利夫兰行过医。"

我说:"这么巧,太讨厌了。"

"什么意思?"

"年轻的奎斯特想敲斯蒂尔格雷夫一笔。他在湾城偶遇一个人,这人可以证明斯蒂尔格雷夫是谁。太巧了吧。"

"你是不是忘了什么?"

"我累得连自己名字都快忘了。怎么了?"

"我也是,"弗伦奇说,"总得有人告诉他斯蒂尔格雷夫是谁吧。拍那张照片时,莫·斯坦还没有被干掉。所以,除非有人知道斯蒂尔格雷夫是谁,否则这张照片有什么用呢?"

"我想韦尔德小姐知道,"我说,"奎斯特是她哥哥。"

"说不通呀,伙计,"他疲倦地咧嘴一笑,"她会帮她哥哥敲诈她男朋友和她自己吗?"

"确实说不通。也许这张照片纯属巧合。他的另一个妹妹——那是我的客户——说他喜欢偷拍。越是偷拍的,觉得越好。如果他还活着的话,你们早就因为他不务正业把他抓进来了。"

"因为谋杀。"弗伦奇冷冷地说。

"哦?"

"马格拉山已经找到冰锥了。他就是不愿告诉你这个消息。"

"不止这些吧。"

"当然了,但这个事关生死。克劳森和麦劳威·马斯顿都有记录。那小子死了。他的家人是可敬的。他性格孤僻,交友不慎。为了证明警察能破案而诽谤他的家人是没有意义的。"

"你真是太善良了。斯蒂尔格雷夫怎么样了?"

"和我无关,"他站起身来,"歹徒应得到他应有的惩罚,调查得持续多久?"

"只要还是头条新闻就会一直调查,"我说,"但这里涉及一个身份问题。"

"不会。"

我盯着他。"'不会',什么意思?"

"就是'不会'。我们确定。"他用手指捋捋头发,又整了整他的领带和帽子。他从嘴角发出一个低低的声音:"不宜公开——我们一直很确定,只是没拿到证据而已。"

"谢谢,"我说,"我会保密的。那枪呢?"

他停下来,低头盯着桌子。他的眼睛慢慢地抬起来看着我。"枪都是斯蒂尔格雷夫的。更重要的是,他有携带枪支许可证,是另一个郡的治安办公室发的。别问我为什么。其中一把——"他停顿了一下,抬头看着我头顶的墙——"其中一把杀死了奎斯特……斯坦也是用这把枪杀的。"

"哪把?"

他微微一笑。"如果弹道组把它们搞混了,而我们又不知道,那就糟了。"他说。

他等着我说些什么。我什么也没说。他打了个手势。

"好了,就这样吧。你知道,我们也没什么恩怨,但我希望地方检察官扒了你的皮,一条一条地撕下来。"

他转身出去了。

我本来也可以这么转身出去的,但我坐在那里,盯着桌子对面的墙,好像我已经忘了怎么站起来。过了一会儿,门开了,橙发皇后走了进来。她打开她那卷盖式办公桌,从她那不可思议的头发上摘下帽子,把她的夹克挂在光秃墙上一个光秃的钩子上。她打开身旁的窗户,掀开打字机,把纸放了进去。然后,她看着我。

"你在等谁?"

"我住在这儿,"我说,"整晚都在这里。"

她盯着我看了一会儿。"你昨天下午在这儿。我记得。"

她转向打字机,手指飞快敲击键盘。她身后打开的窗户外传来停车场的嗡嗡声。天空白亮亮的,烟雾不多,这将是炎热的一天。

橙发皇后桌上的电话响了。她对着话筒说话,声音小得像蚊子叫似的,然后挂断电话。她又看了我一眼。

"恩迪科特先生在他的办公室等你,"她说,"知道路吗?"

"我之前在那里工作过,但不是为他工作。我被炒鱿鱼了。"

她看着我,面带着市政厅官员的神情。不知从哪里冒出一个声音,但不是从她嘴里:

第三十一章

"戴上湿手套打他的脸。"

我走到她身边,站在那里,低头看着她橙色的头发。发根有很多灰色的。

"谁说的?"

"墙说的,"她说,"墙会说话。这是那些通往地狱的死人的声音。"

我轻手轻脚地走出房间,把门挨到关门器上,这样门就不会发出任何声音了。

第三十二章

从双开门进去，门里面有一个专用分组交换机和服务台，服务台后坐着一位不老女士，你可以在世界各地的市政办公室看到这样的女士。她们一直这样，不年轻，也不老。她们没有美貌，没有魅力，也没有风格。她们不需要取悦任何人。她们是安全的。她们彬彬有礼，但不会过于礼貌，她们聪明博学，但从不对任何事情真正感兴趣。当人为了生存放弃生活，为了安稳而牺牲抱负时，就变成这样了。

这张桌子后面，有一排玻璃隔间，沿着一个很长的房间的一侧伸展开来。另一边是等候室，一排椅子都朝着小隔间方向排列。

大约有一半的椅子上坐着等待的人，看他们的表情，就知道他们已经等待好久了，估计还得等更久。大多数人衣衫褴褛。其中有一个是从监狱来的，穿着蓝粗棉布服，旁边跟着警卫。一个脸色苍白的孩子，骨瘦如柴，眼神空洞，病恹恹的。

那排隔间的后面，有一扇门，上面写着"休厄尔·恩迪科特地区检察官"。我敲敲门，走进一间通风良好的大房间。这是一个很好的房间，老式的，里面有黑色皮椅，挂着前地方检察官和州长的照片，微风吹动着四扇窗户上的纱帘。高架上的风扇呼呼地响着，慵懒而缓慢地旋转。

休厄尔·恩迪科特坐在一张平坦的深色桌子后面，看着我走进来。

他指了指对面的椅子。我坐了下来。他又高又瘦,皮肤黝黑,黑发蓬松,手指修长。

"你是马洛?"他说话的声音带着一丝温柔的南方气息。

我觉得他不是真的需要答案。我等待着。

"你的处境不妙,马洛。你的处境一点也不妙。别人抓到你隐瞒有助于解决谋杀案的证据。这阻碍了司法公正。你会因此而坐牢的。"

"隐瞒什么证据?"我问。

他从桌上拿起一张照片,皱了皱眉头。我看了看房间里的另外两个人。他们并排坐在椅子上。其中一个是梅维斯·韦尔德。她戴着一副宽边白蝴蝶结墨镜。我看不见她的眼睛,但我觉得她在看我。她没有笑,一动不动地坐在那里。

她身旁坐着一个男人,穿着天使一般的浅灰色法兰绒套装,翻领上插着一朵大丽花大小的康乃馨。他抽着印有花押字的香烟,把烟灰弹到地板上,无视他胳膊旁的烟灰缸,我认识他,从报纸上看到过照片。李·法雷尔,全国最红的律师之一。他的头发是白色的,但他的眼睛炯炯有神,他的皮肤是太阳晒出的古铜色,看那派头,要和他握手,估计要花一千美元。

恩迪科特靠在椅背上,用他那长长的手指轻敲着椅子扶手。他彬彬有礼、恭恭敬敬转向梅维斯·韦尔德。

"韦尔德小姐,你对斯蒂尔格雷夫了解多少呢?"

"很熟悉。有些方面,他还是很有魅力的。我简直不敢相信——"她停了下来,耸了耸肩。

"你准备站在证人席上,发誓说出这张照片拍摄的时间和地点吗?"他把照片翻过来给她看。

法雷尔冷冷地说:"等等。这就是马洛先生打算隐瞒的证据吗?"

"让我来问这些问题。"恩迪科特厉声说道。

法雷尔笑了。"好吧，如果答案是肯定的，那这张照片什么也证明不了。"

恩迪科特轻声说："韦尔德小姐，你能回答我的问题吗？"

她平静而从容地说道："不，恩迪科特先生，我不能发誓那张照片是什么时候拍的，在哪里拍的。我根本就不知道被拍了。"

"你只需看看它。"恩迪科特建议。

"我所知道的就是我从照片上看到的。"她告诉他。

我咧嘴笑了笑。法雷尔看看我，眨了眨眼睛。恩迪科特眼角的余光瞄到我在笑。"你觉得好笑吗？"他厉声对我说。

"我一夜没睡。我的脸一直往下耷拉。"我说。

他严厉地看了我一眼，又转向梅维斯·韦尔德。

"韦尔德小姐，你能详细说说吗？"

"恩迪科特先生，别人给我拍过很多照片，在很多不同的地方，和很多不同的人拍的。我和斯蒂尔格雷夫先生在'舞者餐厅'吃过午饭和晚饭，和其他许多人也吃过。我不知道您想让我说什么。"

法雷尔平静地插话说："我明白你的意思，你希望韦尔德小姐做你的证人，把这张照片和其他事关联起来。是什么样的诉讼呢？"

"和你无关，"恩迪科特直截了当地说，"昨晚有人开枪打死了斯蒂尔格雷夫。可能是个女人。甚至可能是韦尔德小姐。我很抱歉这么说，但似乎是有可能的。"

梅维斯·韦尔德低头看着双手。她用手指揉搓着一只白手套。

"好吧，让我们做个假设，"法雷尔说，"在这个诉讼中，照片是你证据的一部分——如果你可以证明的话。但是你证明不了。韦尔德小姐不会为你证明。关于这张照片，她所知道的一切就是她照片上看到的。任何人都能看到的。你只有把它和目击者关联起来，这个目击者得发誓照片是什么时候、什么地方、怎么拍的，否则我会抗议的——如果我碰巧是辩方的话。我甚至可以请专家证明，照片是伪造的。"

"我相信你可以。"恩迪科特冷冷地说。

"只有拍照片的人才能帮你做证，"法雷尔不慌不忙地说，"我知道他死了。我怀疑这就是他被杀的原因。"

恩迪科特说："这张照片本身就清楚地证明，斯蒂尔格雷夫在特定的时间和地点不在监狱，所以无法证明，斯坦被杀时，他不在场。"

法雷尔说："恩迪科特，只有当你把它显而易见地呈现，它才算证据。看在上帝的分上，我不想和你谈法律。你知道。忘记这张照片吧。它根本证明不了什么。没有报纸敢刊登它。没有法官会承认这个证据，因为没有合适的证人将事情联系起来。如果这就是马洛隐瞒的证据，那么从法律意义上讲，他根本就没有隐瞒证据。"

"我没想过要以谋杀罪审判斯蒂尔格雷夫，"恩迪科特冷冷地说，"但我对谁杀了他有点兴趣。不可思议的是，警局对此也很感兴趣。我希望我们的兴趣没有冒犯你。"

法雷尔说："什么也不会冒犯我。这就是我在这里的原因。你确定斯蒂尔格雷夫是被谋杀的吗？"

恩迪科特盯着他。法雷尔轻松地说："据我所知，两把枪被找到了，都是斯蒂尔格雷夫的。"

"谁告诉你的？"恩迪科特严厉地问道。他皱着眉头向前倾了倾身子。

法雷尔把香烟扔进烟灰缸，耸了耸肩。"拜托，消息是会传播的。其中一把枪杀死了奎斯特和斯坦。另一把枪杀死了斯蒂尔格雷夫，也是近距离射击。我承认那些男孩一般不会自杀，但也是有可能的。"

恩迪科特严肃地说："毫无疑问。谢谢你的提议，但恰巧是错的。"

法雷尔微微一笑，沉默不语。恩迪科特慢慢转向梅维斯·韦尔德。

"韦尔德小姐,这个办公室——或者说它现任的负责人——不会为了自己出风头而曝光公众人物,这对该人物可能是致命的。我有责任决定是否该有人因谋杀而受到审判,在有证据支持的情况下,起诉他们。我无权用你的坏运气,或交友不慎毁掉你的事业,尽管你交的朋友从未被判有罪,甚至从未被指控犯有任何罪行,但他曾经是犯罪团伙的一员。就这张照片而言,我觉得你对我不够坦诚,但我现在不计较这个。你是否对斯蒂尔格雷夫开枪了,我问你这个也没有多大意义。但我要问你,你是否知道谁会杀了他,或谁有可能杀了他。"

法雷尔赶紧说:"是'知道',韦尔德小姐——不是怀疑。"

她直视恩迪科特:"不知道。"

他站起来轻鞠一躬。"就这样吧。谢谢你能来。"

法雷尔和梅维斯·韦尔德站了起来。我没有动。法雷尔说:"你要召开新闻发布会吗?"

"我觉得还是留给你吧,法雷尔先生。你一直很擅长应付媒体。"

法雷尔点点头,走过去开门。他们出去了。她出去的时候好像没有看我,但有什么东西轻轻地碰了碰我的后颈。估计是无意的。她的袖子。

恩迪科特看着门关上了。他看向桌子对面的我。"法雷尔是你的代理人吗?我忘了问他。"

"我养不起他。所以我只能任人摆布了。"

他轻笑一下。"他们占尽风头,我通过对付你来挽回我的尊严,嗯?"

"我无法阻止你。"

"你对自己处理事情的方式并不感到自豪吧,马洛?"

"从一开始我就错了。在那之后,我就只能自作自受了。"

"你不觉得你对法律负有某种义务吗?"

"是的,如果法律和你一样的话。"

他用修长苍白的手指拨弄着他那蓬乱的黑发。

"我可以给出很多答案,"他说,"但听起来都差不多。公民就是法律。在这个国家,人们没有想清楚这一点。我们视法律为敌人。我们是一个憎恨警察的国家。"

"要改变这一点需要很大的努力,"我说,"双方都得努力。"

他身体前倾,按下了蜂鸣器。"是的,"他平静地说,"这一天会来的。但总得有人开个头。谢谢你能来。"

我出去的时候,一个秘书从另一扇门进来,手里拿着一个厚厚的文件夹。

第三十三章

我刮了刮胡子,又吃了点早饭,那种压抑凌乱的感觉好多了。我走到办公室,打开门,吸吸鼻子,闻闻空气和灰尘夹杂的味道。打开一扇窗,我闻到隔壁咖啡店里煎炸食品的味道。我坐在书桌前,用指尖触摸着桌子上的沙砾。我填满烟斗,点上火,往后一靠,四周看看。

"你好。"我说。

我是在和办公室的物件讲话——三个绿色的文件柜、破旧的地毯、我对面客户坐的椅子,还有天花板上的灯,灯里面有三只死飞蛾,它们在那里待了至少六个月了。我正对着鹅卵石花纹的玻璃门嵌板、脏兮兮的木制品、桌上的笔和破旧的电话讲话。我正在和一只短吻鳄的鳞片讲话,这只短吻鳄的名字叫马洛,他是我们这个繁华小社区里的一名私家侦探。他不是世界上顶级聪明的人,他一文不值,自始至终一文不值。

我俯下身,把那瓶老林务员威士忌放在桌子上,酒还剩三分之一。老林务员威士忌。是谁给你的,伙计?上面贴着绿标签。你的品位可配不上它。一定是客户给的,曾经的客户。

这让我想到了她,也许潜意识里更想她。电话铃响了,那有趣而拘谨的小嗓音听起来和她第一次给我打电话时一样。

※ 第三十三章 ※

"我在电话亭里,"她说,"如果就你一个人,我上来。"

"嗯哼。"

"我想你很生我的气吧。"她说。

"我不生任何人的气。只是累了。"

"哦,是的,你太累了,"她那紧绷的小嗓音说,"但我还是要上来。我不在乎你是不是生我的气。"

她挂了电话。我拔出老林务员威士忌的软木塞,闻了闻,不禁哆嗦一下。这就对了。我一闻到威士忌的味道,就要哆嗦一下。

我推开瓶子,站起来去开会客室的门。我听到她从走廊走过来的声音。无论在哪里,我都能认出那些紧凑细碎的脚步声。我打开门,她走到我面前,羞涩地看着我。

一切都不见了。斜框眼镜,新发型,漂亮的小帽子,迷人的香水,精致的妆容不见了。服装首饰,胭脂粉黛。所有的东西,统统不见了。她又回到第一次在早晨见我时的样子,还是那件棕色定制服装,那个方包,那副无框眼镜,那种拘谨的微笑。

"是我,"她说,"我要回家了。"

她跟着我走进我的私人会客厅,拘谨地坐了下来,我还是老样子,坐下来,注视着她。

"回曼哈顿,"我说,"他们能放你走,我很吃惊。"

"我可能还得回来。"

"费用你负担得起吗?"

她略带尴尬地笑了一下。"不花我一分钱。"她说。她伸手扶了扶无框眼镜。"这副眼镜感觉哪里都不对劲,"她说,"我喜欢另一副。但祖格史密斯医生一点也不喜欢那副。"她把包放在桌子上,用指尖在桌子上画了一条线。和第一次一样。

"我记不清是不是把20美元还给你了,"我说,"我们推来推去,

·235·

※ 小妹妹 ※

我记不清了。"

"哦，你给我了，"她说，"谢谢你。"

"确定吗？"

"关于钱的问题，我不会出错。你没事吧？他们伤害你了吗？"

"警察吗？没有。他们要对付我可没那么容易。"

她很惊讶，看起来很天真。随后，她的眼睛一亮。"你一定非常勇敢吧。"她说。

"运气好而已。"我说。我拿起一支铅笔，摸了摸笔尖。如果用来写点什么的话，这个尖度刚好。我没什么要写的。我把手伸过去，将铅笔穿过她的包带子，拉向自己。

"别碰我的包。"她急忙说，伸手拿包。

我咧嘴一笑，把包拉到她够不着的地方。"好吧。但这个小包太可爱了，太像你了。"

她往后一靠。她眼中有丝忧虑，但还是笑了。"菲利普，你觉得我可爱？我很普通。"

"我不会这么想。"

"你不会？"

"绝不会，我觉得你是我见过的最不寻常的女孩之一。"我抓着包带一甩，把包放在桌角。她的眼睛迅速盯着它，但她舔了舔嘴唇，继续对我微笑。

"我敢说，你一定认识很多女孩子，"她说，"为什么——"她低下头，指尖又在桌子上画线——"你为什么不结婚呢？"

我想到了回答这个问题的所有方法。我想起了所有我曾很喜欢的女人。不，不是所有。只有一些。

"我想，我知道答案，"我说，"但听起来太老土了。我想娶的那些人——嗯，我给不了她们需要的东西。其他一些，你不必娶她们，只需去勾引她们——如果她们不先勾引你的话。"

她的脸红到了灰褐色的头发根。

"你这样说，真是太可怕了。"

"对一些漂亮姑娘也适用，"我说，"不是你说的。是我说的。你也没必要那么努力地克制自己吧。"

"请不要这样说！"

"嗯，是不是呢？"

她低头看着桌子。"我希望你能告诉我，"她慢慢地说，"奥林出什么事了。我一头雾水。"

"我告诉过你了，他可能走了歪路。你第一次来的时候说的。还记得吗？"

她慢慢点点头，脸依然红着。

"不正常的家庭生活，"我说，"眼界小，还清高。从你给我的照片就可以看出来。我不是和你玩心理学，但我认为他是那种会完全失控的人，如果他真的失控的话。此外，更可怕的是，你们家的人对钱有着强烈的渴望——只有一个人除外。"

她现在对我微笑着。如果她以为我指的是她，那就太可笑了。

"有个问题我想问你，"我说，"你父亲以前结过婚吗？"

她点点头。

"这就对了。莱拉还有一个母亲。这就说得通了。多告诉我一些情况吧。毕竟我为你做了不少事，报酬很低，没有净收入。"

"你得到报酬了，"她严厉地说，"很丰厚。莱拉给的。别指望我称呼她梅维斯·韦尔德。我不会这么称呼她的。"

"你原本不知道我将会得到报酬。"

"嗯——"过了好久，她的目光又转向她的包——"你确实得到了报酬。"

"好吧,不说这个了,你为什么不告诉我她是谁呢?"

"我觉得丢脸。妈妈和我都觉得丢脸。"

"奥林不觉得。他爱这个名字。"

"奥林?"她又看了看她的包,房间里鸦雀无声。我开始对那个包感到好奇。"但他从家里出来一直住在这里,我想他已经习惯了。"

"拍电影没那么糟糕,这是肯定的。"

"不只因为这个。"她快速说,牙齿咬住下唇外缘,眼睛充满怒气,然后这种怒气慢慢消失了。我又拿火柴点燃我的烟斗。我太累了,即使我有情绪,也无法发泄了。

"我知道。或者我猜到了。奥林是怎么发现斯蒂尔格雷夫的一些事的呢?这些事连警察也不知道。"

"我——我不知道,"她慢吞吞地说,一字一句,像一只站在篱笆上的猫,小心翼翼,"有可能是那个医生吗?"

"哦,那是当然了,"我说,脸上带着灿烂的笑容,"他和奥林竟成了朋友。也许是因为对锋利工具的共同爱好吧。"

她靠在椅子上,小脸现在又瘦又尖,眼睛里流露出警惕的神色。

"你太恶毒了,"她说,"你一直这样。"

"真遗憾,"我说,"如果我独自一人,我会是一个可爱的人。这包真漂亮。"我伸出手,把包拉到面前,啪的一声打开了。

她从椅子上站起来,猛冲过来。

"别动我的包!"

我盯着戴着无框眼镜的她。"你想回到堪萨斯州的曼哈顿,是吗?今天?票什么的都拿到了吗?"

她动了动嘴唇,又慢慢坐了下来。

"好吧,"我说,"我不会阻止你的。我只是想知道你从这笔交易中赚了多少钱。"

第三十三章

她哭了起来。我打开包,仔细看了一遍。我打开后面的拉链口袋,才发现东西。我拉开拉链,把手伸进去。里面有一沓崭新的钞票。我拿出来,数了数。十张百元大钞。都是新的。都很漂亮。整整一千美元。用作旅费,绰绰有余。

我靠在椅背上,轻拍着桌子上的这些钱。她现在静静地坐着,盯着我,眼泪汪汪。我从她包里掏出一块手帕扔给她。她轻轻擦了擦眼睛,透过手帕看着我。偶尔一下,她的喉咙里发出一声迷人的抽噎声。

"莱拉给我的钱。"她轻声说。

"你耍了多大的花招?"

她刚张开嘴,一滴眼泪就顺着脸颊流了进去。

"省省吧。"我说。我把钱放回包里,啪的一声合上,推给她。"我想你和奥林都是一类人,都觉得自己做什么事都是对的。他连他的妹妹都敲诈,当几个小混混识破他的伎俩,抢走他的东西时,他就偷偷靠近,从他们脖子后面刺入冰锥,干掉他们。你也一样。莱拉没有给你钱。钱是斯蒂尔格雷夫给你的。为了什么?"

"你真肮脏,"她说,"你真卑鄙。你怎敢对我说这样的话?"

"谁泄露了拉加迪医生认识克劳森的事?拉加迪以为是我干的。我没有。所以是你干的。为什么?你哥哥不让你掺和这事,你就逼他出来——因为恰好在那时,他手中的王牌没有了,正东躲西藏呢。我真想看看他写给家里的那些信。我猜信的内容很耐人回味吧。我能看到他在这件事上花了很多心思,观察着他的妹妹,试图用他的徕卡相机拍下她的一举一动,而好医生拉加迪则静静躲在暗地,等着他的分红。你雇我干什么?"

"我不知道。"她平静地说。她又擦了擦眼睛,把手绢放进包里,整理整理自己,准备离开。"奥林从来没有跟我提过任何人。我甚至都不知道奥林丢了照片。但我知道他拍了照片,而且非常珍贵。我来这里就是想确定一下。"

"确定什么?"

"确定一下奥林没有亏待我。他有时很吝啬。他有可能把所有的钱都装进自己的口袋。"

"他前天晚上为什么给你打电话?"

"他害怕了。拉加迪医生对他很不满意。他没有照片。但别人有。奥林不知道谁有。但他很害怕。"

"我之前有。我现在还有,"我说,"照片就在那个保险柜里。"

她慢慢地转过头去看保险柜,用指尖抹了抹嘴唇,非常疑惑。她转过头来。

"我不相信你。"她说,她看着我,就像猫看着老鼠洞。

"跟我平分那一千美元怎么样。照片归你。"

她想了想。"我不可能把那么多钱都给你,去买本来就不属于你的东西,"她笑着说,"请把照片给我。求你了,菲利普。照片应该还给莱拉。"

"出多少钱?"

她皱起眉头,看上去很受伤的样子。

"她现在是我的客户,"我说,"但只要价格合适,背叛她做这笔生意也不错。"

"我不相信你手里有照片。"

"好吧。"我起身走向保险柜。不一会儿,我拿着信封回来了。我把照片和底片倒在桌子上——我这边的桌子上。她低头看着照片,伸手去拿。

我拿起照片,整在一起,拿出一张,让她看。她伸手来拿的时候,我移开了。

"你拿那么远,我看不清。"她抱怨道。

"靠近些是要花钱的。"

"真没想到你是个骗子。"她趾高气扬地说。

我什么也没说,又点燃烟斗。

"我可以让你把照片交给警察。"她说。

"你可以试试。"

突然,她用很快的语速说:"我不能把我的钱给你,真的,我不能。我们——唔,妈妈和我还要替爸爸还债,房子的钱还没还清,而且——"

"你卖给斯蒂尔格雷夫什么东西了,竟得到一千美元?"

她张着嘴,看上去很丑。她闭上嘴,双唇紧紧抿在一起。我看到的是一张紧绷的小脸。

"你只有一样东西可卖,"我说,"你知道奥林在哪里。对斯蒂尔格雷夫来说,这个消息值一千美元。就这么简单。只需将证据连起来而已。你不会明白的。斯蒂尔格雷夫去那里杀了他。他拿到地址,所以就付给你钱了。"

"莱拉告诉他的。"她用一种恍惚的声音说。

"莱拉告诉我,是她告诉他的。"我说,"如果有必要,莱拉会告诉全世界,是她告诉他的。就像她会昭告全世界,她杀死了斯蒂尔格雷夫——如果这是唯一出路的话。莱拉是一个不拘小节的好莱坞宠儿,道德修养不怎么样。但碰到原则问题时——她有自己的原则。她不是那种用冰锥杀人的人。她也不是那种谋财害命的人。"

她脸上的血色消失了,脸苍白得像冰一样。她的嘴颤抖着,紧闭着,撮成一团。她把椅子往后推了推,身体前倾,站了起来。

"谋财害命,"我平静地说,"你自己的哥哥。你出卖他,他们杀了他。一千美元的害命钱,我希望你赚得开心。"

※ 小妹妹 ※

她从椅子上移开,向后退了几步,突然咯咯笑了起来。

"谁能证明?"她尖声说道,"谁还可以活着证明这一点?你?你是谁?卑鄙的骗子,一文不值,"她尖声大笑着走了,"真没想到20美元就能收买你。"

我还捏着那些照片。我划了一根火柴,把底片扔进烟灰缸里,看着它燃烧起来。

她突然停住了,吓呆了。我开始撕照片,撕成一条一条的。我朝她咧嘴一笑。

"卑鄙的骗子,"我说,"好吧,如你所愿。我可没有兄弟姐妹出卖。所以我出卖我的客户。"

她僵在那里,瞪着我。我撕完了,点燃了托盘里的纸屑。

"有一件事我很遗憾,"我说,"我看不到你和你那亲爱的老母亲在堪萨斯的曼哈顿见面,看不到你们为分那笔钱打得头破血流。我敢打赌那一定很值得一看。"

我用铅笔戳着纸,让它一直燃烧。她慢慢地,一步一步地走到书桌前,眼睛盯着那一小堆烧得冒烟的破碎照片。

"我可以告诉警察,"她低声说,"我可以告诉他们很多事情。他们会信我的。"

"我可以告诉他们是谁开枪打死了斯蒂尔格雷夫,"我说,"因为我知道谁没有开枪。他们也许会相信我。"

她那小脑袋猛地抬起。灯光照在眼镜上。眼镜后面,我看不到她的眼睛。

"别担心,"我说,"我不会这么做的。这花不了我多少钱。这会让某个人大出一笔的。"

电话响了,她吓了一跳。我转过身去,伸手拿起电话,贴在脸上说:"你好。"

"阿米哥,你没事吧?"

房间里有声音。我转过身,看见门咔嗒一声关上了。房间里就剩我一人。

"你没事吧,阿米哥?"

"我累了。我整晚都没睡。除了——"

"小家伙给你打电话了吗?"

"小妹妹?她刚才在这里。她打算带着赃物回曼哈顿。"

"赃物?"

"她出卖她哥哥,从斯蒂尔格雷夫那里拿到的零用钱。"

一阵沉默,随后她严肃地说:"你不可能知道的,阿米哥。"

"我知道,就像我知道我自己正靠着桌子坐着,手里拿着电话,就像我听到了你的声音。不是非常肯定,但是足够肯定,就像我知道谁杀了斯蒂尔格雷夫一样。"

"你对我说这些,不太明智吧,阿米哥。我也不是完美的人,你不该太信任我。"

"我会犯错,但这次不会。我把所有的照片都烧了。我试过把它们卖给欧法梅,但她出价不够高。"

"你一定在开玩笑吧,阿米哥。"

"我吗?谁在开玩笑?"

电话里传来她咯咯咯的笑声。"你愿意带我去吃午饭吗?"

"也许吧。你在家吗?"

"是的。"

"我一会儿就过来。"

"我很高兴。"

我挂了电话。

戏演完了。我坐在空荡荡的剧院里。帷幕落下了,我能模糊地看到投射在幕布上的表演。但一些演员已经变得模糊了,不真实了。首先是小妹妹。再过几天我就不记得她长什么样了。因为在某种程度上,她是那么的不真实。我想到她回到堪萨斯州的曼哈顿,钱包里揣着那鼓囊囊、新崭崭的一千美元,我还想到她那亲爱的老妈妈。几个人被杀了,她拿到钱了,但我觉得此事不会困扰她太久。我想到她早晨下楼到办公室——那个男人叫什么来着?哦,对了,祖格史密斯医生——在他来之前,她会掸去书桌上的灰尘,把杂志放在候诊室里。她会戴着无框眼镜,穿着朴素的衣服,不化妆,对病人的态度也会很得体。

"祖格史密斯医生现在为您看病,赫斯太太。"

她微笑着,扶着门,赫斯太太从她身边走过,祖格史密斯医生穿着一件白大褂,脖子上挂着听诊器,十分职业化地坐在桌子后面。他面前摆着一份病历档案和记事本,处方本会摆得整整齐齐。祖格史密斯医生什么都知道。你可骗不了他。一切都在他的掌握之中。他看看病人,就知道例行要问的所有问题的答案。

当他看着他的接待员欧法梅·奎斯特小姐时,他看到了一位文静可爱的年轻女士,穿着得体,适合医生办公室,没涂红指甲,没有浓妆艳抹,一点也不会冒犯到古板的顾客。一个理想的接待员,奎斯特小姐。

祖格史密斯医生想到她,心里很满意。他把她塑造成现在这个样子,正合医生的意。

很可能他还没有和她调情。也许在那样的小镇,他们不会调情。哈,哈!我就是在小镇长大的。

我换了个姿势,看了看表,然后从抽屉里拿出那瓶老林务员威士忌。我闻了闻,很够味。我给自己倒了一杯,举到灯下。

"你好,祖格史密斯医生,"我大声说,好像他就坐在桌子的另一边，手里端着一杯酒，"我不了解你，你也根本不认识我。我一般不会给陌生人提建议，但我和欧法梅·奎斯特打过交道后，我改变了我的原则。如果那个小女孩想从你那里得到什么，赶快给她。不要在所得税和运营费上犹豫不决。满脸堆笑，然后离开。不要争论什么东西属于谁的问题。让小女孩开心，这才是最重要的。祝你好运，医生，不要在办公室里到处乱扔鱼叉。"

我喝了半杯酒，等着酒劲上来。酒劲上来了，我喝完剩下的半杯，然后把瓶子收了起来。

我把烟斗里的冷灰敲掉，又用皮革雪茄盒里的烟丝填满烟斗，这个皮革雪茄盒是一位仰慕者送给我的圣诞节礼物。

当我把烟斗填满后，我不慌不忙地、小心翼翼地点燃，然后在大厅里踱来踱去，就像一个猎虎归来的英国人一样快活。

※ 小妹妹 ※

第三十四章

伯希庄园虽然古老,但已被翻修过了。它的大厅,本该配上豪华印度橡胶植物的,但现在是玻璃砖铺成,采用飞檐照明,摆着三角形玻璃桌,给人感觉是疯人院里跑出来的疯子重新装修的。它的配色方案是胆汁绿、膏药棕、人行道灰和猴屁股红。大厅像被撕裂的嘴唇一样耷拉在那里。

小桌子上空空的,但它后面的镜子可能是透明的,所以我没想着偷偷上楼梯。我按了门铃,一个高大温和的男人从门后钻了出来,对我微笑着,嘴唇湿润柔软,牙齿发青,眼睛异常有神。

"冈萨雷斯小姐在吗,"我说,"我叫马洛。她让我过来的。"

"哦,当然在,"他说着,挥动着双手,"是的,当然在。我马上打电话。"他的声音也在颤抖。

他拿起电话,嗡嗡嗡说了几句,又放下电话。

"是的,马洛先生。冈萨雷斯小姐说让您上去。412公寓,"他咯咯地笑着说,"我想你是知道的。"

"我现在知道了,"我说,"顺便问一下,去年二月你在这里吗?"

"去年二月?去年二月?哦,是的,去年二月我在这里。"他一字一句地说。

"还记得斯坦在前门被杀的那个晚上吗?"

那张胖脸上的笑容突然消失了。"你是警察?"现在他的声音又细又尖。

"不是。你没注意,你的裤子拉链是开着的。"

他惊恐地低下头,双手颤抖着拉上拉链。

"噢,谢谢你,"他说,"谢谢你。"他倚在低矮的桌子上。"准确讲,不在前门,"他说,"不准确。差不多在下一个拐角处。"

"他住在这里,不是吗?"

"我真的不想谈这事。真的,我不想谈这个,"他停下来,用小手指摸了摸下唇,"你问这个做什么?"

"就是想听你说说。你很谨慎,伙计。从你的呼吸中就能闻出来。"

他的脸红到脖子。"如果你是说我一直在喝——"

"只喝茶,"我说,"而且不是用杯子喝的。"

我转身离开。他一声不吭。走到电梯口时,我回头看了看。他站在那儿,双手平放在桌子上,头使劲地转过来,看着我。即使从远处看,他好像也还在发抖。

电梯是自助式的。四楼是浅灰色的,地毯很厚。412 公寓旁边有一个小按钮,里面轻柔的铃声响起。门立马开了。那双美丽深邃的眼睛看着我,咧着烈焰红唇对我微笑。黑色的裤子,火红的衬衫,穿着和昨晚一样。

"阿米哥。"她轻声说。她伸出双臂。我抓住她的手腕,把它们合在一起,让她的手掌相碰。我和她玩了一会儿拍手游戏。她的眼神既慵懒又炽烈。

我松开她的手腕,用胳膊肘把门关上,从她身边滑过。和第一次一样。

"你应该为这玩意儿买保险,"我说着,碰了碰其中一个乳房,"这是货真价实的。乳头坚挺,像红宝石。"

她放声大笑。我继续往里走,把这个地方看了一遍。房子是法国灰,尘土蓝。不是她喜欢的颜色,但很漂亮。有一个装着煤气炉的假壁炉,椅子、桌子、灯够用,但不多。角落里有一个整洁的小酒窖。

"你喜欢我的小公寓吗,阿米哥?"

"别说小公寓,听起来像妓女住的地方。"我没看她。我不想看她。我坐在长沙发上,一只手擦了擦前额。

"睡了四个小时,喝了两杯酒,"我说,"这样我就可以和你胡诌八扯了。现在我真没有力气讲道理了。但我必须讲。"

她走过来,挨着我坐下。我摇摇头。"坐那边。我真得讲讲道理。"

她坐在对面,用一双严肃的黑眼睛看着我。"好吧,阿米哥,随你便。我是你的女孩——至少我很愿意做你的女孩。"

"你住在克利夫兰市的什么地方?"

"克利夫兰?"她的声音很温柔,几乎是细语,"我说过我在克利夫兰市住过吗?"

"你说你在那里认识他的。"

她想了想,点点头。"那时我结婚了,阿米哥。怎么啦?"

"你的确在克利夫兰市住过?"

"是的。"她轻声说。

"你怎么认识斯蒂尔格雷夫的?"

"那时,认识黑帮的人就很厉害了。我想,这是另一种依附权势的形式吧。我们会去传说中他们要去的地方,如果幸运的话,也许一天晚上——"

"他勾引你,你自愿上钩。"

她点点头。"可以说,是我勾引他。他是一个非常出色的小个子男人。真的,他很出色。"

"那丈夫呢?你的丈夫。还是你不记得了?"

她笑了。"世界上到处都是被抛弃的丈夫。"她说。

"不是吗?你随处都能找到这样的人。在湾城也可以。"

这话没有任何效果。她礼貌地耸耸肩。"我深信不疑。"

"甚至还可能是索邦大学的毕业生。他甚至可能在一个微不足道的小镇上虚度光阴。等待着,充满希望。我承认这是巧合,还有点诗意。"

礼貌的微笑始终挂在她那可爱的脸上。

"我们扯远了,"我说,"扯得太远了。我们刚才说得太多了。"

我低头看着我的手指。我的脑袋发疼。我借题发挥还不到百分之四十呢。她递给我一个水晶烟盒,我拿了一支烟。她用金镊子夹了一根。她是从另一个盒子里拿的。

"我想尝尝你的。"我说。

"但墨西哥烟草对大多数人来说,劲儿太大了。"

"只要是烟草就行。"我说,看着她。我想好了。"哦,你是对的。我不喜欢。"

"什么,"她小心地问道,"你这演的是哪出呀?"

"接待员抽大麻。"

她慢慢地点了点头。"我已经警告过他了,"她说,"好几次了。"

"阿米哥。"我说。

"什么?"

"你不怎么用西班牙语吧?也许你不太懂西班牙语。'阿米哥'都快用烂了。"

"我希望,我们不要像昨天下午那样。"她慢慢地说。

"不会的。你身上唯一的墨西哥味儿就是那几个单词,还有你小心翼翼说话的方式。这给人的印象是,有人在讲一门他们必须要

※ 小妹妹 ※

学的语言。比如说用'do not'代替'don't'。诸如此类的表达。"

她没有回答。她轻轻地吸了一口烟,笑了。

"我在闹市区遇到了大麻烦,"我继续说,"显然,韦尔德小姐很明智,把这件事告诉了她的老板——朱里斯·奥本海默——他亲自出马,为她找来李·法雷尔。我想他们不认为是她枪杀了斯蒂尔格雷夫。但他们觉得我知道是谁干的,所以他们不喜欢我了。"

"你知道吗,阿米哥?"

"电话里告诉你了。"

她注视我很久。"我在现场。"她的声音第一次变得干涩而严肃。

"出于好奇,真的。小女孩想看看赌场。她没有亲眼见过这样的事,只在报纸上看过——"

"她待在这里——和你住在一起?"

"不在我的公寓里,阿米哥。在我为她准备的房间里。"

"怪不得她不告诉我,"我说,"但我想你没有时间教她干那种勾当吧。"

她微微皱了皱眉头,拿着棕色的香烟在空中做了个手势。我看着烟雾在凝滞的空气中写下一些难以辨认的东西。

"求你别说了。我说过了,她想去那所房子。所以我给他打电话,他说一起去。我们到那儿时,他喝醉了。我以前从未见过他喝醉。他笑了,用胳膊搂住小欧法梅,告诉她,她的钱挣得不少。他说他有东西要送给她,然后从口袋里掏出一个用布包着的皮夹子,递给了她。当她打开布时,发现中间有个洞,洞上沾着血。"

"这事办得不漂亮,"我说,"没一点范儿。"

"你不太了解他。"

"真的。继续。"

"小欧法梅接过皮夹,盯着皮夹看了一会儿,又盯着他看了一会

·250·

儿，她那苍白的小脸非常平静。然后她谢过他，打开包把皮夹放了进去，和我想的一样——这一切太奇怪——"

"然后是一声尖叫，"我说，"我会倒在地上，连气也喘不过来。"

"——但小妹妹却从包里掏出一把枪。我想，那是他给梅维斯的枪。就像那支——"

"我很清楚像哪支，"我说，"我玩过了。"

"她转过身，一枪把他打死了。非常戏剧化。"

她把棕色的香烟放回嘴里，对我笑了笑。一个很奇怪的，深不可测的微笑，好像她在想一些很遥远的事情。

"你让她向梅维斯·韦尔德坦白了。"我说。

她点了点头。

"我猜梅维斯是不会相信你的。"

"我不想冒险。"

"亲爱的，那一千块钱不会是你给欧法梅的吧？让她说出真相？为了一千美元，那小姑娘可不惜一切代价。"

"我不想回答这个问题。"她趾高气扬地说。

"不会吧。所以，昨天晚上你把我送到那里，你早知道他死了，没什么好怕的，你拿枪的行为只是在演戏。"

"我不喜欢扮演上帝，"她轻声说，"当时那种情况，我知道，不管怎样，你总会让梅维斯脱身。其他人不会这么做。梅维斯下定决心背这个黑锅。"

"我还是喝一杯为好，"我说，"我都晕了。"

她跳起来，走到小酒柜跟前。她拿了两大杯兑水苏格兰威士忌，递给我一杯，在我一饮而尽的时候，她透过她的杯子看着我。酒太棒了。我又喝了几杯。她又坐到椅子上，伸手去拿金镊子。

"我把她赶走了，"我最后说，"梅维斯，我说的是。她告诉我她

※ 小妹妹 ※

开枪打死了他。她有枪。和你给我的那支是一对。你可能没注意到，你的那把开过火了。"

"我对枪一窍不通。"她轻声说。

"当然了。我数了数里面的子弹，假设一开始就装满了，其中两枚已经发射了。奎斯特是被点三二口径自动手枪连开两枪击毙的。口径一样。我在他送命的地方捡到了空弹壳。"

"什么地方，阿米哥？"

这声音听起来很刺耳。"阿米哥"说得太多了，超乎想象的多。

"当然了，我不知道是不是同一把枪，但它似乎值得一试。不管怎样，动点手脚，给梅维斯喘息的时间。所以我调换了他身上的那把枪，把他的那把放在吧台后面。他的手枪是黑色点三八口径的，他很可能携带这种，如果他带枪的话。就算是格子花纹的手柄，也能留下指纹，更何况是象牙手柄，那就更容易在枪左边留下一组指纹了。斯蒂尔格雷夫不可能带那种枪。"

她的眼睛瞪得圆圆的，一片茫然，迷惑不解。"我好像没听懂你说的话。"

"他若杀人，必致其死亡，这是肯定的。那家伙站起来，走了一会儿。"

她眼里有东西一闪而过，但又消失了。

"我想说的是，我倒希望他说点什么，"我接着说，"但他没有讲。他的肺里充满了血。他死在我的脚下。就在那个地方。"

"哪个地方？你还没有告诉我在什么地方——"

"非得告诉你吗？"

她从她的酒杯里抿了一口酒，笑了。她放下杯子。我说：

"小欧法梅告诉他去哪里找的时候，你在场。"

"哦，是的，当然了。"她的精力恢复过来了。干净利索。但她的微笑看起来更累了。

"不过他没有去。"我说。

她拿香烟的手停在半空中。就这样。没别的。她把烟慢慢地举到唇边,优雅地吐着烟圈。

"事情始末就是这样,"我说,"我得承认摆在眼前的事实。斯蒂尔格雷夫是威皮·莫耶。这是有根据的,不是吗?"

"很有可能。这是可以证明的。"

"斯蒂尔格雷夫洗心革面,重新做人,表现不错。然而这个斯坦跑出来叨扰他,想插一杠子。我猜这是事发原因吧。那么,斯坦非得消失不可。斯蒂尔格雷夫不想杀任何人——他从来没有被指控杀过人。克利夫兰的警察不会出来抓他。没什么指控,也没有什么谜案——除了他与一群乌合之众有点瓜葛之外。但他必须除掉斯坦。所以他设圈套让自己入狱。然后他贿赂了狱医,从监狱出来,杀死斯坦,立刻又回到监狱。当凶杀案出现的时候,放他出来的那个人定会逃之夭夭,销毁他所有的出狱记录。因为警察会过去盘问。"

"合情合理,阿米哥。"

我看着她,寻找破绽,但没有发现。

"到目前为止,一切顺利。但是,我们得承认这个家伙很有头脑。他为什么让警察把他在监狱里关十天?答案一,制造自己不在场证明。答案二,因为他知道,他是莫耶这个问题迟早会被曝光,所以为什么不给他们一点时间,把这件事了结呢?这样的话,不管哪个黑帮小子被害,他们都不会老把斯蒂尔格雷夫扯进来,想着要给他定罪了。"

"你是这样想的,阿米哥?"

"是的。我就是这样想的。他为什么要在出狱干掉斯坦的当天,在公共场所吃午饭？就算他真这么做了，为什么年轻的奎斯特会碰巧拍下这张照片？因为如果斯坦没有被杀，这张照片什么也证明不了，我喜欢看到人们都有好运气，但那也太走运了吧。再说一次，即使斯蒂尔格雷夫不知道他被拍了，他也知道奎斯特是谁。肯定知道。自从奎斯特失业后，或许更早，他就一直在敲诈他妹妹。斯蒂尔格雷夫有她公寓的钥匙。他一定知道她这个哥哥的情况。问题在于，要杀斯坦，斯蒂尔格雷夫选在哪个晚上都行，就是不会选在那天晚上——就算他原本计划那个晚上动手。"

"现在我问你，到底是谁干的。"她礼貌地说。

"一个认识斯坦，可以接近他的人。那个人知道有人拍了照片，知道斯蒂尔格雷夫是谁，知道梅维斯·韦尔德即将成为大明星，那个人还知道她与斯蒂尔格雷夫的关系很冒险，但如果斯蒂尔格雷夫被套上谋杀斯坦的罪名，那危险程度就扩大一千倍。那个人认识奎斯特，因为那个人去过梅维斯·韦尔德的公寓，在那里遇见他，并对他使了点手段。那个男孩尝到那样的甜头可就招架不住了，失去理智了。那个人还知道那些骨质柄点三二口径手枪登记在斯蒂尔格雷夫名下，虽然他买这些枪只是为了送给两个姑娘，但他自己带的枪，没有登记在案，肯定找不到他。他还知道——"

"打住！"她的声音尖厉刺耳，但没有表现出害怕，也没有表现出生气，"立刻打住！我一分钟也忍受不了了。你现在就走！"

我站起来。她向后一靠，喉咙上的脉搏跳了一下。她长得精致，皮肤黝黑，不择手段。没有东西会制约她，就连法律也不能。

"你为什么要杀奎斯特？"我问她。

她站起来，走近我，又笑了。"有两个原因，阿米哥。其一，他太疯狂了，最后他可能会杀了我。其二，这一切——绝不是为了钱，是为了爱。"

第三十四章

我真想当着她的面大笑。但我没有。她的神情非常严肃。我还从未见过这么严肃的表情。

"不管一个女人有多少情人,"她温柔地说,"总有那么一个,她无法容忍让另一个女人夺走。斯蒂尔格雷夫就是那一个。"

我盯着她可爱动人的黑眼睛。"我相信你。"我最后说。

"吻我,阿米哥。"

"我的天哪!"

"我离不开男人,阿米哥。但我爱的人已经死了。我杀了他。那个我不愿和别人分享的男人。"

"你等了很久。"

"只要有希望,我可以忍耐。"

"哦,疯子。"

她露出了解脱、美丽而又十分自然的微笑。"亲爱的,你无能为力,除非你彻彻底底毁掉梅维斯·韦尔德。"

"事实证明,昨晚她想毁掉自己。"

"如果她不是在演戏的话。"她恶狠狠地看着我,笑了。"很痛心,是不是?你爱上她了。"

我慢慢地说:"那有点傻。我可以和她一起坐在黑暗中,手牵着手,但能坚持多久呢?过不了多久,她就会沉浸在各种诱惑、昂贵的衣服、虚幻的世界和虚伪的情爱之中。她将不再是一个真实的人,只是音轨上的一个音符,屏幕上的一张脸。我不想要这些。"

我朝门口走去,面朝着她。我倒不是怕挨枪子儿。我想她更喜欢我这样——对我下不了手。

我打开门时回头看了看。她身材苗条,皮肤黝黑,十分可爱,面带微笑,浑身上下透着性感。这个人超越了道德准则,超越了我能想象到的全世界的任何道德准则。

世上就没有她这样的异类。我潇洒地走了出去。我关上门时,她那轻柔的声音向我传过来。

"亲爱的——我一直很喜欢你。太遗憾了。"

我关上门。

第三十五章

电梯门在大厅打开时，一个人站在那里等电梯。他又高又瘦，帽子拉得很低，遮住了眼睛。那天天气很暖和，但他穿了一件薄大衣，领子朝上翻，他的下巴压得很低。

"拉加迪医生。"我轻声说。

他瞥了我一眼，装作不认识我。他走进电梯。电梯上去了。

我走到桌前，砰的一声按响门铃。那个又胖又温柔的男人走了出来，站在那里，咧着嘴苦笑。他的眼睛不那么明亮了。

"把电话给我。"

他拿出电话，放在桌子上。我拨通麦迪逊的电话7911。电话里传来一个声音："警局。应急处。"

"好莱坞富兰克林和吉拉德交叉路口，伯希庄园，一个叫文森特·拉加迪医生的男子刚进了412号公寓，此人被凶杀案组弗伦奇和贝弗斯中尉通缉。我是菲利普·马洛，私家侦探。"

"富兰克林和吉拉德交叉路口。请在那里等候。你有枪吗？"

"有。"

"如果他想跑，抓住他。"

我挂了电话，擦了擦嘴。那个胖乎乎的温柔男子倚在桌子上，眼圈发白。

※ 小妹妹 ※

  他们来得很快——但不够快。也许我该阻止他。也许我有预感他会做什么,但故意让他去做。有时,当我情绪低落的时候,我会试着调节自己。但这太复杂了。整个该死的案子都是这样的。不管什么时候,当我做一件正常的事情时,就得反复考虑,考虑这件事对我亏欠的人会产生怎样的影响。

  警察破门而入时,他坐在沙发上,把她紧紧搂在怀里。他的眼睛暗淡空洞,嘴唇上有血沫。他咬舌自尽了。

  她的左胸下,紧贴火红衬衫的地方,插着一把刀,刀的银柄我以前见过,是裸体女人形状。多洛丽丝·冈萨雷斯小姐的眼睛半睁着,嘴唇上挂着一丝撩人的魅惑微笑。

  "希波克拉底的微笑[①],"救护车的实习生叹了口气说,"这种笑挂在她脸上,挺好看的。"

  他瞥了一眼拉加迪医生,如果还能从他的表情判断的话,他什么也看不见了,什么也听不见了。

  "我想有人的梦碎了。"实习生说。他弯下腰,合上了她的眼睛。

---

① 希波克拉底的微笑(Hippocrates smile):指由于面部肌肉或下巴受伤而引起的痉挛表情,看起来像笑。